Winterküsse im Leuchtturm

von

Karin Koenicke

Karin Koenicke
Beckstettener Str. 2
87656 Germaringen

Coverdesign: Rebecca Russ, Sturmmöwen.at, Hase/Leuchtturm erstellt mittels Midjourney

Homepage: Karinkoenicke.de
Mail: Karinkoenicke@gmx.de

Newsletter: Karinkoenicke.de/Newsletter

1. Die lustigen Lerchen

„Da bist du ja endlich, Mona! Jetzt gib aber mal Gas“, begrüßte mich meine Kollegin Jessica, als ich um kurz vor zehn Uhr morgens in die Personalumkleide rauschte.

Im Gegensatz zu mir, die ich meinen dicksten Steppmantel, Winterstiefel und einen Rollkragenpulli trug, stand sie in einem knallroten, sexy Engelskostüm samt Flügelchen vor mir. Das Schlimme dabei war, dass ein weiteres dieser Kostüme noch an einem Haken hing. Und darauf wartete, dass ich hineinschlüpfte.

„Die blöde Bahn hatte wieder mal Verspätung“, schimpfte ich und vergaß zu erwähnen, dass ich mich erst beim dritten Weckergebimmel aus den Federn gewälzt und dadurch eine Viertelstunde verloren hatte. Schuld war nur Pro 7, weil die gestern Abend ein Special mit den drei erfolgreichsten Bruce Lee-Filmen ausgestrahlt hatten.

„Die Bahn, soso.“ Jessica grinste. „Du schiebst ganz schön viel auf die Verkehrsbetriebe. Womöglich war ja ein ganz anderer Verkehr daran schuld, dass du so übernächtigt aussiehst?“

Sie zwinkerte mir vielsagend zu.

„Da liegst du total falsch. Mit Freddy ist es längst aus“, erwiderte ich, während ich mich in Windeseile aus meinen Klamotten schälte, mich ins knappe Kostüm presste und mir die blonde Rauschgoldengelperücke über die Haare stülpte.

„Und kein Neuer in Sicht?“ Sie tupfte Lipgloss auf ihren einladenden Himbeermund.

„Nope. Und ich will auch keinen. Mein einziges Ziel ist die Bude, die mir gehört. Und zwar eine völlig männerfreie! Nur ich, meine Stereoanlage, DVD-Sammlung und ein kleiner Balkon samt drei Hanfpflanzen, damit ich unseren Radetzky besser ertragen kann.“

Jessica lachte hell. „Der wird uns gleich zur Minna machen, wenn wir nicht um Punkt zehn Uhr neben dem Weihnachtsmannthron stehen. Los, leg einen Zahn zu!“

„Bin doch gleich fertig.“ Ich zog den Reißverschluss zu, während ich in die silbernen Pumps stieg, die das Engelskostüm vervollständigten. Anschließend sprintete ich, so schnell das Kostüm und die High Heels es zuließen, durch die Parfümerieabteilung und an den Schmuckvitrinen entlang, bis ich hinter Jessica die *zauberhafte Weihnachtslandschaft*, wie es im Prospekt unseres Hauses hieß, erreicht hatte.

Dort thronte Herbert bereits in seinem Sessel. Herbert war eigentlich Hausmeister hier im Kaufhaus *Wenzel*, aber dank seines Rauschebartes hatte ihn unser Geschäftsführer kurzerhand zum Weihnachtsmann auserkoren. Herbert ging total auf in seiner Rolle. Er liebte es, sich die Wünsche der Kinder anzuhören, sich mit einem Baby auf dem Schoß fotografieren zu lassen und sich von Kolleginnen aus der Feinkostabteilung mit Heidelbeerglühwein samt

Zimtsternen vollstopfen zu lassen, bis sein Kostüm über dem Keksbauch spannte.

„Da seid ihr ja, meine Engelchen“, rief er uns zu und schenkte uns ein strahlendes Lächeln.

„Immer zur Stelle, Herr Nikolaus“, neckte ich ihn. Ich war als Kind mal in Bayern gewesen und kannte die Bräuche dort. Herbert hingegen war Hannoveraner durch und durch. Er hasste alles Bayrische, insbesondere den FCB, denn er war glühender Hannover 96-Fan, egal, in welcher Liga die Jungs kickten.

„Ich geb dir gleich einen Nikolaus“, brummte er, aber seine Augen lachten.

Herbie war echt in Ordnung. Ich hatte den bärtigen Kerl schon immer gerngehabt und gönnte es ihm von Herzen, dass er hier in *Wenzels Winter-Weihnachts-Wonderland* jeden Tag einen ganz großen Auftritt hinlegte.

Ich hingegen hasste es. Nicht nur dieses peinliche Engelskostüm ging mir höllisch auf den Zeiger, auch die unerträglich süßliche Berieselung mit *Schneeflöckchen, Weißröckchen* oder *Last Christmas* brachte mich fast um den Verstand. Vom Geruch nach Glühwein, gerösteten Mandeln und frischen Vanillekeksen, die den Familien die Wartezeit in der Schlange vor dem Weihnachtsmann versüßen sollten, ganz zu schweigen.

„Anpfiff!“, kommentierte Jessica trocken das Öffnen der Kaufhauspforten. Wie jeden Tag in der Adventszeit standen die Kunden bereits vor zehn Uhr an den Türen und stürmten herein, sobald diese sich auftaten.

Da bereits die ersten Mütter mit ihren Sprösslingen auf die Winterlandschaft mit künstlichem Schnee, Plüsch-Rentieren und knallbunten Tannenbäumen zustürmten, nahmen

Jessica und ich unsere Positionen als flankierende Engel neben unserem Santa Claus namens Herbert ein.

Dass wir blonde Engelslocken tragen mussten, konnte ich gerade noch verstehen. Aber wieso man uns ausgerechnet in Minikleidchen und High Heels stecken musste, war mir ein Rätsel. Ich vermutete, dass unser Geschäftsführer Rainer Rambowsky damit männliche Kundschaft ins *Wenzel* locken wollte. Wahrscheinlich hatte er penibel darauf geachtet, dass unsere Kleider mehrere Zentimeter kürzer waren als die der Engel im KaDeWe, seinem großen Vorbild. Er träumte garantiert jede Nacht davon, endlich mit dem berühmten Kaufhaus mithalten zu können. Das *Wenzel* war zwar ebenfalls riesig und das beliebteste Kaufhaus in Hannover, hatte aber längst nicht den Kultstatus des *Kaufhaus des Westens*, das man zudem über die Grenzen Berlins hinaus kannte.

Und da kam er auch schon angewackelt, der Herr Rambowsky. Wie immer in einem Designeranzug aus unserer Herrenmodeabteilung samt seidenem Einstecktuch und gestreifter Krawatte. Intern hatte sich der Name *Herr Radetzky* eingebürgert, weil er uns Mitarbeitern gern den Marsch blies. Wenn ihm das jemals ein Kollege flüstern sollte, würde es sicher Tote geben. Denn Rambowsky-Radetzky war eitel, ehrgeizig und komplett humorlos.

Ich setzte ein engelsgleiches Lächeln auf und kontrollierte eilig den Sitz der Flügelchen am Rückenteil meines Kleides. Das Lächeln rutschte mir allerdings aus dem Gesicht, als ich entdeckte, wer hinter ihm her watschelte.

„Das kann nicht sein Ernst sein“, japste ich und blickte Jessica hilfesuchend an. „Sag, dass das nicht wahr ist!“

„Heilige Scheiße“, entfuhr es ihr. Was zwar nicht recht

zu dem aus allen Lautsprechern erklingenden *Stille Nacht, heilige Nacht* passen wollte, aber äußerst treffend war.

Hinter unserem Chef trabte nämlich eine Horde Kinder im Vorschulalter heran, und zwar angeführt von einer streng dreinblickenden Frau mit einem Schild, auf dem in bunten Lettern *Die lustigen Lerchen* stand.

„Er schleppt uns einen Kinderchor an?“ Ich konnte es kaum fassen. Natürlich hatte ich nichts gegen singende Kinder, ganz im Gegenteil. Mit der Tochter meiner Cousine trällerte ich gern den Titelsong ihrer Lieblingsserie Bibi und Tina, das fand ich wirklich wunderbar. Aber just diesen Lerchen-Chor hatte ich schon mal auf einem Weihnachtsmarkt erlebt und war immer noch traumatisiert. Die Leiterin hatte damals lauter Lieder ausgesucht, die viel zu schwierig für die Drei-Käse-Hochs gewesen waren, außerdem hatte es Blockflöten gegeben. Sehr viele Blockflöten. Sehr viele ungestimmte Blockflöten.

Ich war echt kein Musikprofi und hörte für mein Leben gern richtig rockige Nummern von Metallica, Linkin Park oder Black Sabbath. Selbst der gute alte Alice Cooper durfte gerade in der Adventszeit nicht fehlen. Aber diese Flöten hatten sogar meinen abgehärteten Ohren teuflisch zugesetzt.

„Der Kinderchor wird ein paar Stunden lang für weihnachtliche Stimmung sorgen“, erklärte Rambowsky stolz. „Erfahrungsgemäß kurbelt so etwas den Umsatz gewaltig an. Und wir können das *Wenzel* noch besser als familienfreundliches Haus präsentieren, das so viel mehr ist als nur ein Ort zum Shoppen.“

Sein glattrasiertes Gesicht strahlte mit seinen polierten Schuhen um die Wette.

Meine Fresse, dieser Kerl regte mich auf! Männer in Anzügen fand ich ja generell schon abtörnend. Ich mochte viel lieber coole Motorradfahrer mit Dreitagebart, Lederjacke und dem leisen Duft nach Whisky als einen Managerschnösel in Parfümwolke. Wenn ein Kerl dann aber noch so hochgestochen daherlaberte wie der Radetzky, war alles zu spät.

Doch natürlich riss ich mich zusammen. Erstens wollte ich meinen Job als Verkäuferin in der Abteilung für Unterhaltungselektronik gerne behalten. Und zweitens hatte er mir für den Sondereinsatz als beflügelter und miniberockter Engel eine saftige Bonuszahlung versprochen, die ich gut gebrauchen konnte. Ich sparte nämlich seit Jahren wie verrückt darauf, mir irgendwann mal eine kleine eigene Wohnung kaufen zu können. Es gab Ecken in Hannover, wo so etwas selbst mit dem Gehalt einer Fachverkäuferin möglich war – mit viel Glück und eisernem Sparwillen. Plus der kleinen Erbschaft einer Großtante als Startkapital.

„Oh, wie schön!“, rief Herbert unter seinem buschigen Weihnachtsmannbart hervor. „Meine Enkel singen auch in einem Chor. Stellt euch nur alle hier neben mir auf.“

Er strahlte wie ein rotwangiger Maikäfer und deutete auf die Seite, an der ich herumlungerte.

Da ich ein positiver Mensch war – zumindest außerhalb der Adventszeit – lächelte ich die Kinder an und redete mir ein, dass die Chorleiterin heute bestimmt eine bessere Liedauswahl getroffen hätte. Und dass die Kids doch sicher ohne Flöten hierher gekommen waren.

Doch da zogen die Mädchen in der ersten Reihe bereits bunte Plastikteile mit Löchern aus ihren mitgebrachten Lillifee-Rucksäcken. Sie schoben das Mundstück auf die

Flöten, verzichteten auf das Stimmen derselben und bliesen auf Anweisung der Chorleiterin zum Angriff.

„Einfach herrlich!“, freute sich Rambowsky lautstark, während nun auch der Chor einsetzte und eine mehrstimmige Version von *Es ist ein Ros‘ entsprungen* anstimmte, die sämtlichen Kindern ungefähr eineinhalb Oktaven zu hoch war.

Eine Gänsehaut lief meinen Engelskörper rauf und runter, allerdings nicht, weil ich so ergriffen war.

„Wie lange singt der Chor hier?“, fragte ich den Chef über die zweite Strophe hinweg.

„Bis in den Nachmittag hinein“, erwiderte er stolz. „Allerdings mit Pausen. Die Kinder werden aufs Beste versorgt mit Kinderpunsch und Lebkuchen. Sie dürfen sich natürlich auch einen nehmen.“ Er nickte mir zu und erwartete sicher ein riesiges Dankeschön.

„Wie lieb von Ihnen“, presste ich hervor, würde aber jetzt, am neunzehnten Dezember, mein linkes Bein dafür geben, hier im Weihnachtsreich eine Grillstation mit Pfefferwürsten samt Chilisoße zu bekommen.

Da ich jedoch superprofessionell war, setzte ich mein freundlichstes Gesicht auf und wandte mich wieder den Wartenden zu. Ich winkte ein schüchternes Mädchen heran, das neben seiner Mutter vorn in der Schlange stand.

„Komm ruhig näher“, sagte ich der Kleinen, die einen süßen, dunklen Lockenkopf und riesige Augen hatte. „Und erzähl dem Weihnachtsmann deine Wünsche.“

Sie war vielleicht fünf Jahre alt, schätzte ich, und hielt mir einen Zettel entgegen, auf den sie eine Puppe gemalt hatte. „Ich trau mich nicht recht“, sagte sie mit gesenktem Blick. „Kannst *du* ihm nicht den Zettel geben? Damit ich dann die Baby born kriege. Die mit dem Fläschchen, die auch Pipi macht."

„Plus Windel und Töpfchen, nicht wahr?", fragte ich, denn obwohl ich normalerweise Fernseher und HiFi-Anlagen verkaufte, war ich mittlerweile zur Spezialistin für Barbie, Bobby Car und Bob der Baumeister geworden.

„Das wäre prima", hauchte sie.

„Komm, wir geben ihm den Zettel gemeinsam."

Mit einem aufmunternden Lächeln nahm ich die Kleine an der Hand, gab ihrer Mutter ein Zeichen, mitzukommen, und ging mit ihr zu Herbert. Dem teilte das Mädchen schließlich mit bebender Stimme seinen Weihnachtswunsch mit. Herbie nickte dem Kind zu, schenkte ihm einen Schokololli und versprach hoch und heilig, sich persönlich um den Wunsch zu kümmern.

Sie strahlte so sehr, dass mir das Herz aufging. Ich war zwar überzeugter Single, hatte weder Lust auf eine Beziehung noch darauf, mich mit irgendeinem Typen fortzupflanzen, aber Kinder berührten mich immer ganz tief. Insbesondere, wenn sie keine Blockflöte in der Hand hielten.

„Wird sicher ein tolles Weihnachten für dich", flüsterte ich der Kleinen zu, als sie mit ihrer Mutter den Rückweg antrat, und strich ihr kurz über die Locken.

Ein kleiner Stich in meiner Brust erinnerte mich an meine eigenen Weihnachten als Kind. Leuchtende Augen und ein fröhliches Miteinander hatte es in meiner Familie an den Feiertagen nie gegeben, ganz im Gegenteil.

Schnell schob ich diese unerfreuliche Erinnerung beiseite. Die Mutter des kleinen Mädchens wurde ganz gewiss dafür sorgen, dass es ein perfektes, harmonisches Fest würde. Das konnte ich deutlich fühlen.

Die angehende Puppenmama drehte sich zu mir um und musterte mich mit ihren riesigen Kinderaugen ganz genau. „Danke. Du bist ein total schöner Engel“, sagte sie ernst.

Das ging mir richtig nah. All der Stress, die nervenaufreibende Lautsprecherberieselung und auch mein lästiger Chef waren auf einmal vergessen. Wenn die Knirpse voller Ehrfurcht dem Weihnachtsmann gegenüberstanden, mit roten Wangen und leuchtenden Augen, wurde es mir ganz warm in der Brust. Und dann war es für kurze Momente auch gar nicht mehr schlimm, mit peinlichen Silberpumps und Rauschgoldengel-Haaren neben einem bärtigen Hausmeister herumzustehen. Wir machten Kinder glücklich, das gab dem ganzen Zinnober ein wenig Sinnhaftigkeit.

„Frau Schwartz!“, zischte mir jemand vorwurfsvoll zu. Jemand, den ich sofort als meinen Boss identifizieren konnte, sogar am tonlosen Zischen.

Ich fuhr herum und sah ihn fragend an. Mit streng erhobenen Augenbrauen deutete er auf den Stapel Prospekte, der neben mir auf einem Stuhl lag.

Verflixt! Ich hatte vor lauter Entzückung über das niedliche Mädchen total vergessen, der Mutter einen bunten Werbezettel unserer Spielwarenabteilung in die Hand zu drücken.

Rambowsky war mit der Zischerei noch nicht fertig. „Glauben Sie, ich bezahle Sie zum Spaß? Diese ganze teure Aufmachung in unserem Weihnachts-Wonderland dient dem Umsatz! Aber der steigt nur, wenn Sie die Kunden gefälligst auch zum Kaufen anregen. Und zwar, indem Sie ihnen die passenden Prospekte überreichen.“

Um seinen Anpfiff zu verstärken, drückte er mir einen ganzen Packen Puppenbroschüren in die Hand.

„Tut mir leid“, nuschelte ich kleinlaut. „Wird nicht wieder vorkommen.“

„Das will ich Ihnen auch raten, Frau Schwartz! Sonst muss ich Ihren Bonus wohl kürzen.“

Er zupfte sich einen Fussel vom makellosen Sakko, warf mir einen warnenden Blick zu und marschierte davon wie ein hutloser Napoleon.

„Das kann er doch nicht machen, oder?“ Unsicher wandte ich mich Jessica zu, die das Ganze natürlich mitbekommen hatte. Ich brauchte das versprochene Geld!

Sie zuckte mit den Schultern. „Keine Ahnung. Ich denke, er blufft nur. Aber ein Idiot ist er trotzdem.“

Da hatte sie absolut recht. Eilig ging ich zurück zum Weihnachtsmannsessel, lächelte den nächsten Familien brav zu und drückte den Eltern selbstverständlich sämtliche Prospekte in die Hand, die nur annähernd mit den Wünschen ihrer Kinder zu tun hatten. Ich verhielt mich wie der freundlichste aller Engel, verwandelte mich in ein himmlisches Marketinggenie und gab vielen Müttern zusätzliche Geschenketipps für ihre Männer, Brüder und Schwiegerväter – meist in Form von Produkten aus meiner Elektronikabteilung.

Ja, ich gab mir allergrößte Mühe, dass das *Wenzel* beim Weihnachtsgeschäft die Konkurrenz vom KaDeWe geradezu pulverisieren würde. Und ich verzog nicht mal die Miene, als *Die lustigen Lerchen* eine deutsche Version von Mariah Careys *All I want for Christmas* anstimmten und zu den windschiefen Blockflötenklängen aus voller Kehle trällerten: „Mach meine Wünsche waaaahr, ich will zu Weihnacht ’n neues Bobby Caaaar.“

2. Resturlaub

Am nächsten Tag drängten sich noch mehr Kunden durch die Kaufhausgänge als bisher. Weihnachten rückte mit jedem Tag näher und deshalb wurden die Menschen immer hektischer. Ich stand wie immer neben Herbert und starrte ungläubig auf eine Mutter im Designerfummel samt Louis Vuitton-Handtasche, die ihren Sprössling eiskalt an der Schlange der wartenden Familien vorbeischob.

„Sorry, wir haben es eilig. Friedrichs Chinesisch-Kurs beginnt bald“, rief sie den anderen Kunden zu.

Und - schwupps - stand sie schon vor dem Weihnachtsmann. Der bedauernswerte Friedrich war ungefähr fünf Jahre alt, trug einen strengen Seitenscheitel und ein hellblaues Hemd. Armer Kerl.

„Sie können doch nicht einfach die Schlange umgehen“, sprach ich die Frau an. Die Zwillingsmädchen mit den insgesamt vier Zöpfen, die jetzt eigentlich drangekommen wären, waren nämlich den Tränen nah, wie ich feststellte.

„Das geht schon in Ordnung“, erklärte sie mir. „Wir sind gute Bekannte von Herrn Rambowsky und haben hier VIP-Status.“

„VIP?“, wiederholte ich.

Doch natürlich gab die Dame sich nicht mit einer einfachen Angestellten wie mir ab. Um von ihr wahrgenommen zu werden, musste man Geschäftsführer oder mindestens Erzengel sein, vermutete ich.

Trotzig machte ich einen Schritt auf sie zu, um ihr ordentlich die Meinung zu geigen, da packte Jessica mich am Arm. „Lass sie“, zischte sie mir zu. „Du kriegst sonst nur Ärger.“

Ich schäumte innerlich. Die süßen Zwillingsmädels hatten sich schon so gefreut, dass sie jetzt drankamen! Und nun quetschte sich diese aufgetakelte Schnepfe dazwischen. Ihr geschniegelter Sohn stand jetzt vorm Weihnachtsmann und lächelte sofort leinwandreif los, als Mama das iPhone zückte und ihn ablichtete. Brav stellte ich mich wieder an meinen Platz. Wie nicht anders zu erwarten, wünschte sich Friedrich einen eigenen Plasmafernseher im Kinderzimmer. Ich verdrehte heimlich die Augen.

„Du bist echt urlaubsreif“, raunte Jessica mir zu. „Wird Zeit, dass du unseren Gutschein einlöst. Aber das geht im Moment natürlich nicht.“

Ich war im September dreißig geworden und hatte eine große Grillparty für meine Freunde geschmissen. Als Geschenk hatten sie mir einen Gutschein des Reisebüros überreicht, in dem Jessicas Schwester arbeitete. Denn sie wussten, dass ich jeden Cent für meine eigene Wohnung sparte und mir selbst garantiert keine Urlaubsreise leisten würde. Im Frühjahr wollte ich den Gutschein dann einlösen und mir irgendwo ein paar schöne Tage machen. Aber das lag noch in weiter Ferne, außerdem war ich gar nicht so scharf darauf, lange wegzufahren. Ich hatte keinen

Reisepartner und allein wurde es irgendwann öde.

Die Schickimicki-Tante knipste noch ausgiebig Fotos von ihrem Sprössling neben dem Weihnachtsmann. Ich wollte sie gerade bitten, endlich die Fliege zu machen, weil auch noch andere Kinder warteten, da kam Rambowsky herangesegelt und begrüßte die beiden freundlich.

Zum Glück entführte er sie zum Small Talk in die Feinkostabteilung, also atmete ich auf. Die Erleichterung war allerdings von kurzer Dauer, denn nach einer Viertelstunde rauschte er schon wieder heran.

„Frau Schwartz!“, übertönte seine mahnende Stimme den gerade erschallenden Gassenhauer vom rieselnden Schnee. Da ich mir ausnahmsweise keiner Schuld bewusst war, sah ich ihn fragend an.

„Lesen Sie die Mails der Personalabteilung nicht?“, fuhr er mich an.

„Äh, doch“, sagte ich. Nur nicht jedes einzelne Wort, fürchtete ich. Die waren ewig lang und schrecklich spröde formuliert, da konnte man schon mal was überlesen.

„Und wie kann es dann sein, dass Sie noch dreizehn Tage Urlaub für dieses Jahr übrighaben, obwohl es nur erlaubt ist, acht ins neue Jahr zu übernehmen?“ Er hielt mir einen Computerausdruck unter die Nase und wedelte damit herum.

Scheibenkleister. Daran hatte ich überhaupt nicht mehr gedacht.

„Dann, äh, nehme ich halt nach den Feiertagen frei“, schlug ich vor.

„Haben Sie schon mal in den Urlaubsplan gesehen?“, bellte er mich an. „Da steht nämlich Ihr Kollege drin. Außerdem reicht das nicht.“

Oh Mist! Jetzt fiel mir auch ein, dass Markus sich eingetragen hatte für die beiden letzten Tage im Jahr.

„Vielleicht könnten Sie eine Ausnahme machen?" Ich schenkte ihm meinen allerbesten Hundeblick.

Offenbar war unser Radetzky aber dagegen resistent. „Wie stellen Sie sich das vor? Unser Abrechnungsprogramm kennt keine Ausnahmen, die würden das ganze System durcheinanderbringen. Außerdem will ich damit erst gar nicht anfangen. Dazu kommt, dass Sie sowieso nicht gerade die Freundlichkeit in Person sind. Eben erst hat mir meine liebe Freundin Lydia erzählt, wie unhöflich Sie zu ihr und ihrem Friedrich waren. Ich habe den Eindruck, Sie sind hier überfordert."

Aber doch nur, weil mir stundenlang *Süßer die Glocken nie kliiingeeen* vorgedudelt wurde, so etwas haute die stärkste Frau um!

In mir schrillten sämtliche Alarmglocken. Und zwar gar nicht süß. Wollte er mich vom Engelsauftrag abziehen? Was würde mit meinem Bonus passieren?

„Was haben Sie denn vor?", fragte ich atemlos.

„Nun", sagte er gedehnt und schnippte einen Fussel von seinem Ärmel. „Unsere Auszubildende in der Kosmetik ist inzwischen volljährig geworden. Sie würde sich sehr gut als Engel machen, denke ich."

„Mandy?" Ich starrte ihn an. Die hatte schon ohne Perücke platinblonde Löckchen, außerdem das passende Fahrgestell. Also, nicht passend zu einem züchtigen Engel, sondern zur Dolly Parton-Frisur.

„Genau. Sie wird ab morgen für Sie übernehmen. Zeigen Sie ihr heute noch, wo das Kostüm dann hängt. Sie gehen ab morgen in den Urlaub."

„Und mein Bonus?“, fragte ich kleinlaut.

„Den teilen Sie sich natürlich hälftig mit Mandy“, erklärte er, drehte sich zackig um und marschierte von dannen.

Shit. Das war himmelschreiend ungerecht, denn ich stand schon seit Ende November als Himmelswesen herum, während Mandy ja nur ein paar Tage durchhalten musste.

Total bedröppelt schlich ich zurück an meinen Platz. Jessica schüttelte den Kopf. „Dieser Mistkerl!“, schimpfte sie. „Der will einfach nur Frischfleisch. Um Mandy scharwenzelt er ja schon die ganze Zeit herum.“

„Na ja, sie ist jung, knackig, blond und widerspricht ihm nicht“, erwiderte ich geknickt. Ich war nichts davon. Okay, mit dreißig gehörte ich noch nicht zum alten Eisen, aber so knackig wie sexy Mandy war ich wahrscheinlich nicht mehr. Außerdem hatte ich dunkle Haare und ein vorlautes Mundwerk.

„Aber das mit dem halbierten Bonus ist eine Frechheit“, schimpfte Jessica. Sie sah mich an. „Was machst du denn jetzt mit den freien Tagen? Fährst du zu irgendwelchen Verwandten?“

„Um Gottes willen, nein!“, entfuhr es mir. Das blieb mir zum Glück schon seit Jahren erspart.

„Dann fahr endlich einmal ein paar Tage weg. Du hast doch sowieso noch unseren Gutschein. Lös ihn ein!“

Verreisen im Advent? Ausgerechnet dann? Ich lachte zynisch. „Nach Dresden, um dort über den Striezelmarkt zu schlendern? Oder zur idyllischen Bergweihnacht nach Österreich? Nein danke.“

Daheimbleiben war aber auch nicht besser. Wenn ich in

meiner kleinen Mietwohnung aus dem Fenster sah, blinkten mich sieben bunte Sterne an, die die Leute im Wohnblock gegenüber an ihre Balkone und Fenster gehängt hatten. Und meine schwerhörige Nachbarin ließ ihre Lieblingslangspielplatte – *Weihnachten mit Roy Black* – in Discolautstärke laufen.

„Dann such dir doch was aus, wo du deine Ruhe hast", schlug sie vor. „Ich kann ja leider nicht mit ins Reisebüro wegen der versetzten Pausen. Aber geh zu Inga, sie findet bestimmt etwas für dich." Inga war Jessicas Schwester und arbeitete in einem großen Reisebüro, das ein paar Straßen weiter eine Filiale hatte.

„Ich weiß nicht recht", murmelte ich vor mich hin und drückte einer Mutter eilig ein paar Prospekte in die Hand.

Ein Baby weinte, ich kümmerte mich um die Familie und hatte dadurch Zeit, ein bisschen nachzudenken.

Hingehen konnte nicht schaden. Wenn Inga nichts Passendes hatte, war schließlich nichts verloren. Große Hoffnungen machte ich mir sowieso nicht, denn der Reisegutschein meiner Freunde belief sich auf 250 Euro. Ein Traumhotel auf einer garantiert weihnachtsfreien Südseeinsel war da eher unwahrscheinlich.

Ich legte meine Mittagspause auf zwei Uhr, zog mich um und stürzte mich ins Getümmel auf den Gehwegen. Als ich beim Reisebüro ankam, blinkten mir der unvermeidliche Tannenbaum und ein Rentier entgegen. Ich seufzte kurz und trat ein. Inga hatte noch einen Kunden, also wartete ich ein paar Minuten. Schließlich winkte sie mir fröhlich zu.

„Hallo, Mona, schön, dich zu sehen. Jessica hat mich schon angefunkt und dich angekündigt. Aber ich weiß noch nicht, was genau du willst."

Ich ließ mich auf den Stuhl plumpsen und erklärte ihr, was ich suchte. „Eigentlich ganz einfach. Ich brauche eine Unterkunft für die nächsten Tage. Gern auch über die Feiertage. Und zwar ohne Last Christmas-Gedudel, Lichterketten und Tannenbaum. Erschwinglich sollte es auch sein, mehr als meinen Gutschein will ich nicht ausgeben." Ich legte ihn auf den Tisch.

Inga sah mich ein paar Sekunden an, dann brach sie in Lachen aus. „Du bist echt witzig. Aber jetzt mal im Ernst, was kann ich für dich tun?"

Meine Brauen sprangen in die Höhe. War das so schwer zu verstehen? „Das war todernst!", stellte ich klar und erzählte ihr kurz, wie es zu meinem spontanen Urlaub gekommen war.

„Heute ist schon der zwanzigste", sagte sie. „Du willst morgen fahren und über die Feiertage bleiben? Das ist echt kurzfristig, puh."

Sie tippte wild auf ihrer Computertastatur herum, schüttelte aber immer wieder den Kopf. „Die großen Hotels sind sowieso ausgebucht. Bei ein paar kleineren könnte ich eine Chance haben, aber die machen natürlich Christmas Dinners oder Feiertagsmenüs."

„Auf gar keinen Fall!" Nicht noch mehr Gedudel und Zimtkeksduft!

„Flüge scheiden bei diesem Betrag sowieso aus, die Bahn ebenso. Die ist schweineteuer, wenn man so kurzfristig bucht."

„Ich habe ja ein Auto." Okay, es war eher eine japanische Klapperkiste, aber das Ding fuhr. „Such mir doch einfach ein alleinstehendes Hexenhäuschen irgendwo im

Wald. Gegen ungeschmückte Tannenbäume habe ich nichts."

Inga grinste mich an. „Die schnuckligen Häuschen sind immer als allererste weg. Auf diese Idee kommen nämlich sehr viele Kunden. Die buche ich oft schon im Mai."

„Na toll." Ich ließ den Kopf hängen. Eigentlich hätte ich mir denken können, dass so kurzfristig nichts mehr zu kriegen war. Würde ich eben daheim herumsitzen, die Rollläden herunterlassen, um mich den Blinkesternen zu entziehen, und gegen die Beschallung von nebenan meine gesamte Sammlung an Actionfilm-DVDs ansehen, natürlich in voller Lautstärke.

„Unsere einzige Chance wäre eine kurzfristige Absage", erklärt mir Inga. „Manchmal wird jemand krank und dann kommt etwas zurück. Ich schaue mal, wie es da aussieht."

Ihr schmalen Finger flitzten über die Tastatur.

„Hm", machte sie irgendwann. „Nichts davon ist in deiner Preisklasse. Ah, warte! Ich glaube, da ist gerade etwas Frisches reingekommen."

Sie klickte ein paar Mal, dann strahlte sie mich an. „Was hältst du von der Ostsee?"

Skeptisch wiegte ich meinen Kopf. „Sind da nicht alle Gassen mit Lichterketten geschmückt und in jeder Ecke singt ein Shantychor ein Weihnachtslied?"

„Wäre möglich. Aber du musst ja in keine Gasse und in keine Ecke. Ich habe nämlich etwas ganz Eckenfreies für dich." Sie grinste breit.

„Etwas Eckenfreies?", wiederholte ich verständnislos.

Sie drehte den Bildschirm, sodass ich das Angebot sehen konnte. Jetzt verstand ich das mit den fehlenden Ecken. Das war der Wahnsinn!

„Ein Leuchtturm?“, japste ich.

Inga nickte. „Genau. Normalerweise sind Wohnungen im Leuchtturm auf viele Monate ausgebucht. Aber bei diesem Anbieter gab es ein Storno. Eine Woche dort in Möwenitz kostet zweihundertachtzig Euro. Wow, das ist echt ein Schnäppchen!“

Ich beugte mich nach vorne, um die Bilder besser betrachten zu können. Der rot-weiße Turm stand auf einer kleinen Landzunge, zu der ein schmaler Weg führte. Die nächsten Häuser lagen ein Stück weit weg. Sah man aus den großen Fenstern, blickte man garantiert nicht auf eine rotblinkende Rentier-Rudolf-Nase, sondern nur aufs raue Meer. Ein Traum!

„Dort oben kann man wohnen?“, fragte ich atemlos.

Inga las die Beschreibung. „Wenn ich es richtig verstehe, ist oben im Leuchtturm das Wohnzimmer mit den Panoramafenstern. Ein Teil der Wohnung liegt aber in einem kleinen Anbau unten am Turm. Badezimmer, Küche und so.“

„Ich kann vom Sofa aus das Meer sehen? Dort oben in luftiger Höhe?“ Das war unglaublich!

Ich war ewig nicht mehr am Meer gewesen und merkte erst jetzt, wie sehr ich mich danach sehnte. Endlich würde ich die Großstadtluft hinter mir lassen, aus dem klimatisierten Kaufhaus ausbrechen und mir echten Meerwind um die Nase wehen lassen. Ich konnte es kaum mehr erwarten.

„Das nehm ich!“, beschloss ich spontan. Mein ganzer Körper prickelte plötzlich vor Vorfreude.

„Super“, freute sich Inga. „Dann buche ich es dir.“

Sie tippte etwas ein, stand kurz danach auf und holte einen Zettel aus dem Drucker.

„Ich habe gleich mal reserviert, jetzt erfasse ich deine Daten.“

Inga zog den Gutschein zu sich hin und gab den Code ein, der darauf abgedruckt war. Plötzlich zog sie ihre Stirn kraus.

„Passt etwas nicht?“, fragte ich. „Ist der Gutschein abgelaufen?“

„Nein, nein, unsere Technik spinnt nur wieder. Manchmal hängt das System sich auf, da friert das Ganze ein und ich kann nichts mehr erfassen. Aber ich hatte es ja bereits klar gemacht. Dummerweise kann ich die Buchungsbestätigung nicht ausdrucken, ich muss den Computer neu starten. Reicht dir die Reservierungsbestätigung? Da steht die Adresse des Leuchtturms drauf. Und die Nummer für die Schlüsselbox schreibe ich dir einfach dazu. Die wurde mir zum Glück noch angezeigt.“

„Logo!“ Ich kramte meine Geldbörse heraus, legte drei Zehn-Euro-Scheine für den Mehrpreis auf den Gutschein und freute mich wie ein Schneekönig.

Inga schrieb mir die Adresse auf. Möwenitz war ein winziges Dorf in der Nähe des Ostseebads Rerik, erklärte sie, also in einer eher ruhigeren Gegend ohne Glamour und Touristenschwärmen. Neben der Tür zum Leuchtturm gab es ein Kästchen, in das ich vier Zahlen tippen und so die Schlüssel erhalten würde. Klang alles absolut fantastisch!

„Aber fahr morgen ganz früh los“, warnte mich Inga. „Es soll ein schlimmer Schneesturm aufziehen, gerade dort oben in der Rostocker Ecke.“

„Mach ich!“, versprach ich. Dann sprang ich auf. „Du, ich muss zurück. Mein Engelskostüm ruft. Vielen Dank dir für die tolle Leuchtturmwohnung!“

„Eine schöne Zeit wünsche ich dir."

„Die werde ich haben!"

Oh ja, das würde ich. Eine grandiose Zeit würde ich haben. Eine absolut Christmas-wahnsinns-freie Zeit, in der ich einen Stirb-langsam-Marathon sehen, Chilichips verdrücken und knallharte Rockklassiker hören würde. Hurra, ich war ein Glückskind!

3. Möwenitz

Der nächste Morgen begann damit, dass ich kolossal verschlief. Was kein Wunder war, denn am Abend zuvor hatte ich mit Jessica eine vorgezogene Weihnachtsparty gefeiert. Wir hatten bei ihr zu Hause ordentlich Wodka gebechert und Pizza Diabolo verdrückt, außerdem uns gegenseitig mit einer DVD beschenkt, was schon Tradition war. Ich hatte für sie ein Scifi-Abenteuer ausgesucht, sie für mich den knallharten Thriller *Bourbon, Blood and a ticking Bomb*, was sehr vielversprechend klang. Dabei war es wie üblich spät geworden und deshalb zeigte mein Wecker schon zehn Uhr an, als ich endlich aus den Federn kroch.

Erst einmal braute ich mir einen starken Kaffee, schmierte mir ein Marmeladenbrot und gönnte mir eine ausgiebige Dusche. Anschließend zog ich meinen uralten Koffer aus dem Schrank und warf ihn aufs Bett. Grinsend stand ich vor meinem Kleiderschrank und streckte meiner Festtagsbluse die Zunge raus. „Ätsch, dich brauche ich nicht! Ich muss zu keiner öden Weihnachtsfeier und brauche mich von niemandem dumm anreden zu lassen. Ich kann die ganze Zeit über in Jogginghosen herumlaufen!“

Das war sowieso das Drittbeste an dieser Leuchtturmsache: Ich konnte tagelang ungekämmt und in meinen bequemsten Klamotten herumhängen.

Das Zweitbeste war natürlich, dass ich nicht zu lästigen Firmenfeiern oder Familienbesuchen antreten musste.

Und das Allerbeste war, dass ich eine komplett weihnachtsfreie Zone genießen durfte.

Ich warf also eine Ladung Leggings in den Koffer, dazu ausgeleierte Sweatshirts, ein paar lockere Shirts, meine wärmsten Wollsocken. Dummerweise herrschte bei der Unterwäsche ziemlicher Notstand, weil ich vor zwei Wochen das letzte Mal gewaschen hatte. Also sammelte ich die Schmutzwäsche zusammen und trottete damit in den Keller, wo die Waschmaschinen standen. Das war eine Sache, auf die ich mich tierisch freute, wenn ich mal meine eigene Bude besitzen würde: eine Waschmaschine in der Wohnung, vielleicht sogar einen kleinen Balkon, auf dem ich mein Zeug trocknen konnte. Und nicht im Keller dem lüsternen Herrn Kohlhaas aus dem zweiten Stock über den Weg lief, der wahrscheinlich heimlich an meinen BHs schnupperte.

Um den Koffer trotzdem fertigpacken zu können, kramte ich im Schrank herum, fand eine Ladung Slips im Großformat, außerdem einen ausgeleierten Sport-BH. Heiße Dessous brauchte ich in meinem einsamen Leuchtturm nicht, also warf ich die Liebestöter in den Koffer.

Musste ich Handtücher mitnehmen? Oder gab es die dort? Echt doof, dass ich keinen Prospekt hatte. Da wäre vermerkt gewesen, ob ein Föhn, Handtücher oder eine Kaffeemaschine vorhanden waren.

Die viel wichtigere Frage war natürlich, ob es dort Netflix gab. Oder überhaupt ein stabiles Netz. Sollte ich einen DVD-Player einpacken? Zumindest für meinen Laptop, denn der hatte kein Laufwerk.

Ich googelte erst einmal, ob ich vielleicht etwas fand über die Leuchtturmwohnung. Aber Fehlanzeige. Dann rief ich im Reisebüro an, erhielt jedoch dreimal die Ansage, dass leider alle Mitarbeiter in Kundengesprächen wären. Ach, egal. Auf Verdacht warf ich einige DVDs in den Koffer, aber ich wollte auch auf Nummer sicher gehen. Abende in einem einsamen Leuchtturm konnten lang sein, deshalb lud ich mir eine Reihe Filme von Netflix auf meinen Laptop. Da das Ding etliche Jahre auf dem Buckel hatte, dauerte das ein Weilchen, außerdem musste ich erst einmal Dateien löschen, weil der Speicher sonst keinen Platz hatte.

Weil ich sowieso auf die Wäsche warten musste, ging ich noch in den Supermarkt und kaufte einen Schwung Essbares ein, das ich mitnehmen würde. Dann würde ich den Leuchtturm in den ersten Tagen gar nicht verlassen müssen. Herrlich! Endlich mal Zeit für mich allein, keine lästigen Kunden, Verwandten, Radiosongs. Ich freute mich so irrsinnig auf meine Auszeit, dass ich am liebsten in karibischen Mamboschritten durchs winterliche Hannover getanzt wäre.

Als ich vollbepackt vom Supermarkt nach Hause schlurfte, fielen mir vereinzelte Schneeflocken auf die eisige Nase. Ich legte den Kopf in den Nacken und sah in den Himmel. Da gab es ein paar graue Wolken, aber von einem Schneesturm, wie Inga ihn prophezeit hatte, waren wir weit entfernt. Es gab also keinen Grund, sich abzuhetzen.

Ich kochte mir erst einmal einen weiteren Kaffee und löste ein Sudoku, das ich in einer Zeitschrift gefunden hatte.

Ein Blick auf mein Handgelenk verriet mir, dass es inzwischen schon nach zwei Uhr war. Allmählich sollte ich in die Gänge kommen. Ich kramte noch eine Weile herum, bis ich alles Wichtige beisammenhatte. Danach packte ich meine Lebensmittel in eine Schachtel und trug sie zum Auto. Die Wäsche hatte ich aufgehängt und hoffte, dass sie noch da wäre, wenn ich zurückkam. Nachdem ich mir aus den Resten im Kühlschrank ein Sandwich für unterwegs gebastelt und den Müll rausgebracht hatte, schleppte ich meinen Koffer nach unten und war endlich abfahrbereit.

Ich zuckelte mit meiner Reisschüssel durch den Nachmittagsverkehr und kam nicht weit. Dummerweise wohnte ich im Süden der Stadt, musste aber nach Norden. Und das war heute wieder mal eine Herausforderung. Zwei Autos waren ineinander gerauscht, die Straße dicht, alles stand. Als ich nach einer halben Stunde endlich weiterschleichen konnte, begann der Feierabendverkehr und ich brauchte eine Ewigkeit, um Hannover zu durchqueren.

Als ich endlich auf der A7 war, bauschten sich dunkelgraue Wolken auf und aus den süßen, einzelnen Schneeflocken waren tausende geworden, die gegen meine Windschutzscheibe prasselten. Je weiter nach Norden ich fuhr, desto heftiger wurde auch der Wind. Ich musste das Lenkrad mit beiden Händen festhalten, weil mein Kleinwagen immer wieder von heftigen Böen erfasst wurde.

Verflixt, ich hätte wirklich früher losfahren sollen! Jetzt wurde es allmählich dunkel, was das Fahren im dichten

Schneetreiben nicht erleichterte. Dabei war ich noch nicht einmal in Hamburg! Der Schneefall wurde immer dichter, die Böen machten mir allmählich Angst. Als ich Lübeck hinter mir gelassen hatte und auf Wismar zufuhr, wurde immerhin der Verkehr weniger. Schließlich verließ ich die breite Bundesstraße, kämpfte mich über winzige Seitenstraßen voran und landete irgendwann in Möwenitz. Vom Ort konnte ich in der Dunkelheit und durch den Schneesturm kaum was erkennen, aber die kleine Landzunge zum Leuchtturm fand ich nach einigem Suchen.

Der schmale Kiesweg war zwar laut Schild für Autos gesperrt, aber ich war schließlich Anwohnerin, außerdem konnte ich bei diesem Wetter wohl kaum mein Gepäck herumschleppen.

Ich fuhr direkt auf den Leuchtturm zu. Er ragte wie eine unerschütterliche Festung in den aufgewühlten Himmel, schien völlig unbeeindruckt vom Sturm und der aufspritzenden Gischt. Mein Herz hämmerte wie verrückt, als ich ihn ehrfürchtig betrachtete. So unerschrocken wollte ich auch sein. So fest im Boden verankert und aufrecht. Egal, was kam.

Ein leichtes Zittern lief durch meinen Körper. Kam es von der Erschöpfung durch die lange Fahrt? Oder durch die Aufregung? Ich war noch nicht oft alleine in den Urlaub gefahren und fühlte mich ein klein wenig verloren. Andererseits war da dieses Licht. Dieses warme, den Schneesturm durchdringende Licht, das der Turm mir entgegensandte, und das irgendwie auch tief in mein Herz drang. Es stammte nicht vom Leuchtfeuer, das offenbar nicht mehr in Betrieb war, sondern kam aus der Wohnung. Ich nahm an, dass die Vermieter es für mich angelassen hatten, damit ich nicht einen stockfinsteren Turm betreten musste. Wirklich nett von ihnen und ein Start in meine Urlaubstage, der mich lächeln ließ.

Es war etwas Besonderes, hier wohnen zu dürfen, direkt in der rauen Natur. Ich fühlte mich gleichzeitig winzig klein und seebärenstark. Nur noch ein paar Minuten, dann würde ich dort oben in meinem Wohnzimmer sitzen und auf die brausende See hinaussehen!

Entschlossen stieg ich aus. Das heißt, ich versuchte es. Erst beim zweiten Mal schaffte ich es, die Fahrertür weit aufzudrücken, denn der Wind blies so dagegen.

Das waren echte Naturgewalten. Der Sturm blies mir Strähnen ins Gesicht, der Schnee durchnässte mich. Ich zerrte meinen Koffer aus dem Wagen und kämpfte mich mit eingezogenen Schultern bis zum Turm durch. Er hatte eine Tür, daneben war ein kleines Kästchen angebracht. Im Halbdunkel sah ich den Anbau auf der anderen Seite. Den würde ich später erkunden, erst einmal wollte ich in den Turm.

Mit eiskalten Fingern tippte ich die vier Zahlen ein, die Inga mir aufgeschrieben hatte. Es klappte! Die Schlüsselbox ließ sich öffnen und ich konnte den Schlüssel herausnehmen, der darin lag. Inga hatte zwar von zwei Schlüsseln gesprochen, aber egal. Ich reiste ja allein, mir reichte der eine.

Bevor der Sturm mich endgültig aufs weite Meer hinausblies, steckte ich den Schlüssel ins Schloss und drehte ihn. Die Tür öffnete sich widerwillig. Ich zerrte meinen Koffer hindurch und stand vor einer hölzernen Wendeltreppe. Auf der Rückseite war eine Tür, die führte sicher in den Anbau. Für mich hieß es aber: Ab nach oben!

Den Koffer mit mir schleifend, stieg ich die Wendeltreppe hinauf. Puh, die war verflixt hoch. Mein Arm, der den Koffer trug, wurde immer länger. Auch mein Pulsschlag beschleunigte sich, was aber nicht nur an den vielen Stufen lag. Nur noch ein paar Schritte, dann hatte ich es geschafft! Dann konnte meine actiongeladene, hardrockgeschwängerte, *Last Christmas*-freie Auszeit endlich beginnen!

Vor lauter Vorfreude sang ich in schrägen Tönen AC/DCs *Thunderstruck* vor mich hin, weil es wettermäßig perfekt passte und ich damit einen passenden Auftritt in meinem neuen Reich hinlegen konnte.

Die letzten beiden Stufen. Eine offenstehende Tür. Warmes Licht, das mich einlud, endlich ganz oben anzukommen und meine herrlich einsame Wohlfühlzeit zu genießen. Ich betrat mit meinem Koffer in der Hand den Raum – und fiel fast in Ohnmacht.

„Was ist denn das?“, keuchte ich.

Vor mir stand ein Mann. Das alleine wäre ja schon schlimm genug, aber er trug auch noch einen weihnachtsroten Rollkragenpulli, von dem mich ein grinsendes Rentier anlächelte. Außerdem steckte er gerade einen Plastikzweig in einen Plastikstamm, hatte neben sich mehrere Boxen mit Weihnachtsbaumkugeln liegen und wurde angestrahlt von diversen Lichterketten, die an den Wänden funkelten. Zu allem Überfluss stimmte Bing Crosby die ersten Töne von *White Christmas* an.

„Wer zum Henker sind Sie?“, krächzte ich.

Er starrte mich an. „Wie kommen Sie dazu, hier einfach hereinzuschneien?“, fragte er. Allerdings ohne ein peinliches Krächzen in der Stimme.

„Ich habe diese Wohnung gemietet“, erklärte ich.

„Ich auch“, erwiderte er.

Das war zu viel. Ich ließ den Koffer auf den Boden plumpsen und schüttelte ungläubig den Kopf, ungefähr sieben Mal.

„Das kann nicht sein! Ich war erst gestern im Reisebüro, weil ich ganz kurzfristig was gesucht habe. Und diese Wohnung war frei! Jemand hatte storniert. Waren Sie das? Sie können nicht erst buchen, anschließend stornieren und am Ende dann doch hier sein. Und dazu noch dieses wundervolle Zimmer in ein kitschiges Weihnachtswonderland verwandeln!“

Seine Miene verfinsterte sich. „Moment mal! Ich habe auch gestern gebucht. Genau, es war ein Storno, das ganz frisch reinkam. Aber ich habe den Schlüsselcode bekommen.“

„Sieben, neun, zweimal die Vier“, sagte ich.

Jetzt fiel ihm die Kinnlade runter. „Das gibt es ja nicht!“, rief er und starrte mich entsetzt an. „Sie haben den gleichen Code? Und die gleiche Wohnung gebucht? Was machen wir denn jetzt?“

„Na, Sie müssen sich eine andere Bleibe suchen“, beschloss ich. War doch klar, oder?

„Wieso ich?“ Er fixierte mich mit seinen stahlblauen Augen. „Sie haben schließlich noch nicht ausgepackt, ich schon.“

„Aber ich bin eine zarte Frau und man kann mich nicht einfach in einen gefährlichen Sturm hinausschicken“, erklärte ich, obwohl ich noch nie im Leben die Mädchen-Karte gezückt hatte. Aber das hier war nun mal ein Notfall, da war alles erlaubt. Sogar, sich als süßes, schützenswertes

Wesen darzustellen. Schließlich stand mein Stirb langsam-DVD-Marathon auf dem Spiel!

„Hm“, machte er und schien zu überlegen.

Ich musterte ihn. Wenn man sich den peinlichen Rentierpulli wegdachte, war er durchaus attraktiv. Er war Mitte dreißig, dunkelhaarig, hatte knallblaue Augen und sah aus wie ein Kerl, der gerne an den Klippen herumkletterte und danach ein Lagerfeuer entzündete. Seine letzte Rasur war ein paar Tage her, das gefiel mir. Außerdem hatte er eine angenehme Stimme, herrlich dunkel und voll. Nur – es gab für mich kein Accessoire, das schlimmer war als der Zweig eines Plastikweihnachtsbaums! Hätte er eine Flasche Bier getragen, einen ölverschmierten Schraubenschlüssel, eine Heugabel über der Schulter: fein! Dann hätte ich wahrscheinlich sofort einen kleinen Flirtversuch gestartet.

Aber er besetzte meine Wohnung. Noch dazu mit seiner Lichterketten-Orgie. Das ließ ihn auf der Attraktivitätskurve weit in den Minusbereich rutschen.

„Wir suchen was für Sie“, beschloss er und zog sein Handy heraus. Nur um kurz darauf zu sagen: „Mist, kein Netz. Der Sturm funkt wohl dazwischen.“

Ich baute mich breitbeinig vor ihm auf. „Eins ist klar: Ich werde nicht draußen herumlaufen, um wie Maria und Josef an die Türen zu klopfen zwecks Herberge. Erstens bin ich nicht besonders gläubig und zweitens nicht hochschwanger.“

Obwohl ich in meinem oversized Riesensweater womöglich so aussah.

„Heute sowieso nicht“, sagte er, warf noch einen letzten, flehenden Blick auf sein Handy und steckte es weg.

„Dann suchen wir eben für diese Nacht einen Schlafplatz. Unten im Schlafzimmer habe ich mein Zeug schon ausgebreitet, aber die Couch hier oben wäre noch frei."

Er deutete auf das Sofa, über dem eine mehrfarbige Lichterkette munter vor sich hin blinkte.

Ein sehr langer und sehr tiefer Seufzer entfuhr mir. „Nur, wenn ich die Deko wegmachen darf."

„Unsinn. Die bleibt. Schließlich ist Advent."

Mit einem Mal war ich unendlich müde. Ich hatte überhaupt keine Lust, dem blauäugigen Dekozauberer zu erklären, wieso ich etwas gegen künstliche Tannenbäume hatte. Mir war kalt, ich hatte Hunger und wollte nicht mehr raus in die Kälte.

„Okay", stimmte ich also zu. „Ich bleibe heute Nacht hier. Aber morgen klären wir, wer denn nun der rechtmäßige Mieter ist. Ich bin übrigens Mona."

„Und ich Kai. Hast du Lust auf einen Glühwein?"

„Nur über meine Leiche", gab ich umgehend zurück. Dass er zum Du übergegangen war, war okay. Dass er mir süßen Glühwein und vielleicht noch Kekse anbot, nicht. „Ich habe Wodka dabei", sagte ich. „In einer Kiste im Auto."

Seine Augenbrauen sprangen in die Höhe.

„Ist immer gut, wenn man vorbereitet ist", brummte ich. Dean Martin sang gerade sein unvermeidliches Lied über Rentier Rudolph. Der bunte Stern über dem hinteren Fenster blinkte im Takt.

Ich ließ meinen Koffer stehen und eilte die Wendeltreppe hinunter. Wenn ich die nächsten Stunden überstehen wollte, würde ich unbedingt Wodka brauchen. Viel Wodka!

4. Chili-Nüsse und Wodka

Der Sturm hatte kein bisschen nachgelassen, war eher noch stärker geworden. Ich schaffte es nur unter größter Kraftanstrengung, den Karton mit den Lebensmitteln aus dem Auto zu hieven und in den Leuchtturm zu tragen. Kai kam die Treppe herunter, als ich unten noch mit der Tür kämpfte.

„Warte, ich helfe dir.“ Er sprang die letzten Stufen herab, schloss hinter mir die Tür und nahm mir die schwere Kiste ab. Natürlich sah er hinein. Und natürlich riss er dabei überrascht die Augen auf.

„Das ist dein Proviant für die nächsten Tage?“

„Yepp“, bestätigte ich.

„Das sind fast nur Chips, Chili-Nüsse, ein paar Fertiggerichte und Alkoholisches.“

„Ich weiß, ich habe den Karton selbst gepackt. Außerdem ist eine Packung Birnen drin, zwei Bananen und eine Flasche Orangensaft.“

Er sah abwechselnd vom Kartoninhalt zu mir. „Es ist Weihnachten“, sagte er.

Ich verdrehte die Augen.

Mann, der Kerl regte mich tierisch auf!

„Stell dir vor, das ist mir schon aufgefallen! Genau deshalb habe ich mir eine Wohnung in einem Leuchtturm gebucht. Damit ich mit diesem ganzen Wahnsinn nichts zu tun habe. Könntest du die Kiste jetzt nach oben tragen? Oder gib sie mir zurück, dann mache ich das selbst."

„Nein, nein, schon gut." Er stiefelte mit dem Karton in der Hand die Treppe hinauf. Erst als wir oben waren, fiel ihm etwas ein.

„Die Küche ist unten im Anbau. Aber deine Sachen hier schauen nicht so aus, als wolltest du dir heute unbedingt etwas kochen." Er stellte den Karton auf einem Sideboard ab.

„Gut erkannt. Weder heute noch die nächsten Tage."

„Ist es was Religiöses?" Kai hatte sich zu mir umgewandt und sah mich fragend an.

Ich war verwirrt. „Das Essen?"

Wunderte er sich, dass ich kein Schweinefleisch eingepackt hatte? Ich aß generell lieber Nudeln oder asiatischen Reis als ein Nackensteak.

„Nein, wegen Weihnachten. Magst du es nicht, weil es ein christliches Fest ist?" Mit einem Seitenblick sah er auf die kleine, geschnitzte Holzkrippe, die neben dem Plastikbaum auf dem Boden stand.

„Du liebe Zeit, nein. Ich habe einfach nichts mit Blinkesternen und dem Gedudel von silbernen Glöckchen am Hut. So schwer ist das doch nicht zu verstehen."

Er tat ja, als wäre ich der einzige Mensch auf der Welt, der nichts mit dem ach so tollen Fest anfangen konnte. Dabei war es mir doch egal, ob andere Leute sich rund um einen bunten Baum versammelten und sich beschenkten.

Ich wollte einfach nur selbst meine Ruhe haben.

„Hm“, machte er. „Dann hast du jetzt aber Pech. Denn ich habe mir dieses Apartment genau aus diesem Grund gebucht: Damit ich für mich ganz allein ein herrlich traditionelles Weihnachtsfest feiern kann. Mit Blinkesternen und Glöckchen und einem drei Gänge-Weihnachtsmenü.“

„Das du dann selbst brätst oder was?“ Ich lachte über meinen eigenen Witz.

Kai jedoch blieb ernst. „Klar. Habe alles dabei. Sogar Kekse will ich übermorgen backen, den Teig mache ich allerdings nicht selbst, den habe ich gekauft.“

Ich ließ mich auf die Couch fallen und starrte ihn an. „Ist das dein Ernst? Du willst hier richtig kochen und backen und so? Am Ende hast du auch noch ein Geschenk für dich selbst gekauft, dass du dann wie Mister Bean in diesem Geburtstagssketch auspackst und ein überraschtes Gesicht machst?“

Der Kerl war verrückt. Ich schielte, wie weit es bis zur Tür war. Man sollte in solchen Situationen immer eine Fluchtmöglichkeit parat haben.

„Geht dich nichts an, ob ich ein Geschenk habe“, knurrte er.

Ah! Ich hatte ihn ertappt!

„Und, dass ein Mann kochen kann, ist nun wirklich nichts Besonderes“, fuhr er mich an. „In welcher Welt lebst du denn?“

Seine Laseraugen blitzten angriffslustig, als er mich das fragte. Es fiel mir schwer, diesen intensiven Blick zu ertragen. Mein Nacken kribbelte nämlich ganz gewaltig, wenn er mich so ansah.

„Schon klar“, nuschelte ich. „Natürlich kenne ich Kerle, die gut kochen. Finde ich auch richtig super, wenn ein Mann das kann.“

Das war nicht gelogen. Ich selbst liebte es zwar, Kuchen zu backen oder mir schrille Toppings für Cupcakes auszudenken, aber beim Kochen war ich unbegabt. Da gab es oft nur Nudeln mit Fertigsoße oder ein schnelles Curry.

„Aber du hast keinen, der das für dich macht?“, fragte er und musterte mich.

Verflixt. Ich hatte nicht damit gerechnet, heute noch einem Mann gegenüberzustehen. Dementsprechend sah ich aus. Meine Haare hatte ich zu einem unordentlichen Pferdeschwanz zusammengebunden, ich war – wie meist – ungeschminkt, trug eine uralte Schlabberjeans, weil die zum Fahren bequem war, und meinen Oversize-Pulli. Wie ich mit einem schnellen Blick feststellte, war mir wohl etwas Frischkäse von meinem Unterwegs-Sandwich auf den Stoff getropft. Auf meinem Pulli saß ein Fleck, der aussah, als hätte mich eine Möwe mitten auf der Brust erwischt.

Ich seufzte innerlich. Dann fiel mir auf, dass Kai offenbar noch auf eine Antwort wartete. „Ich brauche keinen Mann zum Glücklichsein“, erklärte ich mit fester Stimme.

„War mir klar.“ Er grinste. „Höchstens zum Bekochtwerden wäre manchmal einer praktisch, nicht wahr?“ Sein Blick wanderte erneut zu meinem Fressalienkarton.

Jetzt reichte es.

„Weißt du was? Du gehst jetzt runter in die Küche und brutzelst dir ein adventliches Bœuf Stroganoff oder was auch immer. Und ich verdrücke hier oben in aller Ruhe eine Tüte Chips, während ich mir einen Film reinziehe."

Damit er gar nicht auf die Idee kam, mir zu widersprechen, klappte ich meinen Koffer auf, holte meinen Laptop heraus und lümmelte mich aufs Sofa.

Kai blieb stehen, neigte den Kopf ein wenig zur Seite und sah mich an, wobei er die linke Augenbraue hochzog.

„Du bist seltsam", sagte er schließlich. „Sehr seltsam."

Dann trabte er tatsächlich nach unten.

Erstaunt sah ich ihm nach. Danach sprang ich auf wie ein junges Rentier, stürmte zum Radio und schaltete es aus.

Ah, diese herrliche Stille! Keine Weihnachtslieder mehr, nur noch das Brausen des Sturms.

Blöderweise hing aber noch der Nachhall von Kais Stimme im Raum. „Sehr seltsam", hatte er mich genannt und womöglich hatte er recht damit. Allerdings verstand ich nicht, wieso seine dunkle Stimme sich so in meinem Kopf festgehakt hatte. Musste daran liegen, dass ich überarbeitet war. Oder daran, dass ich allergisch reagierte auf blinkende Lichterketten.

Es dauerte eine Weile, bis ich bei allen Ketten und Sternen den Aus-Knopf gefunden hatte. Bei einer musste ich den Stecker aus der Steckdose ziehen. Aber nun war endlich alles Funkelnde und Blinkende weg, der Weihnachtszauber hatte ein optisches und akustisches Ende.

Erleichtert atmete ich ein paar Mal tief durch. Roch sogar die Luft hier im Raum ein bisschen salzig? Zumindest bildete ich mir das ein. Ich schaltete das Licht aus und trat an eines der Fenster. Mein Herz schlug bis zum Hals, als ich hinaussah. Vor meinen Augen lag die stürmische Ostsee in all ihrer rauen Schönheit. Der Sturm brauste übers Meer, ließ Wellen nach oben schießen und die Gischt spritzen. Alles war dunkel und gefährlich und ein bisschen unheimlich. Die mächtigen Kräfte der Natur ließen ihre Muskeln spielen.

Ich liebte es.

Und sog den Anblick tief in mich auf. Diese wilde Rauheit tat so unendlich gut nach den langen Wochen mit rosa Püppchen, Engelslöckchen und Goldglitzer. Der Schnee wirbelte umher, wurde nach oben und unten getrieben vom Sturm. Das war so viel besser als eine zarte Geigenmelodie von *Leise rieselt der Schnee*. Ich konnte gar nicht genug kriegen von der Aussicht auf das aufgewühlte Meer und den Wintersturm. Von einem Fenster zum anderen ging ich, beobachtete durch jedes minutenlang das Treiben auf dem Meer.

Nach und nach fiel die Anspannung von mir ab. Mit jeder Welle, die aus der Ostsee stieg und wild gegen die Landzunge krachte, fühlte ich mich wieder etwas freier. Mir war, als könnte ich zehnmal tiefer atmen, wenn ich hier stand und aufs Meer sah, als wenn ich im Kaufhaus neben dem Weihnachtsmannsessel herumlungerte.

Ehrfürchtig legte ich meine Hände an das kühle Fensterglas. Es prickelte in meinen Fingern. Hier im Leuchtturm war ich irgendwie mittendrin im Sturm, im Schneefall, im eisigen Wind. Es fühlte sich wunderbar an.

Ich schloss die Augen, lehnte meine Stirn gegen die Scheibe, genoss die Kälte des Glases.

Es war richtig gewesen, hierher zu kommen. Ja, dieser Leuchtturm an der rauen Ostsee war der perfekte Ort für mich! Und unter gar keinen Umständen würde ich mich von hier verjagen lassen. Kai konnte gleich morgen früh seinen ganzen Christmas-Schnickschnack einpacken und woanders aufbauen. Sicher gab es irgendwo eine Vermieterin einer Ferienwohnung, die sich irrsinnig über einen hobbykochenden Weihnachtsfan mit Dekospleen freuen würde. Ich konnte die Vermieterin förmlich vor mir sehen! Eine ältere Frau mit Dauerwelle, die gern strickte, Apfelkuchen backte und Rosamunde Pilcher-Filme schaute. Die würde einen wie Kai sofort ins Herz schließen und ihm die Wohnung wahrscheinlich zum halben Preis vermieten, weil er so ein lieber und freundlicher Mann war.

Es war also eine Win-win-Situation, gar keine Frage!

Außerdem würde es nicht schwer sein, ihm das Ganze zu verklickern. Denn morgen würde der Sturm sich bestimmt gelegt haben, das Telefon wieder funktionieren und Inga mir bestätigen, dass ich die rechtmäßige Mieterin des Leuchtturms wäre.

Meine gute Laune kehrte zurück. Ich knipste das Licht wieder an, holte die kuscheligen Wollsocken aus meinem Koffer und zog sie an. Anschließend riss ich eine Tüte mit Chili-Nüssen auf, machte es mir auf der Couch gemütlich und startete einen Actionfilm, den ich heruntergeladen hatte. Der Wodka konnte noch warten, ich öffnete erst einmal eine Flasche Cola. Die konnte ich später mit Wodka verdünnen, falls es nötig sein sollte.

Als die erste Verfolgungsjagd richtig in Gange war, erschnupperte ich einen eigenartigen Geruch. Was war das? Es dauerte eine Weile, bis ich dahinterkam. Knoblauch und Kreuzkümmel? Konnte doch gar nicht sein.

Ich stoppte den Film, stand auf und ging zur Tür, hinter der die Treppe begann. Die Tür stand offen und der Duft zog offenbar von unten herauf.

Jetzt war ich neugierig. Ich stieg die Stufen nach unten und stand vor einer angelehnten Tür. Zögernd kaute ich auf meiner Lippe. Sollte ich klopfen? Oder einfach eintreten? Schließlich hatte ich ja die gesamte Wohnung gemietet, da gehörte auch der Anbau dazu.

Da es jetzt gewaltig klapperte und mein Klopfen sowieso untergegangen wäre, trat ich einfach ein. Und staunte nicht schlecht. Ich befand mich in einer liebevoll eingerichteten Miniwohnung, genauer gesagt in der Essküche. Es führten von dort zwei weitere Türen weg, wahrscheinlich ins Bad und ins Schlafzimmer. An einem Herd, der die besten Jahre schon hinter sich hatte, stand Kai und zog eine tiefe Pfanne von der Herdplatte.

„Das riecht sehr spannend“, sagte ich.

Er fuhr herum.

„Ah, Mona!“, sagte er, widmete sich dann aber einer Ingwerwurzel, die er in winzige Stücke schnitt.

Immerhin wusste er meinen Namen noch. Er hatte ihn zum ersten Mal ausgesprochen und damit ein kleines Kribbeln über meine Wirbelsäule gesandt. Echt komisch. Mona war ja nun wirklich kein Name, den man irgendwie besonders schön oder aufregend aussprechen konnte. Nicht wie Céline oder Angelique oder Melody-Jocelyn. Trotzdem hatte es mir für einen Moment den Atem verschlagen, als Kai mich direkt angesprochen hatte.

Ich versuchte, ein möglichst unverbindliches Lächeln aufzusetzen. „Wollte nur nachschauen, ob hier irgendwas angebrannt ist. Weil es so komisch gerochen hat.“

Das war eine super Erklärung für mein Auftauchen! Ich war stolz auf mich.

Doch er grinste, als er sich zu mir umdrehte.

„Also, wenn du den Unterschied zwischen einem Zimmerbrand und gerösteten indischen Gewürzen nicht erkennst, solltest du deine Nase ärztlich untersuchen lassen. Oder darüber nachdenken, hin und wieder was anderes zu essen als Fertiggerichte."

Er wandte sich wieder seinem Kochtopf zu, rührte um und griff schließlich zu etwas, das möglicherweise eine Süßkartoffel sein könnte. Ich wagte keine Nachfrage, weil ich mich nicht erneut blamieren wollte.

Da er sich offenbar lieber mit der Kartoffel als mit mir unterhielt, drehte ich mich um und wollte klammheimlich verschwinden. Doch ich hörte ihn fragen: „Willst du mitessen? Es gibt Tikka Masala Gemüsepfanne. Mit Reis."

Als ich mich umwandte, gab er gerade eine ordentliche Prise Zimt in die Pfanne.

Wollte er mich veräppeln? Weil ich keine süßen Zimtsterne mehr sehen konnte, kochte er jetzt eine Gewürzpfanne? Die er womöglich mit Glühwein aufgoss?

Aber nein, es roch nicht süß, sondern exotisch-würzig. Und verdammt lecker.

„Du willst mich zum Essen einladen?", fragte ich skeptisch.

Kai zuckte mit den Schultern. „Wieso denn nicht? Es ist schwierig, so eine Pfanne für nur eine Person zu kochen. Außerdem kann ich es nicht verantworten, dass du dich tagelang von Chips ernährst. Ein bisschen Gemüse schadet nicht." Lächelnd hielt er zwei kleine Zucchini und eine rote Paprika in die Höhe. „Außerdem bist du morgen ja weg, da gebietet es mein Anstand, dir etwas anzubieten."

Pah! Von wegen, *ich* würde weg sein! Da würde sich morgen ganz sicher etwas anderes ergeben. Aber ich ließ ihn in dem Glauben. Wenn er mir wirklich einen Teller abgeben wollte, war das in Ordnung. Mir fiel nämlich ein, dass ich ja auch das Bad hier unten benutzen musste. Eine strikte Trennung zwischen meinem Raum oben und seinem Anbau hier unten war also gar nicht möglich. Deshalb war es bestimmt schlau, nicht ständig auf Konfrontation zu gehen.

„Sehr nett von dir", sagte ich in einem Tonfall, den man auch als Ironie verstehen konnte.

„Du kannst schon mal den Tisch decken. Da drüben im Schrank ist das Geschirr." Er deutete mit einem Nicken nach rechts.

Also gut. Wir waren schließlich beide erwachsen und halbwegs zivilisiert. War ja nichts dabei, gemeinsam zu Abend zu essen.

„Wo kommst du eigentlich her?" Er schnipselte das Gemüse klein.

„Aus Hannover. Und du?"

„Hamburg. Na ja, zumindest lebe ich da. Ursprünglich komme ich aus einem kleinen Nest in Baden-Württemberg, in der Nähe von Stuttgart."

„Ist ein weiter Weg von dort nach Hamburg." Ich sah ihn fragend an.

Doch er erwiderte nur knapp: „Es gibt weitere Wege." Und hatte es sehr eilig, den Eintopf schwungvoll umzurühren.

Okay. Der Herr Superkoch wollte nicht über sich reden, das war mir eigentlich recht. Ich hatte schließlich auch keine Lust, alle Details meines Lebens preiszugeben.

Andererseits würde mich durchaus interessieren, was er wohl beruflich machte. War er in der Gastronomie tätig?

Führte er in Hamburg ein exklusives Fischlokal?

Ich legte Teller und Besteck auf den Tisch, stellte zwei Gläser daneben. Setzte mich schließlich auf einen Stuhl und musterte Kai schweigend, während er dem Gericht den letzten Schliff verlieh. Es war schön, ihm zuzusehen. Schon beim Gemüseschneiden hatte ich kaum meinen Blick von seinen wendigen Bewegungen losreißen können. Seine Rückenansicht war durchaus nett anzusehen. Der dicke Rentierpulli ließ nicht erahnen, wie sein Oberkörper aussah, aber die Jeans zeigte ein knackiges Hinterteil.

Obwohl mir natürlich absolut egal war, ob mein One-Night-WG-Partner einen Adonis-Po oder einen plattgesessenen Schreibtischhengst-Hintern hatte.

Er sah aus dem Fenster. „Ganz schön heftig, der Sturm."

Small Talk übers Wetter? Sollte mir recht sein. Wir plauderten ein wenig über meine Anreise und den Schneefall, anschließend probierte er seinen Eintopf und befand mit einem Nicken, dass wohl alles in Ordnung sei.

Kai legte einen Untersetzer auf den Tisch und stellte die herrlich duftende Pfanne darauf. Ich befüllte inzwischen unsere Gläser aus der Wasserflasche, die auf der Arbeitsplatte stand.

Mein Magen gab ein knurrendes Geräusch von sich, denn er freute sich offenbar, nicht nur mit Chips malträtiert zu werden. Obwohl ich gehofft hatte, dass Kai es überhört hatte, grinste er jetzt breit.

„Da scheint jemand Hunger zu haben", sagte er. „Gleich geht es los."

Er gab erst Reis auf meinen Teller und dann eine Kelle voll indischem Gemüsetopf.

Wie das duftete!

„Manchmal mache ich Naanbrot dazu, aber das ist recht aufwendig.“

„Ah, das kenne ich!“, erinnerte ich mich. „Habe ich mal im Lokal gegessen, mit Knoblauch und Butter. Lecker.“

Nachdem Kai sich ebenfalls hingesetzt hatte, probierte ich den ersten Löffel. Mann, war das gut!

„Du hast es echt drauf“, lobte ich ihn. Es würde mich jetzt wirklich interessieren, ob er das beruflich machte.

„Bist du aus kochtechnischen Gründen nach Hamburg gezogen?“, fragte ich betont beiläufig.

Er sah mich verwirrt an. „Weil es dort frischeren Fisch gibt, meinst du?“

Ich zuckte mit den Schultern. „Vielleicht hast du ja ein Lokal oder so etwas.“

Kai lachte. „Habe ich nicht. Ich bin nur ein Hobbykoch, mehr nicht.“

Er sprach nicht weiter, sondern schob sich einen Löffel des indischen Eintopfes in den Mund.

Auch recht. Wenn er glaubte, dass es mir schwerfiel, einfach nur schweigend und total cool beim Essen zu sitzen, hatte er sich getäuscht! Es bereitete mir keinerlei Mühe, die nächsten drei Löffel wortlos zu genießen.

Beim vierten allerdings fand ich es komisch, sich stumm gegenüberzusitzen. Und nach dem fünften wurde ich so unruhig, dass ich es nicht mehr aushielt.

„Wie lange bleibst du denn eigentlich?“, platzte es aus mir heraus.

Kai grinste.

Und zwar so, als hätte er eine Wette gewonnen. Wahrscheinlich hatte er heimlich die Sekunden mitgezählt, in denen ich das Schweigen ertragen konnte. Es waren nicht besonders viele gewesen.

„Bis Neujahr“, antwortete er.

„So lange?“ Ich ließ den Löffel sinken. „Dann bist du ja fast zwei Wochen hier.“

„Wow, du kannst sogar rechnen“, erwiderte er grinsend und sah mich provokant an. „Was dagegen?“

„Äh, natürlich nicht“, nuschelte ich.

Stimmte aber nicht. Ich hatte sehr wohl etwas dagegen. Wenn er nämlich zwei Wochen gebucht hatte und ich nur eine, standen seine Chancen möglicherweise besser als meine.

„Und die ganze Zeit willst du dann in diesem Lichterkettenreich sitzen?“, rutschte es mir heraus.

Sein Blick, der eben noch amüsiert gewesen war, verfinsterte sich. „Kann dir doch egal sein“, sagte er in hartem Tonfall. „Du bist ab morgen sowieso weg.“

„Das werden wir ja noch sehen!“, gab ich ebenso kühl zurück.

Ich beeilte mich, fertig zu essen. Dabei ärgerte ich mich über Kai, der rein gar nichts über sich verraten wollte, und über mich, weil es mir nicht egal war. Ging mich doch wirklich nichts an, ob der Kerl Gerichtsvollzieher oder Kettensägenschleifer war! Ich wusste selbst nicht, wieso mich plötzlich brennend interessierte, welchen Beruf er ausübte und wieso er ausgerechnet die Leuchtturmwohnung gebucht hatte.

Erfahren würde ich das wohl nie von ihm und das wurmte mich. Okay, ich hatte auch wenig Lust, ihm die Sache mit mir im Engelskostüm zu erzählen. Wahrscheinlich würde ich damit einen Lachanfall auslösen. Aber er hatte doch garantiert keine so peinliche Story zu erzählen. Oder doch?

Heimlich musterte ich ihn. Vielleicht gab es ja irgendetwas, das seinen Beruf verriet. Geigenspieler zum Beispiel hatten an vier Fingerspitzen der linken Hand starke Hornhaut. Durch dieses Indiz hatte im Actionfilm *Der stahlharte Bulle und die rasende Cellolady* der Privatermittler einen fiesen Mörder überführt. Lastwagenfahrer waren total einseitig braun, weil sie im Sommer den linken Arm aus dem Fenster hängen ließen. Ich verglich schnell die Hautfarbe seiner Unterarme - sie war identisch.

Hm.

Mehr Merkmale fielen mir leider nicht ein, also aß ich meinen Teller leer und bedankte mich artig fürs Essen.

„Ich geh dann mal rauf", sagte ich, nachdem ich den Teller ins Spülbecken gestellt und notdürftig abgewaschen hatte. „Schaue meinen Film weiter."

„Und ich dekoriere den Baum fertig", kündigte er an.

Mist. Ich hatte gehofft, dass er unten im Anbau bleiben würde. Aber das konnte ich natürlich nicht verlangen. Dummerweise hatte ich keine Kopfhörer eingepackt, mit denen ich meinen Actionfilm in Ruhe hören konnte.

„Ist gut", sagte ich also und ging nach oben.

Dort stellte ich mich erneut an ein Fenster und starrte hinaus. So einen Anblick bekam man wahrscheinlich nur einmal im Leben geboten, da konnte der Film warten.

Ich war so versunken in das tosende Treiben, dass ich Kai nicht kommen hörte. Erst als seine tiefe Stimme hinter mir erklang, fuhr ich herum.

„Beeindruckend, nicht wahr?", sagte er und stellte sich neben mich.

So nah, dass ich seinen Duft wahrnahm. Er roch nach einer ungewöhnlichen Mischung aus Kreuzkümmel, Basmatireis und herbem Männerduschgel.

Irgendwie gefiel mir diese Mischung und ich ertappte mich bei dem Gedanken, etwas näher an ihn heranzugehen, um besser schnuppern zu können. Zum Glück hatte ich mich im Griff und nickte einfach nur.

„Ja, man kann gar nicht mehr wegschauen“, sagte ich langsam.

Gemeinsam sahen wir aus dem Fenster und versanken in der wilden Rauheit der Ostsee. Es war seltsam. Ein so bewegendes Panorama wie dieses teilte man normalerweise mit einem Partner, einer guten Freundin oder einem wichtigen Menschen in seinem Leben. Nun aber stand ein Fremder neben mir und ich spürte, dass er ebenso berührt war wie ich. Einerseits gefiel es mir, nicht alleine hier zu stehen. Andererseits wollte ich gar nicht, dass uns etwas so Gewaltiges und Einmaliges verband.

„Zu so einem Anblick passt nun wirklich kein geschmückter Tannenbaum“, sagte ich irgendwann. Es musste ihm doch auffallen, dass sein Weihnachtszauber in einen verschneiten Wald passte, aber keineswegs an die aufgewühlte Ostsee mit ihren meterhohen Wellen und der brausenden Gischt.

„Und wie er das tut“, widersprach er, löste sich vom Blick aus dem Fenster und marschierte schnurstracks auf seinen halbfertigen Plastikbaum zu.

Oh Mann! Ich verdrehte die Augen. Auch noch ein künstlicher Baum! Wenn Kai schon so ein Weihnachtsfan war, hätte er doch einen echten kaufen müssen.

Ich sah ihm ein paar Minuten zu, wie er die Zweige in

den Stamm steckte. Dann fragte ich: „Von jemandem wie dir hätte ich einen waschechten Baum erwartet, kein Plastikding."

Er drehte sich zu mir um. „Erstens mag ich es nicht, dass ein gesunder Baum abgeholzt wird, nur damit ich ihn mir ins Wohnzimmer stelle. Und zweitens bin ich rücksichtsvoll genug, um in einer gemieteten Wohnung nicht hunderte von Nadeln zu hinterlassen."

Damit wandte er sich wieder dem Baum zu.

Ich presste die Zähne aufeinander. Natürlich hatte er recht. An beides hatte ich nicht gedacht.

Grummelnd ging ich zum Sofa, fläzte mich darauf und klappte meinen Laptop auf. Dieser Kai war nicht nur attraktiv und wahrscheinlich steinreich, sondern konnte auch noch kochen, liebte traditionelle Werte und war mir moralisch haushoch überlegen. Ich konnte den Kerl kein bisschen leiden.

In der nächsten Viertelstunde versuchte ich, ihn und seine Tannenzweige auszublenden, indem ich mich auf meinen Film konzentrierte. Vin Diesel knallte gerade ein paar Schurken ab und fluchte dazu herrlich rau. „Ihr gottverdammten Mistkerle kriegt jetzt, was ihr verdient!", brüllte er über das Knattern seines MGs hinweg.

Als ich aus den Augenwinkeln einen Schatten wahrnahm und aufsah, hatte sich Kai vor mir aufgebaut. Er funkelte mich aus seinen Daniel Craig-Augen an.

„Muss das sein?", fragte er vorwurfsvoll.

„Absolut!", gab ich zurück. „Nach einem langen Tag mit anstrengender Fahrt durch den Sturm habe ich mir das verdient."

Er starrte mich noch ein paar Sekunden verärgert an,

dann zuckte er mit den Schultern. „Wie du willst“, sagte er.

Einen Moment später dröhnte in voller Lautstärke *Am Weihnachtsbauuume die Lichter breeennen* durch den Leuchtturm.

„Verdammt!“, fluchte ich, während der Filmbösewicht gerade mit einem Speedboot über einen karibischen Strand jagte und ihm eine Bikinischönheit hinterher schmachtete.

Natürlich drehte nun auch ich den Ton voll auf. Blöderweise erblickte Vin Diesel aber genau jetzt seine langhaarige Love-Interest-Lady und als er ihr in den Maserati half, dudelte liebliche Schnulzenmusik.

Kai grinste mich hämisch an. Ich funkelte zurück und hoffte, dass bald wieder eine fröhliche Schießerei stattfand. Da hatte ich zwar kein Glück, aber immerhin latschte Vin in eine Bar, die mit urigem Blues punktete.

Das spornte Kai offenbar an, denn er behängte den armen Plastikbaum nun mit Goldketten und einer Horde winziger Engelsfiguren. Außerdem zündete er zwei Kerzen an, offenbar Duftkerzen, denn kurz darauf waberte der Geruch nach Zimt und Vanille durch den Raum. Im Radio lief nun *Last Christmas*. Das gab mir den Rest. Ich sprang vom Sofa auf.

„Diese Lärmbelästigung hält kein normaler Mensch aus!“, rief ich.

„Du kannst dich gern in die Küche setzen“, schlug er ungerührt vor.

„Kommt gar nicht infrage, ich bleibe hier!“

„Wie du willst.“

Er zeigte sich ungerührt. Doch ich war mir sicher, dass ihn mein Film mit der Zeit weichkochen würde. Notfalls konnte ich auf den ersten Teil von *Stirb langsam* im Original zurückgreifen, bei dem Bruce Willis seinen Widersacher oft genug mit einem sehr derben englischen Schimpfwort bedachte. Das würde Kai die Weihnachtsstimmung endgültig verhageln!

Allerdings ließ er sich nichts anmerken. Er pfiff in schiefen Tönen bei den Weihnachtsliedern mit und gab dem Tannenbaum den letzten Schliff, indem er eine goldene Spitze auf dem obersten Ast platzierte. Jedes Mal, wenn ich zu ihm hinsah, schien das Rentier auf seinem Strickpullover mich breiter anzugrinsen.

In mir kochte die Wut hoch. Wochenlang hatte ich genau dieses Gedudel ertragen, den Vanilleduft gerochen, mich von niedlichen Engelchen, Rentierchen und Schneemännchen angrinsen lassen. Ich hielt es nicht mehr aus!

„Das ist absolut unerträglich!“, brüllte ich gegen *Alle Jahre wieder* an. „So was ist pure Folter!“

Kai verengte die Augen. „Was ist dein Problem? Es ist nun mal Advent. Jeder normale Mensch schmückt da seine Wohnung oder freut sich über Weihnachtslieder. Wenn dir das nicht passt, verzieh dich eben nach unten.“

„Genau das mache ich jetzt“, entgegnete ich, klappte meinen Laptop zusammen, griff mir eine Chipstüte und eine Flasche Wodka und verließ wutschnaubend das Wohnzimmer.

Natürlich hätte ich ihm erklären können, wieso mich das alles so nervte. Aber ich hatte keine Lust, von ihm ausgelacht zu werden.

Er trug eine teure Armbanduhr, hatte den Leuchtturm für zwei Wochen gebucht, drückte sich gewählt aus. Ich wettete, er hatte viel Kohle und einen Beruf, in dem man gut verdiente. Anwalt oder Manager oder so. Und wenn ich ihm erzählte, dass ich als Fachverkäuferin im Kaufhaus arbeitete und vom Chef in ein Engelskostüm gesteckt worden war, würde er die Nase rümpfen. Oder – was noch schlimmer wäre – mich bedauern.

Nein, da behielt ich meine Beweggründe für die Actionfilme lieber für mich und schmollte am Küchentisch vor mich hin. Diese eine Nacht würde ich sicher durchstehen. Und morgen würde alles ganz anders aussehen. Ich gab die Hoffnung jedenfalls nicht auf, dass Inga mir die Leuchtturmwohnung zusprechen und Kai mitsamt all seinem Dekoirrsinn abrauschen würde!

5. Blitzeis

Als ich am nächsten Morgen aufwachte, schreckte ich hoch. Du liebe Zeit, ich war im Kaufhaus eingeschlafen! Das war zumindest mein erster Gedanke, weil mein Blick auf ein Weihnachtswunderland fiel. Erst nach und nach kehrte die Erinnerung zurück und mir wurde klar, dass ich auf einem Sofa im Leuchtturm geschlafen hatte. Himmel, ich hätte das zweite Glas Wodka nicht trinken sollen!

Ich setzte mich auf und strich mir die Haare aus dem Gesicht. Kai war gestern Abend irgendwann nach unten gekommen und hatte angekündigt, dass er bald schlafen gehen wollte. Also hatte ich meinen Kulturbeutel geholt, mich im Bad fertig gemacht und war nach oben getrottet. Das Sofa war halbwegs bequem, trotzdem fühlte ich mich nicht ausgeschlafen. Lag wohl an der schlechten Aura des Zimmers. Zu viel Goldglitzer wirkte sich negativ auf meine Träume aus.

Gähnend tappte ich ans Fenster. Schon vom Sofa aus hatte ich gesehen, dass der Sturm sich gelegt hatte. Zu hören war es ebenfalls, denn um mich herum war absolute Stille. Kein Brausen und Toben, keine gegen die Landzunge krachenden Wellen.

Dafür ein von der Wintersonne beleuchtetes Meer, wie es schöner nicht sein konnte. Ein Blick auf die Uhr verriet mir, dass es kurz nach acht war. Die Ostsee lag wieder ruhig in ihrem Bett, Möwen flogen durch den Dezemberhimmel, die Luft war unglaublich klar.

Das Reisebüro öffnete erst um neun Uhr, aber das machte nichts. Ich würde einen schönen, langen Spaziergang an den Klippen entlang machen, vielleicht einen idyllischen Strand finden und einfach den sanften Wellen zusehen. Schon heute Mittag würde ich den Leuchtturm allein für mich haben, mir Metallica auflegen und meinen Urlaub in vollen Zügen genießen!

Aber erst musste ich aufs Klo.

Ich schlich die Treppe hinunter und hoffte, dass Kai noch schlief. Unten war nichts von ihm zu sehen, also betrat ich das Bad, nahm eine ausführliche Dusche und machte mich fertig. Als ich wieder heraustrat, kam er gerade aus dem Schlafzimmer gestiefelt.

„Moin", brummte er, ging zur Küchenzeile und befüllte die Kaffeemaschine.

Mein Blick saugte sich an ihm fest. Er trug einen Shorty-Pyjama, der einen ansehnlichen Körper offenbarte. Seine dunkelbraunen Haare waren zerzaust und er sah herrlich verschlafen aus. Ich mochte diesen out of bed-Look, der war irgendwie sexy. Einen Mann mit einem grinsenden Rentier auf der Brust konnte ich nicht ernstnehmen, aber bei einem knackigen Kerl in kurzen Hosen und mit Strubbelhaaren zum Vier-Tage-Bart sah das schon anders aus.

Wobei das natürlich reine Gedankenspiele waren, denn

Kai würde bald weg sein. Oder wieder seinen Rentierpulli tragen, was ihn jeder Sexyness beraubte.

Blöderweise klang seine Frühmorgen-Stimme aber durchaus sexy. „Willst du auch eine Tasse?“, fragte er mich in diesem rauen, dunklen Tonfall, der sich wahnsinnig verheißungsvoll anhörte. Ungefähr so, als würde er fragen: „Willst du nebenan im Schlafzimmer eine weitere Runde einlegen, du Sexgöttin?“

Was er natürlich nicht tat. Er sah mich nur mit fragend erhobenen Augenbrauen an. Und träumte wahrscheinlich schon wieder davon, das Wohnzimmer mit noch mehr Glitzerdeko zu verunstalten.

„Nein, danke“, sagte ich deshalb. „Ich versuche lieber mal, ob ich das Reisebüro erreiche.“

„Da will ich aber zuhören“, sagte er.

Auch das noch!

Er schaltete die Kaffeemaschine an. „Ich springe unter die Dusche und zieh mich an, danach komme ich rauf. Und dann telefonieren wir. Damit endlich mal geklärt ist, wer hierbleiben kann.“

„Okay.“

Ich trottete zurück nach oben. Um mich umgehend darüber zu ärgern, dass ich den Kaffee abgelehnt hatte. Ich liebte Kaffee! Und kam morgens nicht in die Gänge, wenn ich keinen trank. Verflixt, wieso war ich nur so stur gewesen?

Ein Schluck Orangensaft, den ich mir genehmigte, ersetzte leider den Kaffee nicht. Aber da musste ich jetzt durch. Den Spaziergang an den Klippen würde ich auf später verlegen müssen, aber das war in Ordnung, sicher war es jetzt noch eisig kalt draußen.

Ungeduldig wartete ich auf Kai. Ich vertrieb mir die Zeit damit, aus den Fenstern zu sehen, die aufs Meer zeigten, und vorbeifliegende Vögel zu zählen. Als ich bei vierundsiebzig angekommen war, hörte ich ihn endlich die Treppe heraufkommen. Er trug einen Pulli mit V-Ausschnitt, völlig rentierfrei. Immerhin.

„Ich versuche gleich mal, jemanden zu erreichen", schlug ich vor. Und tatsächlich hatte ich Glück, es ging jemand im Reisebüro ans Telefon, obwohl es noch vor neun Uhr war.

Inga war ebenfalls schon da, ich ließ mich mit ihr verbinden.

„Du, es gibt ein Problem wegen der Buchung", erklärte ich ihr nach einer kurzen Begrüßung. „Die Wohnung ist doppelt belegt. Kannst du mir bitte bestätigen, dass ich sie rechtmäßig gebucht habe? Ich schalte dich auf Lautsprecher."

Siegessicher hielt ich das Handy in die Mitte zwischen Kai und mich, damit er mithören konnte. Gleich würde er erfahren, dass er mitsamt Tannenbaum und Lichterketten den Abflug machen durfte!

Doch Inga entließ ein sehr lang gezogenes: „Na jaaa."

„Was heißt hier na jaaa?", fragte ich.

„Das ist ein bisschen komisch, Mona", sagte sie. „Ich habe die Reservierung erfasst und dann ist doch der Computer abgestürzt, weißt du noch?"

„Logo. Aber du hast mir doch die Bestätigung ausgedruckt, sogar mit dem Code für die Schlüsselbox!"

„Das stimmt. Aber als ich anschließend deine Daten erfassen wollte, war das nicht mehr möglich. Ich dachte, das System hätte sich aufgehängt und wollte es heute nachholen. Habe bei unseren Technikern angerufen, die meinten, dass es meist am nächsten Tag dann klappt. Tat es aber leider nicht. Vielleicht weil die Wohnung schon vergeben ist."

Ich schnappte nach Luft. Kai hingegen grinste mich breit an.

„Aber das ist doch egal!", rief ich aufgeregt. „Ob erfasst oder nicht – ich habe als Erste gebucht!"

„Ja, wahrscheinlich schon", gab Inga zu und ich atmete auf. „Du kannst dir ja von den anderen Leuten die Buchungsbestätigung zeigen lassen."

„Super Idee!" Ich sah Kai auffordernd an.

Er schien einen Moment zu überlegen, dann eilte er nach unten und tauchte kurze Zeit später mit einem Zettel in der Hand wieder auf. Ich hatte inzwischen ebenfalls den Ausdruck hervorgekramt, den Inga mir ausgehändigt hatte.

„Bei mir steht vierzehn Uhr dreiunddreißig darauf", erklärte ich Inga und Kai voller Inbrunst. Damit war ich garantiert früher dran gewesen als er.

Doch er legte die Stirn in Falten. „Jetzt haben wir wohl echt ein Problem", sagte er und zeigte mir seinen Ausdruck.

Fassungslos starrte ich die Uhrzeit an.

„Und?", fragte Inga aus dem Handy. „Welche Zeit steht bei ihm auf dem Zettel?"

„Die exakt gleiche", krächzte ich. „Inga, was machen wir denn jetzt?"

„Keine Ahnung", gab sie zu. „So etwas hatte ich noch nie! Ihr habt offenbar beide bezahlt, also müsst ihr euch eben einigen, wer bleibt. Vielleicht findet ihr vor Ort ja noch ein anderes Apartment?"

„Das ist deine Lösung?“, fragte ich entsetzt.

„Du, Mona, hier stehen schon die Kunden vor der Tür, ich muss leider auflegen. Wenn ich mal ein paar Minuten Freiraum habe, suche ich nach freien Wohnungen und melde mich. Ist leider nicht einfach, so kurz vor den Feiertagen.“

Ein kurzer Ton verriet, dass sie das Gespräch beendet hatte.

Kai sah mich verdattert an. „So ein Scheiß! Was machen wir denn jetzt?“

Entschlossen verschränkte ich die Hände vor der Brust. „Ganz einfach, du suchst dir ein anderes Apartment. Wird doch hier sicher was zu finden sein, Möwenitz ist schließlich nicht Sylt.“

„Ich? Das ist Unsinn. Darüber haben wir doch gestern schon gesprochen. Es ist viel sinnvoller, wenn du dir was suchst. Du hast noch nichts in die Schränke geräumt und du bleibst auch viel kürzer.“

Wütend funkelte ich ihn an. „Als wenn es nur darum ginge!“, fauchte ich. „Weißt du was? Für mich ist das mein allererster Urlaub in diesem Jahr. Es ist ewig her, dass ich verreist bin. Während du doch garantiert dreimal jährlich irgendwohin jettest.“

„Weil ich ein reicher Schnösel bin oder was?“

„Zumindest kannst du dir hier zwei Wochen leisten. Für dich ist das doch nur ein Urlaub von vielen. Aber für mich ist das mein absoluter Traum! Und du willst mir den jetzt kaputtmachen.“

Das wirkte. Seine Mundwinkel zuckten und er schien nicht zu wissen, was er antworten sollte.

„Es ist überhaupt nicht so, wie du denkst“, erwiderte er,

aber seine Stimme hatte ihre laute Entschlossenheit verloren.

„Wie ist es denn dann?“, fragte ich.

Er zögerte. Entschied sich schließlich aber, mir keine Details zu verraten. „Ich habe keine Lust, die ganze Deko wieder abzubauen“, maulte er.

„Oh, da helfe ich dir liebend gerne!“

Er schnaubte. „Als wenn es so einfach wäre, hier in der Nähe auf die Schnelle eine passable Unterkunft zu finden.“

Hah! Er war weichgekocht. Er freundete sich mit dem Gedanken an, aus dem Leuchtturm auszuziehen.

„Ich wette, ich treibe etwas auf“, verkündete ich großspurig.

„Pfff“, machte er. „Wie willst du das anstellen?“

„Lass mich nur machen. Wenn ich eine Bleibe für dich finde, ziehst du dann aber auch aus. Abgemacht?“

„Okay.“ Er nickte schwach.

„Ich will den Deal per Handschlag besiegelt haben“, beharrte ich.

Kai verdrehte die Augen. „Meine Güte, du bist stur wie ein Esel“, brummte er, nahm aber meine ausgestreckte Hand in seine und drückte sie.

Ein Kribbeln lief der Länge nach durch meinen Körper. Gleichzeitig fühlte sich sein fester Händedruck äußerst angenehm an. Ich wusste mit einem Mal, dass er jemand war, der zu seinem Wort stand. Und dass es nicht ratsam war, erneut seine Finger zu berühren, denn die Ameisen liefen noch immer munter über meine Haut.

„Gut, ja, okay“, stammelte ich. „Dann mach ich mich am besten gleich auf den Weg.“

Seine Brauen sprangen nach oben. „Du willst nicht

online suchen?“, fragte er überrascht.

„Onlinesuche ist nur etwas für Weicheier“, konterte ich gut gelaunt.

Ich hatte nämlich einen Plan. Dass es so kurzfristig schwierig bis unmöglich sein würde, im Netz eine schöne Ferienwohnung zu finden, war mir klar. Aber wenn man direkt mit den Leuten hier im Dorf sprach, ergab sich vielleicht etwas. Darauf hoffte ich zumindest.

Also schlüpfte ich in meine Winterjacke, zog mir eine Mütze über den Kopf und stieg in meine uralten Moonboots, die ich zu Hause aus dem Keller geholt hatte. Die Mission *Leuchtturm für mich allein* konnte beginnen!

Ich war echt froh, wenn ich diesen Dekofreak, der aus allem so ein Riesengeheimnis machte, los sein würde. Okay, seine Kochkünste waren nicht zu verachten. Und diese Laserblicke aus seinen Mondsteinaugen machten mich ein wenig atemlos. Trotzdem – das hier waren meine Tage! Und die ließ ich mir garantiert nicht von einem blinkenden Plastikbaum samt Jingle Bells-Gedudel verderben.

Als ich die Tür nach draußen öffnete, hatte ich Angst, meine Nase würde sich umgehend in einen Eisklotz verwandeln. Hui, war das frostig heute! Ich schlüpfte eilig in meine dünnen Handschuhe.

Vom Sturm war nichts mehr zu sehen. Stattdessen war die Luft so klar, dass ich das Gefühl hatte, bis nach Dänemark sehen zu können, wenn ich die Augen nur ein bisschen zusammenzwickte. Der Blick übers Meer war atemberaubend. Ich machte ein paar Schritte um den Leuchtturm herum und starrte über die Ostsee. Kleine Wellen kräuselten sich wie Minifalten in einem Mädchenkleid. Am Strand wurden sie größer, liefen dort im flachen Sand aus und umspielten die Holzpfähle, die lustige Schneemützen trugen. Dort, wo sich das Wasser ruhig sammelte, hatte sich Eis um die Pfähle gebildet. Ein paar Möwen segelten über mich und ließen ihre heiseren Rufe erschallen.

„Eis an der Ostsee!“, rief ich begeistert.

Bestimmt kam das gar nicht so oft vor. Ich hatte jedenfalls noch keine Bilder von Schnee auf dem Dünengras und weißen Mützen auf den Pfählen gesehen.

Meine Freude über dieses besondere Naturschauspiel legte sich allerdings schnell, als ich auf den Kiesweg zurückkehrte, der in Richtung Dorf führte. Wo immer ich auf etwas größere Steine trat, war es eine rutschige Angelegenheit. Ich kam an einem dunkelblauen BMW X5 mit Hamburger Kennzeichen vorbei, der dort geparkt war. Das war sicher Kais Wagen. Sah noch neu aus und war bestimmt nicht billig gewesen. Ich hangelte mich daran entlang.

„Verflixt“, murmelte ich vor mich hin, während ich vorsichtig weiterging. Die Moonboots hatten nicht gerade viel Profil. Aber umzukehren war natürlich keine Option, schließlich hatte ich Kai in eine Wette hineingequatscht. Für die Chance, ihn loszuwerden, würde ich notfalls mit den Schlittschuhen nach Möwenitz laufen!

Dummerweise war das gar nicht so abwegig. Das musste ich leider feststellen, als ich an der asphaltierten Straße ankam, die ins Dorf hineinführte. Die war nämlich spiegelglatt. Eine dicke Eisschicht hatte sich darübergelegt und machte bei diesen Temperaturen wohl auch keine Anstalten, demnächst zu verschwinden.

Wo blieben denn die Streufahrzeuge? In Hannover ratterten die schon ab vier Uhr morgens durch die Straßen.

Bestimmt war nur dieses kurze Stück hier nicht gestreut. Aber dort vorne, wo die Häuser des Dorfes begannen, konnte man garantiert ganz normal die Straße entlanggehen.

Todesmutig betrat ich die Eisfläche, unter der die Straße lag – und rutschte gleich mal einen halben Meter nach vorn. Himmel, war das glatt! Ich gab aber noch nicht auf. Sturheit war mein zweiter Vorname, und wenn ich mir etwas in den Kopf gesetzt hatte, schaffte ich das auch! Meine Cousine hatte mich ausgelacht, als ich ihr vor ein paar Monaten von meinen Plänen mit der eigenen Wohnung erzählt hatte. Aber das war mir egal, ich würde das hinkriegen. Mit eisernem Willen, vielen Überstunden und den Billignudeln von Aldi. Und mit dieser Sache hier war es ganz genauso. Ich würde dieses kurze Straßenstück überwinden und eine Wohnung für Kai finden!

Der nächste entschlossene Schritt nach vorne ließ mich ausrutschen und unsanft auf dem Hintern landen.

„Verdammter Mist!“ Ich rappelte mich auf. Da drüben stand ein Straßenschild. Auf das würde ich jetzt zuschlittern. Mit ausgebreiteten Armen und leicht nach vorne gebeugtem Oberkörper rutschte ich los, erreichte herumwedelnd den Pfosten und klammerte mich daran fest. Oh Mann, wie sollte ich nur weiterkommen?

„Min Deern, was treibst du denn hier?“, hörte ich plötzlich eine Stimme von links.

Ich drehte mich zur verschneiten Wiese neben der Straße. Von dort kam mir eine seltsame Gestalt entgegen. Es war ein älterer Mann, er trug eine gefütterte Kappe mit Ohrenklappen, einen dicken Mantel und in jeder Hand einen Stock. Als er näherkam, erkannte ich sein wettergegerbtes Gesicht.

„Ich versuche, ins Dorf zu kommen", beantwortete ich seine Frage.

Er stapfte noch näher heran und blieb schließlich grinsend vor mir stehen. „Schaffst du heute nicht", sagte er.

„Aber ich muss!", erklärte ich ihm verzweifelt. „Wird hier nicht gestreut?"

„Hier bei uns in Möwenitz gibt es nur selten Eis. Bis da ein Streufahrzeug kommt, dauert es. Die Nebenstraßen vergessen die sowieso."

„Das darf doch nicht wahr sein!" Hieß das, dass wir nun tagelang festsaßen? Bevor ich nachfragen konnte, beäugte der Mann mich genau.

„Wer bist du überhaupt?", wollte er wissen.

„Mona Schwartz. Ich habe die Wohnung im Leuchtturm gemietet."

„Ah, du bist das! Ich bin Hinnerk Hansen und kümmere mich mit meiner Frau Hedi ein bisschen um den Leuchtturm." Sein Blick glitt sehnsuchtsvoll hinter mich.

„Sind Sie der Wärter?", fragte ich, ohne groß nachzudenken. Dabei war das eine dumme Frage, denn wenn ich es richtig gesehen hatte, war das Licht gar nicht mehr in Betrieb.

„Früher mal", brummte er und fuhr sich übers Gesicht. „Ist lange her. Aber da könnte ich dir viele Geschichten erzählen."

Die mich auch interessierten. Aber vielleicht lieber bei einer schönen Tasse Tee, ein paar Keksen und im Warmen. Meine Nase fing nämlich allmählich an, hemmungslos zu laufen.

„Wenn Sie von hier sind, kann ich Sie vielleicht was fragen", sagte ich und lächelte ihn an.

Doch er schüttelte den Kopf.

Erstaunt sah ich ihn an. Bisher war er mir recht freundlich vorgekommen, wieso lehnte er jetzt ab, ohne meine Frage überhaupt gehört zu haben?

„Nur, wenn du aufhörst, mich zu siezen", knarzte er mit seiner seegegerbten Stimme. „Komm mir sonst vor wie ein uralter Knacker."

„Geht klar", sagte ich erleichtert.

„Kannst ja mal bei uns vorbeikommen, dann klönen wir ein wenig. Wir wohnen da drüben." Er deutete auf ein schmuckes, kleines Reetdachhaus am Ortseingang.

„Sehr schönes Haus!"

„Is lütt, aber wir sind ja nur zu zweit und brauchen nichts Riesiges."

„Weißt du zufällig, ob jemand im Ort Ferienwohnungen vermietet?", fragte ich endlich.

Er kratzte sich am Kinn. „Hm, ein paar gibt es. Die Schmitts haben eine, bei Hauke gibt es ein paar Zimmer und so ein kleines Hotel haben wir auch."

Mein Herz klopfte schneller. „Meinst du, die haben noch was frei?"

Hinnerk starrte mich an, als hätte ich ihn gefragt, ob es hier in Möwenitz einen dreistöckigen Swingerclub samt Darkroom gäbe.

„Du willst aus dem Leuchtturm ausziehen und lieber in einem Hotel wohnen?", krächzte er verständnislos.

„Nein, ganz im Gegenteil! Ist nicht für mich. Es gab Probleme mit der Buchung, ach egal. Ich suche für jemand anderen eine Bleibe."

Seine Stirn glättete sich wieder. Zumindest soweit das aufgrund der vielen Falten möglich war, die wohl der Wind, das raue Wetter und das Meer in seine Haut gegraben hatten.

„Da wirste Pech haben, min Deern. Alles voll. wir haben aber auch nicht viele Ferienwohnungen. Du siehst ja, hier in Möwenitz gibt es keine kilometerlangen Sandstrände wie in Kühlungsborn oder Graal-Müritz. Wir sind hier weit und breit das einzige Fleckchen, das eine felsige Küste hat. Und demensprechend verirren sich nur selten Touristen hier her."

Ich seufzte. „Schade."

„Vielleicht findest du was in Rerik. Oder auf Rügen", sagte er. „Aber große Hoffnungen würde ich mir da nicht machen."

Mit gesenktem Kopf nickte ich. „Ja, da sieht es wohl eher schlecht aus. Aber sag mal, was tust du eigentlich hier draußen? Hattest du Lust auf eine Rutschpartie?" Ich lächelte ihn an.

„Wollte nachsehen, ob im Leuchtturm alles in Ordnung ist. Hab gesehen, dass da jemand ist. Wie gesagt, meine Frau Hedi und ich, wir kümmern uns um die Leute, die das mieten."

Das ließ mich aufhorchen. „Die Buchungen laufen über euch?"

„Nee. Das macht irgendeine Agentur. Wir kriegen nur gesagt, dass jemand da ist, und schauen nach dem Rechten. Wollte gerade zum Leuchtturm und fragen, ob die Mieter was brauchen. Aber das hat sich ja jetzt erledigt, weil ich dich treffe. So ein Schneesturm kommt nicht oft vor hier bei uns. Und das letzte Blitzeis ist Jahre her. Weißt du, bei uns wird es normalerweise nicht so eiskalt."

Erst jetzt fiel mir auf, dass er über seine Stiefel etwas geschnallt hatte. Bestimmt waren das Spikes. Und natürlich war er schlauer als ich, er schlitterte nämlich nicht auf der eisglatten Straße herum, sondern lief auf dem ungeteerten Bankett.

„Na, da haben wir ja richtig Glück, dass wir das erleben dürfen", sagte ich. „Es schaut nämlich wunderschön aus mit den Schneekappen auf den Felsen und dem Eis."

„Wird bald schmelzen", orakelte er. „Wer ist denn *wir*?" Neugierig sah er mich an.

„Ähh, Kai und ich. Eine versehentliche Doppelbuchung."

Hinnerk grinste. „Nennt man das jetzt so? Ich muss wieder zurück. Weiß jetzt, dass alles in Ordnung ist bei *euch*." Er betonte das letzte Wort und zwinkerte mir zu.

Bevor ich genau erklären konnte, dass genau dieses *euch* eben das Problem war, das mich zu dieser Schlitterpartie gezwungen hatte, drehte er sich um und stapfte davon.

Ich wischte mir ein paar Tropfen von der Nase. Es war schweinekalt und ich konnte mir beim besten Willen nicht vorstellen, dass das Eis bald verschwinden würde. Doof war natürlich, dass ich keine Wohnung für Kai aufgetrieben hatte. Ich musste mich sofort an den Computer klemmen, wenn ich wieder im Warmen war.

Da ich mich noch im lernfähigen Alter befand, rutschte ich nicht weiter über die Straße, sondern stapfte auf dem schmalen Streifen neben dem Asphalt zurück in Richtung Leuchtturm. Bald erreichte ich den Kiesweg, da ging es sowieso wieder einfacher.

Ich blieb stehen und bewunderte abermals die grandiose Landschaft, die mir den Atem raubte. In unendlicher Weite erstreckte sich der Himmel über dem eisblauen Meer. Die Morgensonne hatte es sich offenbar zur Aufgabe gemacht, die Ostsee in ein glitzerndes Juwel zu verwandeln, denn ihre Strahlen tanzten auf dem Wasser. Die runden Steine, die im Meer verstreut waren, trugen weiche, weiße Mäntelchen aus frischem Schnee. Eine Schar Eiderenten schwamm fröhlich zwischen den Holzpfählen hindurch und das charakteristische Kreischen der Möwen mischte sich in das beruhigende Auslaufen der Wellen am Strand. Wie ein Verbindungsglied zwischen Erde, Meer und Himmel thronte der Leuchtturm majestätisch auf der Landzunge. Sein Weiß erstrahlte in der Sonne, sein Rot setzte einen mutigen Akzent in das pastellfarbene Winterbild, seine Fensterscheiben glitzerten. Ich atmete die klare, salzige Seeluft tief in meine Lungen hinein.

Neben mir streckte das Dünengras seine Halme aus dem Schnee heraus und hinter einem Busch bewegte sich etwas. Vielleicht eine Graugans?

Ich machte ein paar Schritte auf den Strauch zu, um zu sehen, um welche Entenart es sich handelte. Die Zweige wackelten verdächtig, als ich näherkam. Ich beugte mich nach unten, schlich um den Busch herum – und traute meinen Augen nicht.

Das war gar keine Ente, da saß ein hellbrauner Hase! Er sah mich erschrocken aus seinen riesigen Augen an, machte einen kleinen Hoppler zur Seite, kam aber nicht weit.

„Du bist ja verletzt!“, flüsterte ich aufgeregt. An seinem Hinterlauf war eine Wunde zu erkennen.

Der arme, kleine Kerl!

Ich musste ihn natürlich einfangen, aber wie? Mit bloßen Händen ließ der sich bestimmt nicht packen, dazu sah er mich viel zu eingeschüchtert an.

Mein Schal! Vorsichtig wickelte ich den breiten Wollschal von meinem Hals. Wenn ich den über ihn werfen könnte, hatte ich eine Chance.

Beruhigend redete ich auf den verletzten Hasen ein, während mein Herz aber wie verrückt hämmerte.

„Alles ist gut“, flüsterte ich ihm sanft zu. „Bleib einfach da sitzen.“

Ein letzter, langsamer Schritt, dann warf ich beherzt meinen Schal über das Tier und griff zu. Wie erhofft, hatte sich der Hase im Schal verheddert. Ich packte das Tier mitsamt dem Schal, drückte es sanft an mich und eilte zur Tür des Leuchtturms. Dort hämmerte ich mit meinem Stiefel gegen die Tür, weil ich keine Hand freihatte.

„Mach auf, Kai!“, rief ich. „Du musst mir helfen, schnell!“

Es fühlte sich wie eine Ewigkeit an, bis sich endlich die Tür von innen öffnete. Kai sah mich fragend an.

„Ein Hase!“, erklärte ich aufgeregt. „Er ist verletzt. Ich habe ihn in meinen Schal gewickelt. Was machen wir denn nur? Die Straßen sind total glatt, wir können ihn nicht zum Tierarzt fahren. Oh Gott, wir müssen dem armen Kleinen doch helfen!“

„Ganz ruhig“, sagte Kai. Allerdings nicht zum Hasen, sondern zu mir. Und er legte mir auch noch die Hand auf die Schulter. „Bring ihn in die Küche, dann schauen wir ihn an.“

Mein Herz setzte einen Schlag aus.

„In die Küche? Du willst ihn doch wohl nicht ...? Kai!“, rief ich entsetzt.

Er riss die Augen auf. „Sag mal, was denkst du denn von mir? In der Küche haben wir helles Licht. Und nebenan liegt ein Verbandskasten. Also echt, Mona!“

Gott sei Dank.

Ich atmete tief durch. „Tut mir leid, bin wohl durch den Wind“, entschuldigte ich mich und trug mein bunt geringeltes Hasenpaket in die Küche.

Kai half mir, das Tier aus dem Schal zu wickeln. Wir setzten den braunen Kerl auf die Arbeitsplatte, wo Kai ihn mit geschickten Griffen festhielt und leise mit ihm sprach.

Wie konnte er nur so ruhig sein? Mir zitterten die Hände und ich wagte kaum, das arme Tier anzuschauen. Da war Blut an seinem hinteren Bein!

„Der hat bestimmt beim Sturm was abbekommen“, sagte ich mit bebender Stimme. „Was machen wir denn nur? Ob es einen Tierarzt mit Hubschrauber gibt, der hier bei uns landet? Aber wenn der Hase bis dahin verblutet ist? Soll ich den Notarzt anrufen?“ Ich zog mein Handy heraus. Irgendwas mussten wir doch tun.

Kai ließ eine Hand auf dem Hasen, der noch verängstigter dreinblickte als im Freien. Mit der anderen öffnete er die Tür des Kühlschranks.

Ich starrte ihn an. Was zum Teufel wollte er denn im Kühlschrank?

Mit völlig ruhigen Bewegungen holte er eine Möhre heraus und legte sie dem Hasen vor die Nase. Der schnupperte kurz, dann stürzte er sich auf die Möhre und nagte sofort wie wild los.

Kai schenkte mir ein aufmunterndes Lächeln. „Mona,

alles wird gut. Unser Nachbar früher war Tierarzt, ich habe schon als Kind einiges mitbekommen. So schlimm sieht die Wunde nicht aus. Ich sehe mir das jetzt mal genau an. Übrigens ist das kein Hase, sondern ein Kaninchen."

„Kaninchen", wiederholte ich. „Und du bist nicht nur ein Hobbykoch, sondern auch ein Hobbytierarzt?"

Er lächelte warm. „So in der Art. Setz dich jetzt erst mal hin, du bist schrecklich blass um die Nase. Du trinkst jetzt eine schöne Tasse Milchkaffee. Und ich schaue, was ich für unseren kleinen Freund tun kann."

Dankbar lächelte ich zurück. Kai war so wunderbar ruhig und zuversichtlich, dass ich ihm am liebsten um den Hals gefallen wäre.

Ich schlüpfte nachdenklich aus meinen Winterklamotten. Vielleicht war es doch gar nicht so schlecht, dass bei den Buchungen für meinen Traumleuchtturm etwas durcheinandergeraten war?

6. Der Hasenfuß

„Ein niedlicher Kerl ist das“, sagte Kai. „Und er hat einen Bärenhunger. Oder sie. Ich schaue später mal nach, ob er ein Roger Rabbit oder eine Chantal Schlappohr ist.“

Er strich ihm vorsichtig über den Rücken, dann weiter an der Seite entlang und zum verletzten Hinterbein. Ängstlich hielt ich die Luft an. Würde das Tier gleich vor Schmerz fiepen? Oder was immer Kaninchen eben taten.

Doch das Fellbündel gab keinen Laut von sich, sondern fraß genüsslich weiter.

Kai wandte sich mir zu. „Ich denke, mit dem Knochen ist alles okay. Er hat offenbar nur eine Fleischwunde. Vielleicht hat der Sturm irgendetwas herumgeweht, das ihn verletzt hat. Schwer zu sehen durch das Fell.“

Mir fiel etwas ein. „Du, ich habe heute jemanden getroffen. Vielleicht steht der im Telefonbuch? Dann können wir fragen, ob es einen Tierarzt gibt mit Schneeketten oder so.“

„Schneeketten?“ Seine Brauen waren wieder mal nach oben gehüpft.

Ich hatte mein Handy schon in der Hand und suchte

nach dem Örtlichen. „Es ist ein Ehepaar. Hinnerk und Hedi Hansen."

Kai lachte. „Die haben dich veräppelt!"

„Glaub ich nicht. Ah, da ist die Nummer!"

Ich wählte sie und eine Frauenstimme meldete sich. „Hallo, hier ist Mona", sagte ich. „Ich wohne im Leuchtturm, habe vor ein paar Minuten Hinnerk kennengelernt."

„Moin", antwortete sie. „Der ist noch nicht wieder da."

„Das macht nichts. Ich wollte nur fragen, ob es hier in der Nähe einen Tierarzt gibt. Wir haben nämlich ein verletztes Kaninchen gefunden."

„Ah, die hoppeln hier überall herum. Sind hart im Nehmen. Tierarzt haben wir hier nicht. Ich glaube, in Bad Doberan gibt es einen. Aber da müsst ihr warten, bis das Eis weg ist."

Ich seufzte. „Hat Hinnerk auch gesagt."

„Wird nicht lange dauern. Er weiß immer, wie das Wetter wird. Und er meint, dass schon am Nachmittag alles abtaut."

„Das wäre super."

„Komm doch mal vorbei auf einen Tee. Wir sind meist zu Hause."

Ich versprach es und legte auf. Hinnerk war also der Wetterfrosch von Möwenitz. Das gefiel mir und ich war gespannt, ob er recht behielt.

„Wir können erst am Nachmittag zu einem Tierarzt. Falls der überhaupt offen hat. Und falls es stimmt, dass das Blitzeis bis dahin verschwindet", erklärte ich.

Kai war weiterhin die Ruhe selbst. „Kriegen wir vielleicht auch ohne Tierarzt hin. Ich schaue mir jetzt die Wunde genau an."

„Wie denn bei dem dichten Fell?“, fragte ich.

Er grinste. „Männer haben da einen Spezialtrick.“

Kai verschwand im Badezimmer und kam kurze Zeit später mit einem Verbandskasten und seinem Rasierapparat wieder.

„Du willst sein Fell abrasieren?“ Verdutzt starrte ich auf das Gerät in seiner Hand.

„Klar. Dann sehen wir, wie tief die Wunde ist und ob man was machen muss. Lenk ihn mal ein wenig ab mit der Möhre.“

Ich ließ die angenagte Karotte vor der Nase des Mümmelmonsters hin- und herwandern. Gott, war der Kleine niedlich! Diese riesigen Augen, das seidige Fell, die lustige Nase, die sich auf und ab bewegte. Er musste unbedingt wieder ganz gesund werden!

Das Kaninchen wurde unruhig, als Kai ihm auf den Pelz rückte, deshalb streichelte ich über seinen Kopf und die Ohren. Ich hatte die Fellnase schon jetzt in mein Herz geschlossen und betete, dass die Verletzung nur oberflächlich wäre.

„Sieht gut aus“, erlöste mich Kai kurze Zeit später. „Er hat eine Schramme, aber sie geht nicht tief in die Haut. Ich desinfiziere die Wunde. Und dann beobachten wir unseren kleinen Freund die nächsten Tage mal. Wenn er Fieber bekommt, keinen Appetit hat oder eine blasse Nase, können wir ja immer noch zu einem echten Tierarzt fahren.“

„Du meinst, er ist munter trotz der Verletzung?“ Das wäre ja toll!

„Schau ihn dir an. Ah, Moment, ich werfe mal einen Blick an seine intimen Stellen.“

Er nahm das Fellbündel hoch, nachdem er ein Spray auf die Wunde gegeben hatte, und klappte vorsichtig dessen Hinterbeine auseinander. Anschließend grinste er mich an.

„Du hattest recht damit, ihn als *er* anzusprechen. Es ist ein Kerl. Du darfst dir einen Namen ausdenken."

„Echt?" Aufgeregt wie ein kleines Kind zappelte ich herum. Wir würden das Häschen ein paar Tage bei uns behalten, ein Traum!

Mit einem Mal war mir gar nicht mehr wichtig, den Leuchtturm für mich alleine zu haben. Ganz im Gegenteil, ich war heilfroh, dass Kai da war und sich um das Kaninchen kümmerte. Ich sah das Tier an. Ein Winzling war es eigentlich nicht, sondern wahrscheinlich sogar schwerer als die zierliche Katzendame Lilly aus der Wohnung unter mir. Und es hatte riesige Ohren.

„Hoppel vielleicht?", überlegte ich. „Nein, so heißen bestimmt schon andere Hasen. Karlo? Oskar? Hugo? Wir könnten auch was Englisches nehmen. Bunny oder so."

„Klingt nach Playboy", gab Kai trocken zurück.

„Django?"

„Passt nicht. Da stell ich mir einen drahtigen Kerl vor, aber unser Krümelmonster hier ist gut genährt und total verfressen", stellte er fest.

„Hm", machte ich und sah dem Kaninchen zu, wie es die letzten Reste der Möhre vertilgte.

„Wie wäre es mit Stormy?", schlug Kai vor. „Schließlich hat ein Sturm dafür gesorgt, dass wir beide noch da sind. Und dass wir ihn überhaupt gefunden haben."

„Das ist super!", jubelte ich.

Wir gingen gemeinsam auf das Tier zu. Ich streckte

meine Hand aus, um es zu streicheln, Kai tat das Gleiche. Unsere Finger berührten sich, als wir beide die samtweichen Ohren des Kaninchens liebkosen wollten.

Eine heiße Welle durchfloss mich. Unter meiner Hand spürte ich das seidige Fell, auf ihr lagen Kais Finger. Und er zog sie auch gar nicht erschrocken weg, sondern wanderte einfach mit der Hand weiter den Kaninchenrücken hinunter, als wäre gar nichts passiert. Was ja stimmte, schließlich war es keine große Sache, wenn sich bei zwei erwachsenen Menschen versehentlich die Hände berührten. Trotzdem hämmerte mein Herz, als müsste es mit hundert dahinstürmenden Hasen Schritt halten, und ich verspürte immer noch ein Kribbeln im Nacken.

„Willkommen im Leuchtturm, Stormy", sagte Kai leise. Dummerweise klang seine Stimme dabei so rau und sexy, dass ich mir wünschte, mich auf der Stelle in ein kuscheliges Kaninchen zu verwandeln, um von ihm gestreichelt zu werden. Gerne den ganzen Tag lang.

„Ich brauche einen Kaffee", beschloss ich eilig und zog meine Hand von Stormy. Ich holte das Kaffeepulver aus dem Küchenschrank.

„Deine Fressalien sind doch in einem Karton, nicht wahr?", fragte Kai.

„Yes."

„Da machen wir ein Klo draus. Kannst du draußen ein bisschen Sand, Laub und Erde zusammenkratzen und einfüllen?"

Daran hätte ich ja nie im Leben gedacht!

Skeptisch sah ich Kai an. „Wenn er ein wildes Kaninchen ist, kennt er aber kein Klo. Meinst du, er benutzt das?"

Kai zuckte mit den Schultern. „Einen Versuch ist es wert. Oder trittst du gern in Hasenköttel, wenn du vom Sofa aufstehst?“

„Äh, nein.“ Er war schlauer als ich, das musste ich zugeben. Zumindest, wenn es um die Sauberkeitserziehung von Wildkaninchen ging.

Ich stieg also nach oben, leerte den Karton aus und kratzte draußen ein bisschen was vom Boden zusammen. Kai schnitt den Karton anschließend zurecht, sodass er hoffentlich einladend auf unseren flauschigen Gast wirkte.

„Wir müssen ihn gut beobachten“, erklärte Mister Aushilfstierarzt. „Immer, wenn er irgendwo ein paar Lakritzbonbons fallen lässt, nehmen wir ihn und setzen ihn in den Karton.“

„Was denn für Lakritz-... Ach so!“ Ich kicherte. „Den Ausdruck muss ich mir merken.“

Kai grinste. „Hatte schon Angst, du sitzt total auf der Leitung.“

„Ist eben eine aufregende Sache, wenn man auf einmal Bunny-Mommy ist. Sollen wir ihn mit nach oben ins Wohnzimmer nehmen?“

„Klar. Trag du ihn hoch, Mommy. Ich suche noch ein paar Salatblätter zusammen.“

Vorsichtig nahm ich Stormy in meine Arme und trug ihn nach oben. Dort setzte ich ihn ganz langsam und ehrfürchtig auf den Boden. Er drehte sich zu mir, sah mich mit seinen riesigen, dunklen Augen an und probierte einen kleinen Hüpfer. Ich ging vor ihm in die Hocke und streichelte über seinen Rücken. Er war unfassbar niedlich!

Noch einmal hoppelte er zaghaft, sah mich mit dankbarem Blick an – und kackte anschließend eine Ladung

Bohnen neben das Sofa.

Ich musste sofort loslachen. „Du kleiner Schlingel“, rief ich und wandte mich Kai zu, der soeben mit dem Karton in der Hand ins Zimmer kam.

„Dein flauschiger Bonbonspender hat schon die ersten Lakritzen für dich ausgespuckt“, neckte ich ihn.

„Wieso meiner?“ Er sah mich belustigt an. „Du hast das wilde Tier angeschleppt. Also ist die Sauberkeitserziehung deine Sache.“

Kai stellte den Karton ab und drückte mir eine Kehrschaufel samt kleinem Besen in die Hand.

Na toll.

Stormy sah mir interessiert zu, als ich seine Hinterlassenschaften aufkehrte und in die Klo-Ecke des Kartons gab. Als ich mir die genauer ansah, prustete ich los. Kai hatte an die Wand des Kartons mit Kugelschreiber ein WC gemalt, auf dem ein Hase saß. Die Zeichnung war richtig witzig! Ich wusste zwar nicht, ob sich ein Kaninchen viel aus Wandzeichnungen machte, aber mir gefiel es sehr.

„Du bist ja ein echter Künstler“, sagte ich.

Kai zuckte nur mit den Schultern. „Man tut, was man kann.“

Unser neues Haustier humpel-hoppelte ein wenig im Zimmer umher. Ich setzte mich aufs Sofa, um ihm zuzusehen. Kai lümmelte sich auf den Sessel gegenüber. Stormy schnupperte neugierig an allen Möbeln herum. Und an Kais Füßen, was mich grinsen ließ.

Irgendwann fiel mir ein, dass ich eigentlich nach freien Wohnungen hatte suchen wollen. Aber durch Stormy hatte sich alles geändert. Ich konnte Kai nicht wegschicken, denn ich brauchte ihn für die medizinische Versorgung unseres Fellbündels. Vielleicht war er auch gar nicht so schlimm, wie ich anfangs angenommen hatte?

Stormy lehnte sich an Kais Bein. Der streckte seinen Arm nach unten und streichelte das Kaninchen. Fasziniert betrachtete ich Kais Hände. Schöne Hände waren das. Hände, von denen man sich gerne berühren ließ. Nicht nur, wenn man ein Häschen war.

Ich riss meinen Blick weg. Herrje, was war nur los mit mir? Unser Roger Rabbit hatte meine Hormone offenbar völlig durcheinandergebracht.

Nachdem Stormy sich seine Streicheleinheiten geholt hatte, humpelte er zum Karton, dessen vordere Seite Kai mit ein paar Geschirrtüchern weich ausgepolstert hatte. Dort legte er sich hin, mümmelte ein wenig mit seiner Nase rauf und runter, dann schloss er die Augen.

„Er macht ein Schläfchen", kommentierte Kai lächelnd. Er sah dem friedlich schlummernden Tier eine Weile zu, dann stand er auf und stellte sich neben den geschmückten Tannenbaum, um weitere Engelchen an die künstlichen Zweige zu hängen.

Schlagartig fiel mir wieder ein, wieso es doch keine so gute Idee war, ihn hier wohnen zu lassen. Insbesondere, als er auch noch Weihnachtsmusik anschaltete. Sie war zwar nicht so laut wie bei meiner Ankunft, aber Chris Reas unaufgeregte Stimme schallte deutlich genug durch den halben Leuchtturm.

„Du kannst den armen Stormy doch nicht mit *Driving home for Christmas* beschallen!", beschwerte ich mich. „Der kriegt ja ein Trauma. Ein verletztes Tier so zu malträtieren, das geht gar nicht!"

Ein bisschen unfair war das natürlich, denn der Song

gehörte zu den wenigen Weihnachtsliedern, die ich halbwegs erträglich fand. Er hatte keine süßen Glöckchen oder engelsgleiche Kinderchöre im Hintergrund, selbst die singenden Geigen hielten sich zurück.

„Du spinnst", kommentierte Kai meinen Ausbruch, drehte die Musik eine winzige Spur leiser und wandte sich ungerührt dem nächsten Engelchen zu.

Pff. Er wollte wieder einen Wettstreit? Sollte mir recht sein. Ich klappte meinen Laptop auf und startete einen Film. Nach den ersten Minuten gab es einen Schusswechsel. Obwohl ich den Ton nicht wahnsinnig laut hatte, stürmte Kai auf mich zu und klatschte den Laptopdeckel zu, sodass der Film jäh endete.

„Bist du verrückt?", zischte er. „Du kannst einen Wildhasen nicht mit Schüssen konfrontieren. Wer weiß, was der schon alles erlebt hat!"

„Es ist ein Kaninchen", erwiderte ich, schämte mich aber in Grund und Boden. Daran hatte ich noch gar nicht gedacht!

„Die werden doch hier nicht geschossen, oder?", fragte ich Kai angstvoll. „Tut mir echt leid. Meinst du, er hat vielleicht schon miterlebt, wie seine kleine Kaninchenschwester abgeknallt wurde? Oh Gott."

„Ich habe keine Ahnung", gab er zu. „Aber es gibt bessere Geräusche für ein Tier."

„Mozart?" Hieß es nicht, dass Kühe bei der *kleinen Nachtmusik* mehr Milch gaben? Gut, Stormy war kein Rind, aber wenn es bei Milchkühen wirkte, fand er es vielleicht auch entspannend?

Kai seufzte tief. „Wir könnten einen Kompromiss suchen. Quasi Musik, die in der Mitte zwischen Actionfilmgeballere und *Last Christmas* liegt. Hast du Vorschläge?“

Ich musste einen Moment überlegen. „Rockballaden! Es gibt tolle ruhige Lieder von Metallica, den Scorpions und sogar Ozzy Osbourne.“ Sein *Dreamer* würde doch perfekt zum süßen Schlaf unseres Kaninchens passen.

So richtig begeistert sah Kai nicht aus. „Ozzy Osbourne“, wiederholte er skeptisch. „Wie wäre es stattdessen mit Cat Stevens? Tracy Chapman, Simon and Garfunkel?“

„Simon and Garfunkel ist okay“, beschloss ich. Da konnte ich mir bei *The Sound of Silence* wenigstens die äußerst coole Coverversion von Disturbed vorstellen.

Er tippte auf seinem Handy herum, dann begannen die ersten Töne von *Bridge over troubled water*.

„Mit dem Weiterdekorieren würde ich warten“, schlug ich Kai vor. „Wir wissen ja nicht, was Stormy dazu sagt. Vielleicht hüpft er morgen wie verrückt herum und reißt alles herunter?“

Nachdenklich musterte Kai den Baum. „Katzen würden das machen. Bei Kaninchen habe ich keine Ahnung.“

Er ließ sich wieder in den Sessel fallen und sah mich an. „Wie vertreiben wir uns denn dann die Zeit, bis er aufwacht?“, fragte er. „Ich habe total vergessen, ein paar Bücher einzupacken. Und draußen sieht es immer noch eisig aus.“

Ich zuckte mit den Schultern. „Keine Ahnung. Zur Not müssen wir uns eben unterhalten. Wir könnten ja damit beginnen, dass du mir erzählst, was du beruflich machst.“

Gespannt sah ich ihn an. Ich war mittlerweile wirklich neugierig geworden, deshalb musterte ich ihn ganz genau. Auch wenn er einen schicken SUV fuhr - ich war mir inzwischen sicher, dass er weder Manager noch Anwalt war. Da musste ich ja nur betrachten, in welche kitschige Weihnachtsbude er das Leuchtturmzimmer verwandelt hatte. Sicher war er Grundschullehrer oder Erzieher, vielleicht sogar Künstler, Florist oder Konditormeister, dessen verspielte Kunstwerke aus Marzipanröschen und Zuckergussblümchen geradezu berühmt waren.

Über ihm hing ein bunter Blinkestern, daneben kletterten zwei Lichterketten die Wand hoch, außerdem lagen mehrere Adventsgestecke herum. Auf Kais Wange glitzerte es golden, offenbar hatte einer der Engel abgefärbt und Kai sich ins Gesicht gefasst. Drei dicke, rote Kerzen hatte er auf dem Sideboard platziert, dazwischen drängten sich Keramik-Rentiere um einen breit grinsenden Schneemann aus Filz.

„Also gut“, sagte er widerwillig.

Und dann fiel ich fast vom Sofa, denn er fuhr fort: „Ich bin Architekt.“

7. Heiteres Beruferaten

Ich musste mich verhört haben. „Du bist was, bitte?“

„Architekt“, wiederholte er, fand meine Nachfrage aber gar nicht witzig, denn er schaute äußerst finster drein.

Ungläubig starrte ich ihn an. Darauf wäre ich nie im Leben gekommen!

„Ich dachte immer, Architekten sind Leute, die in sterilen Glasbauten wohnen, ausnahmslos schwarze Möbel besitzen und bei denen als einzige Deko eine weiße Tulpe in einer schwarzen Vase herumsteht!“

„Weiße Tulpen habe ich noch nie gesehen“, sagte er, seufzte dann jedoch schwer. „Ja, es gibt Architekten, die so drauf sind. Aber doch nicht alle!“

„Klar, das stimmt natürlich“, nuschelte ich. Es war mir nun peinlich, dass ich mit solchen Klischees dahergekommen war. Immerhin ging ich auch nicht als typische Fachverkäuferin in einem Kaufhaus durch.

Ich strich mir die Haare zurück. „Sorry, das war dumm. Ich wäre halt einfach nie auf die Idee gekommen, dass jemand im Grinserentier-Pulli Architekt ist.“

„Den Pulli trage ich im Büro eher selten“, erwiderte er

trocken, sprach aber nicht weiter.

Meine Neugier war geweckt.

„Du baust also schnuckelige Häuser mit Erkern und Wendeltreppen? Und märchenhafte Villen mit geschwungenen Balkonen, Springbrunnen und kleinen Türmchen?“

Kai stand auf, goss meinen Orangensaft in zwei Gläser und gab mir eines. Anschließend setzte er sich wieder, holte tief Luft und sagte: „Ganz im Gegenteil. Das Architekturbüro, in dem ich arbeite, ist spezialisiert auf Inneneinrichtung von Firmen. Ich designe meistens Büroräume, also Chefbüros, Besprechungszimmer, Großraumbüros. Wir haben den Ruf, einen unverkennbaren Stil geschaffen zu haben: schlicht, stilvoll, ergonomisch.“

War das sein Ernst?

„Du willst mir sagen, deine Spezialität ist es, sterile Büros ohne Schnickschnack einzurichten?“

„Genau. Dafür mit viel Glas. Auch Betonwände erleben ein Revival.“

Immer noch wartete ich darauf, dass er plötzlich in lautes Lachen ausbrach, mit dem Finger auf mich zeigte und rief: „Hehe, drangekriegt! Du müsstest dein ungläubiges Gesicht sehen!“

Aber er trank nur einen großen Schluck Saft.

Ich kriegte das alles noch nicht wirklich zusammen. „Dein Job ist es also, die Räume der EDEKA-Verwaltung so zu gestalten, dass der Einkaufsleiter für Essiggurken dem Kollegen für Dosenmais durch zwölf gläserne Bürowände hindurch zuwinken kann?“

„Das bringt es recht gut auf den Punkt“, bestätigte er.

Mit völlig neuen Augen musterte ich ihn.

Kai war also doch ein Anzugträger? Einer, der mit Krawatte und polierten Schuhen in Besprechungen saß, mit Konzernchefs über Betonwände und Glastische diskutierte?

„Passt überhaupt nicht zu dir“, rutschte mir heraus.

Jetzt lachte er kurz auf. „Nicht? Was würde denn besser zu mir passen.“

„Keine Ahnung, Tierarzt vielleicht. Oder Sozialpädagoge für Kunsttherapie mit Kindern. Klos für Tiere kannst du nämlich super zeichnen. Ich kann mir beim besten Willen nicht vorstellen, dass du morgens in einen dunklen Anzug schlüpfst, dich ordentlich rasierst und anschließend mit anderen Schlipsträgern über Kostenvoranschläge und schmucklose Bürogänge brütest.“

Sein Lächeln verschwand und seine Miene verschloss sich. „Tja. Genau so sieht mein Tag aber aus. Du kennst mich schließlich überhaupt nicht, also weißt du auch nicht, was zu mir passt.“

„Mag sein. Aber ich sehe, wie du mit Stormy umgehst. Und vor allem sehe ich, was du hier veranstaltest.“ Ich deutete auf die Deko.

„Ist eben mein Ausgleich.“

Gut, das verstand ich ein wenig. Wenn jemand ständig nur sterile Büroräume gestaltete und auf Glasfassaden blickte, sehnte er sich nach Lametta und goldenen Engelchen. Trotzdem warf seine Erzählung viele Fragen auf.

„Als Architekt hast du doch aber bestimmt ein tolles Haus. Wieso dekorierst du denn das nicht?“

Er zögerte. „Das ist eine längere Geschichte.“

Ich warf einen Blick auf Stormy, der im Tiefschlaf vor sich hin döste. Ich meinte sogar, ein winziges, süßes Schnarchen zu hören.

„Sieht aus, als hätte ich zufällig Zeit, mir eine längere Geschichte anzuhören“, sagte ich, schob den Laptop auf den Couchtisch und setzte mich im Schneidersitz hin.

„Du bist eine neugierige Nervensäge“, sagte Kai.

„Aber eine, die super zuhören kann.“

Jetzt blühte ein kleines Lächeln auf seinem Gesicht auf.

Ich mochte es, wenn er lächelte, fiel mir gerade auf. Er hatte ein verflixt attraktives Lächeln. Eines, das ich gerne noch länger betrachten würde, ebenso wie den Kerl um das Lächeln herum.

„Ich wohne nicht mehr in meinem Haus“, fing er zu erzählen an. „Genauer gesagt, war es sowieso nie mein Haus, sondern das meiner Frau. Meiner Ex-Frau“, korrigierte er.

Allmählich verstand ich, wieso die Geschichte nicht in zwei Sätzen erzählt war.

„Seit wann seid ihr geschieden?“, fragte ich in weichem Ton.

„Seit drei Monaten. Einvernehmlich. Wir hatten schon vorher getrennt im Haus gelebt. Sie ist übrigens auch Architektin.“

Es fiel ihm nicht leicht, darüber zu sprechen, das konnte ich deutlich hören. Um es ihm leichter zu machen, versuchte ich es mit einem heiteren Tonfall.

„Hatte ich denn wenigstens recht mit dem sterilen Architektenhaus?“, fragte ich schmunzelnd. „Schwarzer Marmorboden und Lackmöbel?“

Sein Lächeln fiel schmal aus, viel zu schmal. Mir tat es jetzt leid, das Gespräch auf dieses Thema gebracht zu haben.

„Da liegst du tatsächlich nicht falsch“, sagte er. „Allerdings nicht schwarz, sondern grau. Meine Frau ist ein großer Grau-Fan. Sie nennt es natürlich nicht *Grau*, sondern Schiefermoos, Perlenmatt, Silberfrost, Edeltaube."

„Edeltaube!" Das brachte mich zum Kichern. „Hattet ihr im Bad dann auch Luxusschimmelgrau und als Küchenarbeitsplatte ein elegantes verfaulte-Tomaten-Pelzgrau?", fragte ich.

Ich erntete einen kleinen Lacher, was mich freute. „Du hast das Prinzip verstanden", lobte er. „Sie mag gedeckte Farben. In unserem gesamten Haus hing kein einziges farbenfrohes Bild. Mir war das anfangs egal. Weißt du, das Grundstück gehört ihrem Vater. Und als wir gebaut haben, hatte ich einen Riesenauftrag in der Zentrale von VW. Da haben wir eine supermoderne Bürolandschaft entworfen, alles nur vom Feinsten. Den Hausbau habe ich deshalb fast vollständig Giulia überlassen."

Dschuuulia. Der Name passte zu der Frau, die ich mir vorstellte. Ich sah sie förmlich vor mir in einem haifischgrauen Hosenanzug mitten in ihrem dachsgrauen Hausflur, wo sie ihre robbengrauen Pumps aus einem eselgrauen Schuhschränkchen nahm.

„Und sie hat dir dann eine waschechte Architektenbude hingestellt."

Er zuckte mit den Schultern. „Ich fand es erst gar nicht so schlimm. Überhaupt alles. Auch wie sie war. Ist schwer zu erklären. Wenn du Architektur studierst, hast du lauter Leute um dich, die etwas ganz Neues machen wollen. Kein Mensch will in eine Firma, die ganz normale Einfamilienhäuschen baut, jeder möchte modern sein und Nie-Dagewesenes erschaffen."

„Verstehe ich gut." Ich nickte. „Und wenn du dann auch

noch eine Verlobte anschleppst, die total stylish ist und einem Modemagazin entsprungen, bist du der King."

Erstaunt sah er mich an. „Woher weißt du, dass ihr Mode sehr wichtig war?"

„Ach, Kai. Ich arbeite mit Menschen. Mit vielen Menschen. Da lernt man so einiges. Dass eine Lady, die so ein Haus entwirft, nicht im C&A-Fummel herumrennt, ist logisch."

„Jetzt hast du mich neugierig gemacht. Wo arbeitest du denn?" Interessiert sah er mich an.

Doch ich machte eine wegwischende Handbewegung. „Ist jetzt nicht wichtig. Ich will erst deine Geschichte fertig hören."

„Die ist eigentlich schnell erzählt. Giulia hat das Haus behalten, weil ihr sowieso das Grundstück gehört, und hat mich ausbezahlt. Ich weiß noch nicht genau, wo ich mir etwas kaufen soll. Also lebe ich sozusagen in einer Zwischenlösung."

Ich runzelte die Stirn. „Das versteh ich nicht. Deine Frau hatte also keine Lust auf Deko, deshalb gab es bei euch weder Adventskranz noch Tannenbaum. Und sie duldete auch keine Weihnachtslieder, weil sie wahrscheinlich auf Free Jazz abfährt?"

„Schlimmer. Zwölftonmusik." Er verzog sein Gesicht so sehr, dass ich grinste. Ich hatte keine Ahnung, was das war, aber es klang grauenhaft.

„Okay. Du hast also ein Lichterketten-Defizit, das leuchtet mit ein. Wortwörtlich." Schon wieder kicherte ich ein wenig. „Aber nun bist du ja nicht mehr in der Graugansbude. Hast du was gemietet? Oder wohnst du im Hotel? Da kannst du doch nach Herzenslust dekorieren!"

Kai senkte den Blick. Er griff nach dem Saftglas und leerte es langsam. Komisch. Fast wirkte es, als bereite es ihm Zahnschmerzen, meine Frage zu beantworten.

„Ich habe leider nach dem nächstbesten Strohhalm gegriffen. Wollte meine Sachen unterbringen, keine langen Wege zur Arbeit haben. Na ja.“ Er schnippte einen imaginären Fussel von seiner Jeans.

Verwirrt sah ich ihn an. „Was *Na ja*? Ich sitze wohl auf der Leitung. Wo bist du denn eingezogen?“

Er atmete tief durch. Schließlich hob er den Blick und sah mir in die Augen. „Bei meiner Schwester“, sagte er mit Grabesstimme.

Ich kapierte es nicht. Weder das Problem noch die Grabesstimme.

„Und?“ Auffordernd blickte ich ihn an.

„Sie ist Buddhistin“, erklärte er seufzend.

Nun starrte ich ihn erst recht an. „Du meinst, sie hat überall Buddha-Statuen herumstehen, zündet Räucherstäbchen an und so was?“

„Oh ja. Sie nimmt das sehr ernst. Ist ihr neuster Spleen. Als Teenie war sie Grufti, trug nur schwarze Klamotten und hing mit ihrer Clique gern auf Friedhöfen herum. Vor einigen Jahren hatte sie ihre Afrikaphase, da hat sie den ganzen Tag getrommelt. Seit einem halben Jahr ist sie auf dem Buddha-Trip. Ich hatte das nicht so recht ernst genommen, aber sie zieht das knallhart durch. Da ist sie total irre. Kein Engel, kein Tannenbaum, kein Zimtstern. Dafür beschallt sie mich den lieben langen Tag mit Mönchsgesängen und hockt irgendwo auf einem Meditationskissen herum.“

Ich wusste nicht, ob ich lachen oder ihn trösten sollte.

„Das ist ja unglaublich! Langsam verstehe ich, wieso du hier im Leuchtturm diese Deko-Orgien feierst.“

Er nickte. „Ich habe zwar einen wichtigen Auftrag am Laufen und ein schlechtes Gewissen, dass ich mich abgeseilt habe, aber ich musste mal raus. Als im Reisebüro die Nachricht von dieser Stornierung reinkam, habe ich sofort gebucht, meine Weihnachtskisten aus der Garage meiner Schwester geholt und ins Auto geräumt. Und bin am nächsten Tag losgefahren.“

„Um es hier in der Einsamkeit von Möwenitz so richtig christmas-mäßig krachen zu lassen“, beendete ich den Satz.

„Ich hätte es anders formuliert, aber im Prinzip hast du recht.“

Nun hatte ich fast ein schlechtes Gewissen, dass ich ihm dabei in die Quere gekommen war. Auch wenn ich natürlich nichts dafür konnte. Aber ich verstand, warum Kai so scharf auf Weihnachtsstimmung war. Genau diese hatte man ihm jahrelang vorenthalten. Während es bei mir genau andersherum war, zumindest in den letzten paar Wochen.

„Ich habe Hunger“, unterbrach er meine Grübeleien. „Du nicht?“

Ein Blick auf meine Armbanduhr verriet mir, dass es schon Mittagszeit war. „Könnte durchaus was vertragen“, sagte ich und hoffte auf eine gerechte Verteilung der Aufgaben. Ungefähr so, dass Kai uns in der Küche etwas Leckeres zauberte, während ich die verantwortungsvolle Aufgabe übernahm, Stormys Schlaf zu überwachen.

Kai warf einen missbilligenden Blick auf den Inhalt meines Fressalienkartons. Die Flaschen, Schachteln und

Chipstüten lagen auf einem Schränkchen.

„Da ich deinen kulinarischen Fähigkeiten nicht über den Weg traue, koche wohl lieber ich was“, sagte er.

„Wird besser sein“, stimmte ich bereitwillig zu. „Ich kann vielleicht mal was backen. Darin bin ich nämlich richtig gut.“

„Musst du nicht, ich habe fertigen Teig für Weihnachtskekse dabei. Da mache ich mich später dran“, erklärte er mir.

Ich versprach, auf unseren kleinen Patienten aufzupassen, und er trollte sich nach unten. Schon kurze Zeit später erschnupperte ich den ersten Hauch von angebratenen Zwiebeln. Entspannt ließ ich den Kopf auf die Sofalehne sinken. Ach, ein Urlaub mit Privatkoch war gar nicht so schlecht!

Jetzt würde ich mal eine halbe Stunde so richtig relaxen. Stormy war im Land der Träume, Kai brutzelte etwas Tolles für uns, ich hatte Zeit für mich. Und nichts würde mich in den nächsten Minuten aus der Ruhe bringen, ganz gewiss nicht!

8. Kaninchenchaos

Gerade erst hatte ich selig die Augen geschlossen, da spürte ich etwas an meinem Fuß zupfen. Ich setzte mich auf und sah nach unten. Stormy war aufgewacht, lautlos zu mir gehumpelt und hatte jetzt einen Riesenspaß daran, an meinen Schuhen herumzurupfen.

Ich lachte. „Hey, du Lauser! Du meinst wohl, weil du nun fertig gepennt hast, kannst du andere Leute ärgern? Dabei bin ich doch mitten in der Urlaubsentspannung."

Er sah zu mir hoch, zuckte lustig mit seiner Häschennase und schien mich anzulächeln. Stormy war einfach so niedlich! Ich streckte die Hand nach unten und streichelte sein seidiges Fell.

„Weißt du, ich habe gerade das große Los gezogen", erklärte ich ihm. „Kai kocht was und ich freue mich über eine richtig ruhige Zeit. So kann man es aushalten im wohlverdienten Urlaub!" Ich gähnte herzhaft und beschloss, mir von meinem Handy ein paar superchillige Songs abspielen zu lassen.

Doch Stormy hatte offenbar andere Pläne. Nachdem er sich eine Weile hatte streicheln lassen, drehte er sich von mir weg und schaute sich neugierig im Zimmer um. Das hatte er zwar vor seinem Schläfchen auch schon getan, aber jetzt kam er mir aufgeweckter vor.

Er machte zwei langsame Hoppler in den Raum hinein. Dann fiel ihm offenbar der geschmückte Tannenbaum auf. Er legte den Kopf in den Nacken und sah nach oben. Ich hielt die Luft an. Bildete ich mir das ein oder hatte in seinen Augen soeben etwas sehr Freches aufgeblitzt? Er erinnerte mich in diesem Moment jedenfalls sehr an einen Comic-Hasen, der eine fürchterliche Verwüstung plant.

Stormy kannte diese Comics allem Anschein nach auch. Er hüpfte nämlich los wie ein Duracell-Kaninchen, das Speed eingeworfen hatte, und zwar mitten in den Baum hinein. Es klirrte und schepperte, als die ersten Kugeln herunterfielen. Das gefiel ihm offenbar, denn er hüpfte munter unter den Zweigen herum, sodass noch mehr von der Deko herunterfiel.

„Nein!“, rief ich und sprang auf. „Lass das sein!“

Interessierte ihn leider nicht die Bohne. Dafür ließ er einige davon unter den Baum fallen, direkt zwischen zwei herabgesegelte goldene Engelchen.

„Stormy!“, ermahnte ich ihn.

Doch er warf mir nur einen kurzen Blick zu, anschließend verkroch er sich hinter den Christbaum, der an der Wand stand. Dort richtete er sich auf und begann, die Aufhängung weiterer Kugeln von den Zweigen zu knabbern und einen Strohstern in seine Bestandteile zu zerlegen.

Dieser Schlingel!

Ich ging auf alle viere und versuchte, halb unter den Baum zu krabbeln. Was mir allerdings nicht gelang. Also streckte ich meinen Arm, so weit es ging, darunter, um das

Kaninchen packen zu können. Aber ich erwischte den kleinen Banditen nicht. Er war jetzt richtig auf den Geschmack gekommen und riss mit einem weiteren Hüpfer an der Lichterkette, die in den Zweigen hing. Der Weihnachtsbaum schwankte bedenklich. Sofort richtete ich mich auf, riss dabei weitere Kugeln herab, brachte den Baum erst recht in eine Schieflage und konnte die heillos schwankende Plastiktanne in letzter Sekunde davor bewahren, ganz umzufallen.

Stormy grunzte vergnügt und spielte Kaninchenfußball mit den Kugeln, die er hüpfend durchs ganze Zimmer trieb. Der schwankende Christbaum hatte seine Spitze verloren, einen Lichterstern von der Decke gerissen und sah fürchterlich ramponiert aus. Während ich immer noch damit kämpfte, ihn wieder in eine aufrechte Position zu stellen, hatte Stormy die herumliegende Chipstüte auf dem Couchtisch entdeckt, packte sie mit den Zähnen und zog sie mit sich. Quer durch das ganze Zimmer schleifte er die offene Tüte, sodass eine Spur aus extrascharfen Chilichips vom Sofa bis zu seinem liebevoll bemalten Kaninchenkarton führte.

Ich wollte gerade laut schreien, da hörte ich Kai die Treppe hochkommen.

„Na, ihr zwei Faulpelze, habt ihr euch ausgeruht, während ich fleißig war?“, rief er von dort.

Ich fuhr zur Tür herum.

Kai stand auf der obersten Stufe, ein Tablett mit zwei Tellern in der Hand. Er hatte die Augen so weit aufgerissen, als würde er in den Schlund eines schrecklichen Alienmonsters blicken.

„Was zum Henker ...?“, krächzte er.

Endlich schaffte ich es, dass der Baum nicht mehr dem Schiefen Turm von Pisa ähnelte, sondern aufrecht dastand.

Ich schaute mich um. Herrje! Stormy hatte das halbe Zimmer verwüstet. Nicht nur, dass rund um den Tannenbaum lauter herabgefallene Kugeln und Engel auf dem Boden lagen, es hingen auch die Lichterketten schief, die Kugeln waren im gesamten Wohnzimmer verteilt und Kais liebliche Baumspitze bestand nun aus zwei zerbrochenen Hälften. Dazu die Chipsspur quer durch den Raum und die Überreste eines Strohsterns.

„Sag mal, spinnst du?“ Kai funkelte mich an. „Nur, weil du meinen Baum nicht leiden kannst und mit Weihnachten nichts am Hut hast, musst du doch nicht alles zerstören!“

„Das war ich doch gar nicht, das war Stormy!“

„Quatsch.“ Kai wandte sich dem Kaninchen zu, das superbrav in seinem Karton saß, friedlich vor sich hin mümmelte und aussah, als könnte es kein Wässerchen trüben. Nur die Chipstüte raschelte verräterisch unter seinen Hinterbeinen.

„Glaubst du, ich habe ihm meine Chilichips freiwillig in seinen Karton gesteckt?“, sagte ich aufgebracht. „Und dabei noch alles auf dem Fußboden verteilt? Von wegen! Der Hasenfuß unseres felligen Gastes ist rasend schnell geheilt, wie es aussieht. Der Kerl ist nämlich wie ein Verrückter unterm Baum herumgehüpft, hat ein paar Aufhänger durchgebissen, Strohsterne verdrückt und mit den Kugeln Kegeln gespielt.“

Skeptisch beäugte Kai den besonders niedlich und äußerst unschuldig dreinschauenden Stormy, dann mich.

„Der Kleine kann doch den Baum nicht umreißen“, sagte er schließlich.

„Na ja“, musste ich zugeben. „Ich habe versucht, darunter zu krabbeln, um Stormy rauszuziehen. Er saß nämlich hinten an der Wand. Und beim Aufstehen bin ich irgendwo hängengeblieben. An einem Strohstern oder so.“

Kai betrachtete den ramponierten Baum ein paar Sekunden, dann sah er zu Stormy und zu mir. Schließlich schüttelte er den Kopf und gluckste. „Du willst sagen, ihr beide habt dieses Wahnsinns-Chaos angerichtet? Gemeinsam?“

Auch ich musste jetzt kichern. „Die Idee dazu hatte ganz klar das Kaninchenmonster. Ich habe nur versucht, etwas zu retten.“

„Hat nicht funktioniert.“ Er stellte die beiden Teller auf den Tisch und half mir, zumindest die Lichterkette wieder gerade an den Baum zu hängen.

„Tja. Stormy ist offenbar ein Wolf im Kaninchenpelz“, sagte ich und schickte mich an, die Chipsbrösel aufzusammeln, weil das garantiert kein gesundes Futter für ein Nagetier war.

Kai grinste über den Ausdruck. „Er hat es faustdick hinter den Löffeln“, ergänzte er. „Hast du übrigens mal nach draußen geschaut oder warst du ausschließlich damit beschäftigt, ein möglichst großes Chaos anzurichten?“

Eilig stand ich aus der Hocke auf und ging zum Fenster. Die Sonne strahlte volles Rohr auf ein ruhiges Meer. Als ich zu den Bohlen und Felsen hinabsah, waren die Schneehütchen geschrumpft und keinerlei Eis mehr zu sehen.

„Unglaublich!“, rief ich. „Hinnerk hatte also recht. Jetzt sind auch die Straßen frei, vermute ich.“

Kai stimmte mir zu. „Komm, wir essen jetzt erst einmal, sonst wird mein Eintopf kalt. Und dann machen wir uns auf den Weg.“

„Um eine Herberge für dich zu finden?“, fragte ich. Mein Hals wurde eng, kaum dass ich es ausgesprochen hatte. Würde er mich mit dem Kaninchen alleinlassen? Oder mich aus dem Leuchtturm werfen, ganz ohne Stormy? Auch wenn der Kleine ein Lauser war – ich hatte ihn schon ins Herz geschlossen. Und wollte Weihnachten gerne mit ihm feiern.

Womöglich auch mit Kai?

Schnell schob ich den Gedanken beiseite und konzentrierte mich lieber auf den vorzüglichen Gemüseeintopf, den er gekocht hatte. Schließlich würde ich Weihnachten ja *gar nicht* feiern! Das war mein erklärtes Ziel gewesen und natürlich hielt ich daran fest.

„Die Sache mit der Wohnung steht hinten an, würde ich sagen“, beschloss Kai. „Als Erstes brauchen wir einen Käfig für den kleinen Racker.“

„Unbedingt!“, stimmte ich zu. „Und Futter. Vielleicht dazu noch eine Wasserflasche?“

„Ein paar Lebensmittel wären auch nicht schlecht.“

Gegen einen kleinen Ausflug hatte ich nichts einzuwenden. Nur – was machten wir mit Stormy in dieser Zeit? „Aber wo können wir ihn lassen, ohne dass er wieder etwas anstellt? Oder sich verletzt?“

Kai überlegte einen Moment. „Im Bad. Da kann er am wenigsten durcheinanderbringen.“

Skeptisch sah ich das Kaninchen an. Es hoppelte langsam um seinen Karton herum, was sehr witzig aussah, weil sein weißes Schwänzchen niedlich nach oben wippte. Aus irgendeiner Ecke zog er ein Stückchen Papier hervor, nahm es zwischen die Zähne und flitzte umgehend zurück in seinen Karton, wo er es in einer Ecke genussvoll in kleine Stücke riss.

„Er braucht wirklich was Richtiges zu fressen“, seufzte ich.

„Gut! Dann machen wir uns gleich nach dem Essen auf die Socken.“ Kai steckte voller Tatendrang.

Nachdem wir unsere Teller in die Küche getragen hatten, verstauten wir Stormy im Bad. Kai brachte natürlich alle Handtücher und die Klopapierrolle in Sicherheit. Das war sicher eine gute Idee, denn ich hatte mal auf einem Video gesehen, was eine Katze mit einer Klopapierrolle veranstaltet hatte.

Ein paar Paprikastücke und zwei Salatblätter lockten Stormy in seinen Karton, der unter dem Waschbecken Platz fand. Eilig schlossen wir die Tür und verließen warm eingepackt den Leuchtturm.

Draußen wartete ein so strahlender Wintertag auf uns, dass ich mich kaum sattsehen konnte. Und wie herrlich die Luft roch! Nach Meer und nach Salz und nach großem Abenteuer und kein bisschen nach Lebkuchengewürz. Es gab keinen Ort, an dem ich am 22. Dezember lieber sein wollte, als hier auf der Landzunge von Möwenitz.

Kein einziges Rentier klebte an den Schaufenstern eines riesigen Kaufhauses, keine Weihnachtsmusik dudelte aus sämtlichen Läden, niemand pflügte schlecht gelaunt durch die Menschenmassen auf den Hannoverschen Gehwegen, weil er noch vierzehn Geschenke besorgen musste.

Stattdessen segelten Möwen über meinen Kopf, spiegelten sich die Sonnenstrahlen in der sich träge wiegenden Ostsee, schlenderten Wölkchen gemächlich über den unendlich wirkenden Himmel.

Ganz tief sog ich die Luft in meine Lungen. Ich konnte

mich nicht erinnern, wann ich mich zum letzten Mal so frei gefühlt hatte. So leicht, so klar, so im Einklang mit der Natur. Am liebsten wollte ich einfach nur hier stehen bleiben, den Vögeln zusehen, die Wellen beobachten, die frische Luft in die kleinste meiner Zellen pumpen, bis ich ganz ausgefüllt war mit diesem herrlichen Wintertag. Bis ich mit ihm verschmolz und zum Teil der Landschaft wurde. Bis man mich nicht mehr unterscheiden konnte von den rauen Klippen, dem hellen Dünensand, den sanft schaukelnden Wellen.

„Ist alles in Ordnung mit dir?“, fragte Kai weich. Sein Blick ruhte auf mir. Und seltsamerweise fand ich das nicht unangenehm.

„Es haut mich immer wieder um“, sagte ich.

Er nickte nur und blieb eine ganze Weile neben mir stehen. Schweigend. Wir standen einfach nur da, ein paar Meter neben dem Leuchtturm, sahen aufs Meer hinaus und wussten, was der andere fühlte. Worte waren nicht nötig, denn die Natur sprach für uns. Eiderenten quakten vor sich hin, eine Möwe kreischte, die Gischt flüsterte, ein leichter Wind raschelte im trockenen Strandhafer.

Ich hatte keine Ahnung, wie viel Zeit verging. Und es war egal. Alles war irgendwie richtig, wenn man hier an der Küste stand und das ewige Spiel der Wellen beobachtete.

Kai wandte mir irgendwann den Kopf zu, ein warmes Lächeln im Gesicht. „Wollen wir los?“, fragte er sanft. Er würde es auch okay finden, wenn ich noch eine halbe Stunde hierbleiben wollte, das hörte ich dieser Sanftheit an. Doch ich wollte Stormy nicht so lange allein lassen.

„Klar“, antwortete ich mit belegter Stimme und räusperte mich. „Sollen wir gleich mein Auto nehmen? Steht da drüben." Ich deutete auf meinen Kleinwagen.

„Den?" Kai hatte die Augenbrauen hochgezogen.

Das ärgerte mich jetzt. „Wieso denn nicht? Ist es unter deiner Würde, in einem Mitsubishi herumzugondeln?"

Unter einem BMW tat er es wohl nicht.

Doch er gluckste belustigt. „Die Automarke ist mir doch schnurzegal. Ich frage mich nur, wie du in diese Reisschüssel einen Hasenkäfig laden willst."

Verflixt! Daran hatte ich ja gar nicht gedacht.

„Ach so", nuschelte ich. „Dachte halt, du bestehst auf deiner Architektenkarre."

„Weil ich mich als etwas Besseres fühle oder wieso?", hakte er nach und hielt mich mit seinen eisblauen Augen so fest, dass ich fast keine Luft bekam.

„Keine Ahnung, war nur so ein Gedanke", murmelte ich.

Er hatte es bestimmt immer mit reichen Leuten zu tun. Mit Geschäftsführern oder mindestens Abteilungsleitern. Die zu Besprechungen mit ihrem Benz samt Fahrer anrückten. Oder mit einem schnittigen Tesla. Und auch Kais Freundeskreis bestand sicher aus lauter studierten Großverdienern mit tollen Jobs. Eine einfache Verkäuferin war garantiert nicht dabei.

„War ein dämlicher Gedanke", kommentierte er und marschierte den Kiesweg entlang.

Ich folgte ihm eilig. Himmel, wieso hing ich neuerdings solchen Gedanken nach? War doch schnurzpiepegal, was er von meinem Auto, meinem Beruf und mir hielt. Ich würde Kai nach der Zeit im Leuchtturm – wie kurz die auch sein sollte – sicher nicht mehr wiedersehen.

Der SUV kam mir ungefähr doppelt so groß vor wie meine Rostlaube. Gepflegter war er auch, außen wie innen. Offenbar gehörte es nicht zu Kais Hobbys, im Auto Haferkekse zu verdrücken. Bei mir hatten sich die Krümel bis in die kleinste Ritze verkrochen.

Mit einem eleganten Surren glitt der X5 über die Straße. „Wo fahren wir eigentlich hin?“, fragte ich.

Er zuckte die Schultern. „Mal sehen, was es im Dorf gibt. Irgendwelche Läden haben die hier sicher.“

Wir kamen an den ersten reetgedeckten Häusern vorbei. Ich stellte mir vor, wie herrlich es hier im Sommer aussehen musste. Sicher blühten überall Kletterrosen und Hortensien, bestimmt standen auch Nachbarn am Zaun, um zu klönen, und in den Straßen flitzten radfahrende Touristen umher. Ich sah einen Laden, der Tee verkaufte und in dessen erstem Stock sich ein Café befand. Es gab einen kleinen Kiosk, eine Änderungsschneiderei, ein schnuckliges Fischrestaurant und einen Dorfzahnarzt, wie ein Hinweisschild verkündete. Mehr konnte ich auf die Schnelle nicht erkennen.

„Ich fürchte, wir sind schon durch“, sagte Kai. „Aber vielleicht findet sich in den Nebenstraßen noch etwas, das uns weiter-...“

„Da, schau!“, unterbrach ich ihn und deutete nach vorne. „Da ist ein größerer Laden.“

Möwenitzer Küstenmarkt stand auf dem Schild. Vor dem Eingang lehnten mehrere Schneeschaufeln an der Wand, daneben waren Bretter aufgeschichtet und drei verschieden große Mistgabeln.

Mit skeptischem Blick lenkte Kai den Wagen auf den Parkplatz vor dem Markt. „Schaut eher nach einem Handel für Landwirtschaft aus.“

„Hm“, machte ich. „Gut möglich. Aber vielleicht weiß der, wo wir einen Supermarkt finden und einen Laden für Tierbedarf?“

„Wir fragen“, beschloss er und wir stiegen aus.

Als ich den Markt betrat, blieb mir der Mund offenstehen. Eine so seltsame Mischung hatte ich noch nie irgendwo gesehen.

Gleich im Eingangsbereich links standen Gummistiefel in Grün und Schwarz herum, dahinter gab es Arbeitshosen, dicke Winterjacken und grobe Handschuhe. Auf der rechten Seite warteten Zangen, Schrauben, Abflussrohre und ein Regal mit ungefähr tausend verschiedenen Schrauben, Muttern und Nägeln auf interessierte Kunden.

„Schaut eher schlecht aus für Salat und Möhren“, raunte ich Kai zu. Doch der sah mich erstaunt an.

„Das gibt es da drüben.“ Er deutete nach hinten in den Laden. Tatsache! Da sah ich ein Obstregal in bunten Farben hervorstechen. Gemüse gab es natürlich auch, ebenso eine Kühltruhe und ein Regal mit Joghurt, Butter, Käse.

Bevor ich mir einen Einkaufswagen schnappen konnte, kam ein junger Mann herangeeilt.

„Moin!“, rief er fröhlich. „Hab nur fix was einsortiert. Wie kann ich helfen?“

„Wir brauchen Hasenfutter“, fiel ich gleich mal mit der Tür ins Haus. „Und überhaupt eine Ausstattung für ein Kaninchen. Also ein Klo und so Sachen. Haben Sie so etwas zufällig?“

„Salat und Gurken kann ich bieten.“ Er lächelte mich an. „Aber ich habe auch Tierfutter, da ist natürlich etwas für Nager dabei. Kommt mal mit."

Er ging voraus. Ich mochte den Kerl auf Anhieb. Er war ein echter Naturbursche mit breiten Schultern, blonden Haaren, die dringend einen Schnitt benötigten, und mit einer Arbeitshose, in deren Gesäßtaschen Arbeitshandschuhe steckten.

Vor einem Regal mit allerlei Katzen- und Hundefutter blieb er stehen. „Hier findet ihr Trockenfutter. Trinkflaschen habe ich auch, falls ihr so etwas braucht."

„Nehmen wir mit!" Sofort legte ich zwei Beutel Futter und eine Flasche in den Einkaufskorb, den der Angestellte geschwind herzauberte.

Kai übernahm jetzt das Wort. „Viel wichtiger wäre allerdings ein Käfig." Er sah sich suchend um. „So etwas führst du hier aber nicht, oder?"

Erstaunt blickte ich ihn an. Er war gleich zum Du übergegangen. Bei mir war das normal, ich duzte immer ganz schnell. Aber beim Herrn Architekten hätte ich das nicht erwartet.

Der Verkäufer schien sich darüber zu freuen. „Möglich wär's", sagte er und kratzte sich nachdenklich am Kopf. „Ich schau mal im Lager." Er verschwand.

Neugierig schlenderte ich an den Regalen entlang. Eine so eigenartige Mischung hatte ich noch nie in einem Geschäft gesehen. „Schau mal, hier gibt es was Seltsames. Einen niedrigen Hocker mit nur einem Bein, aber einem Gurt?"

Ich sah Kai belustigt an, während ich auf das komische Ding deutete.

Er lachte. „Du als Großstadtkind kennst das natürlich nicht. Das ist ein Melkschemel. Den binden Bauern sich um und hocken damit nah am Kuheuter. Hier ist übrigens auch was Witziges. Hast du eine Ahnung, was das sein könnte?“

Kai zeigte mir zwei gummiartige Röhren, die vorne schmäler zuliefen. Eine war kleiner als die andere. Ich hatte keinen Schimmer, was das sein sollte, erkannte aber ein aufgeklebtes Schildchen.

„Zitzengummi für Schafe“, las ich vor. Das andere war für Ziegen. „Du liebe Zeit. Ist das auch was zum Melken?“

„Klar!“, ertönte die Stimme des jungen Mannes hinter mir. „Wir haben hier an der Küste eine Menge Schafe, Ziegen auch. Die geben beide tollen Käse. Den könnt ihr bei mir auch kaufen, echt lecker. Ihr seid nicht von hier, ne?“

„Wir machen Urlaub“, erklärte ich. „Im Leuchtturm.“

„Ah, verstehe! Und nun ist euch spontan eingefallen, dass ihr euren Kinners ein paar Hasen unter den Weihnachtsbaum setzen wollt?“

„Ähh“, machte Kai. „Wir haben keine Kinder.“

„Wir sind nämlich gar kein Paar“, ergänzte ich.

Er sah von Kai zu mir und wieder zurück. Dann kratzte er sich erneut am Kopf.

„Ihr macht gemeinsam Urlaub in einer kleinen Bude, kauft eine Kaninchenausstattung, seid aber gar nicht zusammen?“ Fragend sah er uns an. „Ihr Großstädter seid mir echt ein Rätsel.“

„Es ist sehr kompliziert“, wiegelte Kai ab.

„Nöö, gar nicht“, widersprach ich. „Wir haben beide den Leuchtturm gemietet, es kam zu einer Doppelbuchung, dann haben wir ein verletztes Kaninchen gefunden und damit uns das nicht die ganze Bude vollkackt und den

Tannenbaum umreißt, brauchen wir einen Käfig."

„Klingt logisch", sagte er nach ein wenig Bedenkzeit. „Ich bin übrigens Tjark."

„Kai und Mona", stellte ich uns vor. „Das Kaninchen heißt Stormy."

„Werde ich mir merken, falls es mal zum Einkaufen in den Laden hoppelt." Tjark grinste.

Dann erst sah ich, dass er hinter sich etwas auf dem Boden abgestellt hatte.

„Ein Käfig!", freute ich mich. „Und richtig groß ist der auch."

„Hätte sehr schlecht in einen Mitsubishi gepasst", murmelte Kai amüsiert.

„Ist ein wenig ramponiert", erklärte Tjark. „Das Ding ist gebraucht. Aber dafür kriegt ihr es billiger. Eine Klo-Ecke ist auch drin. Braucht ihr noch Streu?"

„Unbedingt."

Er holte einen großen Beutel und stellte ihn neben mir ab.

„Ist ein interessanter Laden, den du hier hast", sagte ich, während ich die Regale musterte.

„Yo. Hab ich von meinen Eltern übernommen. Ursprünglich war das ein reiner Landhandel, also mit Sachen für die Bauern hier an der Küste. Aber nachdem der kleine Edekaladen zugemacht hat, habe ich auch Lebensmittel aufgenommen."

„Sehr praktisch für uns." Ich lächelte ihn an.

„Und für alle anderen Leute hier an der Küste", erwiderte er. „Wenn ihr noch was braucht, ruft mich an. Ich kann fast alles besorgen, was man zum normalen Leben braucht."

Die Türklingel verriet, dass neue Kunden hereinkamen, deshalb trug Tjark den Käfig und die Streu zur Kasse.

„Was ist denn eigentlich ein normales Leben?“, sinnierte ich halblaut.

Kai nahm mir den Einkaufskorb aus der Hand. „Eines, in dem man sich nicht von extrascharfen Chilichips und Wodka ernährt.“

Er trabte in die Lebensmittelabteilung und ich folgte ihm. Dort lud er den Korb voll mit lauter gesunden Sachen. Ich fürchtete, dass es sich dabei nicht ausschließlich um Fressen für unser Kaninchen handelte.

Nachdem wir bezahlt hatten, half Tjark uns, die Sachen zum Auto zu tragen.

„Ihr müsst unbedingt auch mal bei Lenja vorbeischauen“, rief Tjark. „Sie hat den Teeladen am Marktplatz. Im ersten Stock ist eine Teestube, von dort kann man wunderbar aufs Meer schauen. Und natürlich solltet ihr unserer einzigen Kneipe einen Besuch abstatten. Kurts Kombüse heißt sie und ist total urig eingerichtet. Da meint man, man ist in einem uralten Piratenschiff gelandet. Kurt sieht auch irgendwie aus wie der Opa von Jack Sparrow aus *Fluch der Karibik*.“

„Da will ich hin!“, beschloss ich sofort, denn ich liebte diese Filmreihe.

Tjark grinste breit. „Aber sei vorsichtig mit seinem Sanddornschnaps, der hat es in sich.“

Ich bedankte mich für den Tipp und setzte mich neben Kai ins Auto. Der wirkte amüsiert, als er den Wagen startete.

„Schon erstaunlich, dass selbst völlig Fremde dich sofort als Schnapsdrossel identifizieren“, sagte er.

„Pfff", machte ich. „Dabei habe ich den Wodka doch nur eingepackt, falls aus Versehen ein Weihnachtslied an mein zartes Ohr dringt. Das ist sozusagen meine Notfall-apotheke."

„Wirst du sicher noch brauchen. Aber da ich ein netter Mensch bin, verzichte ich auch heute noch auf meine Musik. Im Gegenzug will ich dann allerdings endlich wissen, wieso jemand aus Hannover – wo es tausend White Christmas-freie Ecken gibt – auf Teufel komm raus in einen Leuchtturm fliehen will!"

9. Käfiggedanken

Auf dem Weg zurück zum Leuchtturm wurde es schon dämmrig. Die Sonne tauchte die Landschaft in warme Pastelltöne, silbergraue Wolken schwebten wie Pinselstriche eines Aquarellmalers über den Himmel, der bereits sein mattes Nachtgewand angelegt hatte. Alles erschien weich und magisch und völlig unreal. Ich war so fasziniert von dem Farbenspiel aus Rosa-, Grau- und Blautönen, dass ich am liebsten noch stundenlang an der Küste entlanggefahren wäre. Das Meer lag friedlich in seinem Bett, Lichtreflexe der untergehenden Sonne tanzten auf seinen sanften Wellen.

Mir war, als würde die Zeit in diesem Moment viel langsamer laufen. Als hätte jemand den Lauf der Welt angehalten, um den Betrachtern die zarte, fast traumhafte Schönheit der Natur in all ihren Nuancen zeigen zu können.

Als hätte Kai meine Gedanken gelesen, lenkte er seinen Wagen in eine Bucht am Seitenstreifen und hielt an.

„Es sieht aus wie ein Gemälde“, sagte er leise. „Unfassbar schön. Sieh dir nur diese Farben an!“

„Ich wusste gar nicht, dass es im Winter am Meer so herrlich sein kann“, erwiderte ich bewegt.

Er nickte stumm. „Da möchte ich gern ein Maler sein, um diese Stimmung festhalten zu können. Nicht auf einem Foto, sondern mit Pastellfarben oder als zartes Aquarellbild. Es muss der Wahnsinn sein, wenn man so etwas malen kann.“

Ich sah ihn an. Sah seine schimmernden Augen, die markanten Gesichtszüge, den tief bewegten Ausdruck. Sah einen Mann, der alles andere als steril, sachlich und betonwandgrau war. Sondern einen, den man ebenfalls in Pastellfarben malen müsste. Mein Herz schlug mit einem Mal viel schneller, und ein sanftes Prickeln durchlief meinen Körper.

Kai schien erst jetzt zu bemerken, dass ich ihn ansah. Er drehte seinen Kopf in meine Richtung.

„Habe ich etwas Blödes gesagt?“, fragte er, und zum ersten Mal hörte ich Unsicherheit in seiner Stimme.

„Hast du nicht, ganz im Gegenteil. Ich würde das Bild sofort kaufen, das du gemalt hättest.“

Ein ganz leises Lächeln erschien auf seinem Gesicht. Er sah wieder nach draußen und schwieg. Erneut fiel mir auf, wie einfach es war, neben ihm zu schweigen. Vielleicht lag es auch an der beeindruckenden Aussicht, den sehnsuchtsvollen Möwenschreien oder dem majestätischen Leuchtturm, dass es mir so leicht fiel. Die Landschaft sprach so viel, da brauchte es keine Worte mehr. Und Kais Anwesenheit trug ebenfalls dazu bei, dass eine tiefe Ruhe über mich kam.

Erst als die Sonne fast komplett im Meer versunken war und es allmählich kalt wurde im Auto, ließ Kai den Motor wieder an. Da mir nicht einfiel, was man in so einer Situation sagen konnte, ohne die Magie zu durchbrechen, schwieg ich weiterhin.

Er parkte neben meiner Schrottlaube und wir trugen die Einkäufe ins Haus. Natürlich musste ich gleich nach unserem vierbeinigen Freund schauen. Ich wartete, bis Kai aus der Küche kam und neben mir stand, dann öffnete ich vorsichtig die Badtür. Als Stormy uns sah, drehte er uns demonstrativ den Kaninchenhintern zu und würdigte uns keines Blickes. Da so ein flauschiger Kaninchenpo samt weißem Schwänzchen im braunen Fell aber sehr niedlich ist, zeigte seine Kalte-Schulter-Aktion bei uns nicht die gewünschte Wirkung.

„Du warst ja richtig brav", lobte Kai ihn, weil er tatsächlich kein Chaos verursacht hatte. „Wir haben dir Kohlrabiblätter mitgebracht."

Er wedelte mit dem Grünzeug herum. Als hätte er Augen im Flauschehintern, wandte Stormy sich nun um und hoppelte freudig auf Kai zu. Der belohnte ihn mit einem halben Blatt, hob ihn anschließend hoch und übergab ihn mir.

Ich trug Stormy nach oben, während Kai den Käfig und den Rest der Ausstattung hochschleppte. Wir bauten den Käfig auf, streuten ihn weich ein und setzten die Kloecke aus Plastik hinein. Das Türchen ließen wir offen, damit Stormy sich daran gewöhnen konnte. Als die Kohlrabiblätter darin lagen, stürmte er in den Käfig und futterte sofort los. Anschließend begutachtete er die Heuraufe, die Trinkflasche und grub so wild in der Streu herum, dass die Hälfte rausflog und sich auf dem Fußboden verteilte.

„Na, mit dir haben wir uns ja was angetan." Lachend

sah ich dem niedlichen Kerl zu.

Kai blieb ernst. „Wie soll es eigentlich mit ihm weitergehen? Kaninchen sind Rudeltiere, man darf sie nicht alleine halten. Und draußen aussetzen können wir ihn auch nicht, die Tiere vertragen so große Temperaturschwankungen nicht gut.“

Darüber hatte ich mir noch gar keine Gedanken gemacht. Ich schluckte.

„Kannst du ihn nicht mitnehmen?“, fragte ich.

Seine Augenbrauen sprangen nach oben. „Zu meiner Schwester? Die ist hochgradig allergisch auf Haustiere. Körperlich und im übertragenen Sinn.“

„Du wirst ja wohl nicht ewig bei ihr wohnen wollen, oder?“

Statt einer Antwort fuhr er sich durch seinen dunklen Schopf. „Nimm du ihn doch!“, schlug er vor.

„In meine Mietwohnung?“ Ich lachte. „Da sind Kaninchen wahrscheinlich gar nicht erlaubt, schätze ich. Und das würde ich ihm auch nicht antun wollen. Er braucht doch Auslauf.“

Kai sah Stormy ein paar Sekunden lang beim Trinken an der Wasserflasche zu, dann wanderte sein Blick zu mir.

„Wird Zeit, dass du mir endlich erzählst, was dich hergeführt hat. Meine verrückte Geschichte kennst du ja schon.“

Obwohl ich noch gar nicht zugestimmt hatte, ließ er sich in den Sessel fallen und sah mich erwartungsfroh an.

Seufzend nahm ich auf dem Sofa Platz. Also gut, offenbar blieb mir nichts anderes übrig.

„Ich arbeite als Verkäuferin im Kaufhaus Wenzel“, begann ich und beobachtete seine Miene ganz genau.

Nichts passierte. Er ließ weder seine Augenbrauen herumhoppeln, noch verzog er den Mund oder rümpfte die Nase.

„In welcher Abteilung“, fragte er und wirkte ehrlich interessiert.

„Unterhaltungselektronik. Also Fernseher, Blue Ray-Spieler, Kopfhörer, HiFi-Anlagen, Spielekonsolen.“

„Das passt zu dir. Da kannst du den ganzen Tag über Actionfilme laufen lassen.“

Er lächelte warm. Dummerweise hatte er ein höllisch attraktives Lächeln. Eines von der Sorte, die mir weiche Knie bereitete und mich wünschen ließ, dass er es jedes Mal auspackte, wenn er mich sah.

„Dürfen wir nicht“, erklärte ich. „Kommen ja auch Familien mit Kindern rein. Bei den Plasma-Fernsehern gibt es Naturaufnahmen. Grand Canyon, Great Barrier Reef, solche Sachen. Fische kommen übrigens sehr gut an, da stehen die Kunden oft eine halbe Stunde davor.“

Oh Mann, was laberte ich nur? Interessierte Kai doch nicht die Bohne, dass die Leute bei bunten Clownfischen in Entzückung gerieten und dadurch eher zum Kauf verführt wurden.

„Und du wolltest an die Ostsee, um Fisch in natura sehen zu können?“, fragte er.

Ich seufzte. „Nee, das war nicht der Grund. Sondern unser Radetzky.“

Kai lachte. „Moment mal, lass mich raten. Du hast einen Kollegen, der irrsinnig gern Marschmusik hört und die ganze Abteilung damit beschallt? Oder nein, anders: Das ist der Kosename einer Maus, die hinter den HiFi Türmen wohnt, nach Ladenschluss bei euch herumläuft und das Kabel des Abteilungs-Christbaums angenagt hat, sodass dieser in Flammen aufging, du dir eine Rauchvergiftung zugezogen hast und deshalb weihnachtsfreie, saubere Luft an der Küste atmen willst?“

Fassungslos starrte ich ihn an. „Wie, zum Henker, kommst du denn auf solche Einfälle?“

Er zuckte mit den Schultern. „Weiß nicht, mir fällt eben manchmal Unsinn ein. War ein Treffer dabei?“

Jetzt musste ich lachen. „Nicht ganz. Unser Boss im Kaufhaus heißt Rambowsky, aber wir nennen ihn unter uns gern Radetzky.“

„Weil er euch so oft den Marsch bläst?“, unterbrach Kai mich mit leuchtenden Augen. Er liebte offenbar Wortspiele und war generell sehr kreativ. Zumindest für einen Architekten, der sterile Glasbüros mit Betonwänden entwarf.

„Bingo. Der Kerl ist ein Tyrann, alle müssen nach seiner Pfeife tanzen. Und er hat beschlossen, dass meine Wenigkeit als Weihnachtsengel zum Einsatz kommen soll.“

„Nicht dein Ernst!“ Er riss die Augen auf und sah mich ungläubig an.

„Leider doch.“ In wenigen Sätzen erzählte ich von der Weihnachtslandschaft im Kaufhaus, von Herbert, vom anhaltenden Duft nach Vanillekeksen, von der Dauerbeschallung mit Weihnachtsliedern und dem Auftritt der lustigen Lerchen samt ihren Mörder-Blockflöten.

Als ich fertig war, sah ich in seinem Gesicht eine Mischung aus Mitgefühl und Verständnislosigkeit.

„Das klingt nach blankem Horror“, gab er zu. „Aber mir ist nicht klar, wieso du das mitgemacht hast. Hätte dein Boss ein Nein nicht akzeptiert? Ich würde ja annehmen, dass manche junge Verkäuferin in der Kosmetikabteilung oder beim Spielzeug sogar froh gewesen wäre, als Engelchen mit Lockenperücke auftreten zu dürfen."

Ich senkte den Blick und nestelte am Saum meines Sweatshirts herum. „Na ja, Radetzky hat mir einen fetten Bonus versprochen. Und ich kann das Geld gut gebrauchen. Weißt du, ich spare auf eine eigene Wohnung."

So, nun war es raus. Wahrscheinlich würde er mich auslachen, weil er wusste, dass ein Verkäuferinnengehalt nicht ausreichen würde für eine vernünftige Bude. Von den Luxusvillen, die er schon entworfen hatte, ganz zu schweigen.

Doch er nickte nur. „Ah, verstehe! Finde ich gut, wenn du dir was kaufen willst."

„Ist leider verdammt schwierig. Aber ehrlich gesagt halte ich es in der Mietwohnung nicht mehr aus. Ständig Lärm von allen Seiten; im Treppenhaus stinkt es nach Kohl und wenn ich im Keller Wäsche aufhänge, kann es sein, dass danach was weg ist. Oder, was noch viel gruseliger ist, dass mein BH andersherum an der Leine hängt und ich daran das eklige Rasierwasser von Herrn Biedermeier aus dem sechsten Stock rieche. Ich mag mir gar nicht vorstellen, was der damit gemacht hat!"

„Er geht dir an die Wäsche?", rief Kai entsetzt.

„Nur an die, die ich nicht trage. Er ist einer dieser Spanner, die mit dem Fernglas auf dem Balkon sitzen und hoffen, dass eine der Nachbarinnen sich oben ohne sonnt."

„Mistkerl", spie Kai aus.

„Wohl wahr." Ich schluckte. „Manchmal komme ich mir dort vor wie in einem Käfig. So wie Stormy. Nur habe ich ein Klo mit Spülung." Ich blickte auf die schwarzen

Böhnchen, mit denen er seine WC-Ecke brav eingeweiht hatte.

„Das kann ich total gut verstehen“, sagte er sanft. „Auch wenn ich das Privileg hatte, immer in einem Haus gelebt zu haben. Dafür bin ich echt dankbar.“

Genau das hatte ich erwartet. Er stammte aus einer wohlhabenden Familie, hatte Abitur gemacht, mit Freunden Schach oder Tennis gespielt und dann im Studium seine Frau kennengelernt, Tochter eines Stararchitekten mit großer Firma und dickem Bankkonto.

Das war so ungefähr das Gegenteil von meinem Leben. Ich war in einer heruntergekommenen Mietwohnung aufgewachsen, hatte auf dem staubigen Bolzplatz hinterm Wohnblock mit den Jungs Bälle gekickt und war von einem Studium ebenso meilenweit entfernt wie von einer sechsstelligen Summe auf dem Kontoauszug.

Außerdem war ich mir sicher, dass es bei seinen Familienfeiern ruhig und harmonisch zuging, dass alle Verwandten sich mochten und noch nie jemand überlegt hatte, das Tranchiermesser aus dem Truthahn zu ziehen, um damit einem ungeliebten Familienmitglied den weihnachtlichen Garaus zu machen.

Mir fiel ein, dass wir gerade über den versprochenen Bonus geredet hatten. Als ich an dieses Thema dachte, brodelte sofort die Wut in mir hoch.

„Stell dir vor, mein Boss hat mich über den Tisch gezogen!“

Seine Brauen hüpften meterhoch und er sah mich entsetzt an.

„Nein, ich rede nicht von sexueller Belästigung. Sondern von der Sache mit dem Bonus.“

Während ich ihm den Sachverhalt darlegte, setzte Kai sich immer aufrechter hin.

„Der spinnt wohl!“, regte er sich schließlich auf. „Du hast mehrere Wochen gearbeitet und diese Kollegin nur ein paar Tage. Da kann sie doch nicht die Hälfte bekommen!“

„Tja“, sagte ich matt. „Erzähl das dem Herrn Rambowsky.“

„Hast du eine schriftliche Zusage für den Bonus? Einen Vertrag oder wenigstens eine Mail? Ein Schulfreund von mir ist Anwalt, den kann ich bitten, einen saftigen Brief aufzusetzen. So etwas kann man deinem Chef nicht durchgehen lassen!“

Seine blauen Augen funkelten und seine Stimme klang entschlossen. Das gefiel mir richtig gut. Wie ein Ritter kam er mir vor. Nur, dass ich natürlich alles andere als ein sanftmütiges und schweigsames Burgfräulein war.

„Du würdest ihn echt darum bitten?“, hakte ich nach.

„Na klar!“ Er sah mich an, als fände er die Frage seltsam, weil das doch eine Selbstverständlichkeit war.

„Echt nett von dir. Nur habe ich leider nichts Schriftliches. Es war nur eine mündliche Zusage, nicht mal Zeugen gibt es.“

„Shit. Ging es um viel Geld?“

Ich machte eine wegwischende Handbewegung. „Ach, nichts, das wirklich einen Unterschied macht. Weißt du, ich habe von einer Großtante eine kleine Erbschaft gemacht. Sonst könnte ich mit meinem mickrigen Gehalt sowieso nicht über eine eigene Bude nachdenken. Aber ob ich etwas Bezahlbares finde, ist immer noch ungewiss.“

„Ich habe leider mit Wohnungsbau nichts zu tun“, sagte Kai. „Und in Hannover kenne ich mich nicht gut aus.“

„Schon gut, ich krieg das irgendwie hin. Bin ja erwachsen und nicht auf Hilfe angewiesen, außerdem spiele ich Lotto und ..."

Weiter kam ich nicht, weil sein Handy klingelt. Es steckte in seiner Jacke, die er achtlos über die Sessellehne gelegt hatte. Er nahm es heraus und runzelte die Stirn, als er die Nummer sah. Mit mürrischer Miene hob er ab.

„Ich habe doch gesagt, dass ich Urlaub mache", sagte er statt einer Begrüßung.

Sein Gesprächspartner redete eine ganze Weile.

Kai stand auf und wanderte unruhig im Wohnzimmer auf und ab. Da es sich offenbar um etwas Unangenehmes handelte, wollte ich nicht lauschen. Deshalb stand ich auf und ging nach unten. Auf der Treppe hörte ich ihn sagen: „... dann teil dem Kunden mit, dass es auch noch andere Architekten im Büro gibt. Und das Gleiche kannst du auch Siegfried ausrichten. Der denkt wohl, der kann nach Lust und Laune über meine Zeit verfügen!"

Leise verschwand ich in der Küche, wo ich mir eine Birne holte und hineinbiss. War das sein Chef? Oder sein Schwiegervater? Was vielleicht die gleiche Person war.

Überrascht stellte ich fest, dass ich gerne mehr über Kai erfahren wollte. Natürlich nur, weil ich noch nie einen Architekten und BMW X5-Fahrer kennengelernt hatte. Mein letzter Freund, Freddy, arbeitete in einem Getränkemarkt. Und die Männer vor ihm waren ebenfalls von der Sorte gewesen, die Polo fuhr, aber nicht spielte.

Ich ging ins Bad, um mir die Hände zu waschen. Kais Aftershave stand auf der Ablage. Ich nahm die Kappe ab und schnupperte daran. Es roch so angenehm, dass ich mir am liebsten ein wenig davon aufs Handgelenk gesprüht hätte. Frisch wie der Ostseewind duftete es, trotzdem nicht zu herb, eher wie ein Frühlingsspaziergang an den Klippen entlang. Wie einer dieser Tage, an denen man die Nase in den Morgenwind hält und schon die Sonne schnuppern kann, an denen man gern barfuß durch den nassen Sand läuft, obwohl es noch zu kühl dafür ist. Ja, wie ein Tag, der das Lächeln mit sich bringt, die erste Sommerwärme und die Zuversicht, dass am Ende alles gut sein wird.

An all das erinnerte mich der Duft seines Rasierwassers. Und all das passte auch zu Kai.

Mir fiel auf, dass ich gar keine Lust mehr verspürte, ihn loszuwerden. Nicht mal auf meine Filme oder meine Musik hatte ich Lust.

Was war nur los mit mir?

Eilig steckte ich die Kappe auf den Flakon. Musste am Duft liegen, da waren wohl irgendwelche seltsamen Pheromone hineingemischt. Anders konnte ich mir meine eigenartigen Gefühle nicht erklären.

Dass ich Tjark nicht nach einer Unterkunft für Kai gefragt hatte und auch nicht in sämtlichen Internetbörsen für Ferienwohnungen herumstöberte, lag einzig und allein an Stormy. Das war klar. Nur er allein war der Grund, dass ich den Gedanken, auch die nächsten Tage mit Kai zu verbringen, kein bisschen unerträglich fand.

10. Der Spaziergänger von Möwenitz

„Ich muss ein paar Sachen erledigen“, sagte Kai, nachdem ich wieder im Wohnzimmer aufgetaucht war. „Das mache ich unten in der Küche. Dann hast du das Zimmer hier oben für dich und kannst dich austoben.“

Überrascht sah ich ihn an. „Wie soll ich mich denn austoben?“

Er zuckte mit den Schultern. „Mit einem Film, den du leise anschaust oder so etwas. Ich werde wahrscheinlich früh ins Bett gehen. Aber du kannst natürlich runterkommen und dir ein Brot belegen. Ist ja genug da.“

Mir war mit einem Mal kalt. „Habe ich irgendetwas falsch gemacht?“, fragte ich, weil er so verändert war.

Kai fuhr sich übers Gesicht. „Nein, natürlich nicht. Meine Firma hat sich gemeldet, ich muss da kurz an was arbeiten. Deshalb bin ich sauer. Ist aber zum Glück eine einmalige Sache. Für den Rest meines Urlaubs habe ich dann Ruhe.“

„Alles klar“, sagte ich.

War ja auch okay, dass er mal für sich sein wollte. Vielleicht war das mit der Arbeit eine Ausrede. Wir kannten uns schließlich nicht und da war es womöglich anstrengend, ständig quasi aufeinanderzusitzen. Ich war immerhin nicht allein, Stormy leistete mir Gesellschaft. Er hatte eine herabgefallene Christbaumkugel entdeckt, angelte sie unter einem Schränkchen hervor und übte hoppelnd für ein Kaninchenball-Turnier.

Ich klappte tatsächlich meinen Laptop auf, zog mir in kaum hörbarer Lautstärke einen Film rein und ging irgendwann nach unten, um mir ein Sandwich zu basteln. Kai saß am Küchentisch am Computer und war in irgendetwas vertieft. Neben ihm stand ein Glas Rotwein.

„Immer noch fleißig?“, fragte ich beiläufig.

„Fast fertig. Hab auch keine Lust mehr.“ Er schenkte mir ein Lächeln. „Wenn das hier erledigt ist, wird der Laptop eingemottet für die restliche Zeit.“

„Sehr lobenswert.“

Ich wollte ihn nicht länger stören, also ging ich nach oben. Eine Weile sah ich aus dem Fenster und genoss den nächtlichen Ausblick. Anschließend daddelte ich mit meinem Handy herum. Das sollte ich bald mal aufladen, ich war aber zu faul, heute Abend noch das Ladegerät aus dem Koffer zu kramen. Also machte ich mich bettfertig, legte mich auf die Couch und setzte mir Stormy auf meinen Bauch, der sich bereitwillig ausstreckte und streicheln ließ. Eigentlich hatte ich ihn über Nacht in seinen Käfig setzen wollen, aber es war so herrlich gemütlich, mit einem warmen Fellbündel einzuschlafen, das hin und wieder zufrieden vor sich hin grunzte.

Am nächsten Tag wurde ich wach, weil irgendetwas mich als Trampolin benutzte. Verschlafen öffnete ich die Augen, sah Stormy auf mir herumhoppeln und musste lachen, obwohl ich ein erklärter Morgenmuffel war. Normalerweise brauchte es eine Viertelstunde und zwei Tassen Kaffee, bis ich zu einem ersten Lächeln fähig war. Vorher taumelte ich nur wie ein schlecht gelaunter Zombie umher. Aber das Kaninchen schien einen neuen Menschen aus mir zu machen. Stormy hatte offenbar seine verrückte halbe Stunde, denn er flitzte wie ein Wahnsinniger im ganzen Zimmer herum. Ich setzte mich auf und schüttelte lachend den Kopf.

„Du irrer Rennhase! Trainierst du für den Großen Preis von Monte Kanino, oder was soll das werden?“

Wie üblich erhielt ich keine Antwort, hatte aber den Eindruck, dass Stormy mich angrinste, als er bei der nächsten Runde vorbeisauste.

Irgendwann hatte er sich offenbar müde gehoppelt. Träge hüpfte er zurück in seinen Käfig, mümmelte an seinem Heu und den getrockneten Kräutern herum, machte es sich schließlich in seiner Kuschelecke gemütlich. Ich beschloss, einen Beautytag einzulegen. In meinem Fall beschränkte sich das darauf, mir eine lange Dusche zu gönnen, eine Haarkur einwirken zu lassen und anschließend eine der Hautmasken auszuprobieren, die ich mal in der Kosmetikabteilung geschenkt bekommen hatte. Vielleicht würde ich mir sogar die Nägel in rebellischem Metallicblau lackieren, mal sehen.

Ich schloss seinen Käfig, damit er keinen Unsinn anstellen konnte, und tappte nach unten.

„Moin“, rief ich Kai gut gelaunt zu, der sich in der Küche einen Kaffee eingoss.

„Moin“, grüßte er zurück und schenkte mir ein strahlendes Lächeln. „Willst du auch einen Kaffee?“

„Ist der Papst katholisch?“, antwortete ich und schnappte mir den größten Becher, den ich im Küchenschrank finden konnte.

Er grinste und befüllte meinen Becher, der die Aufschrift trug: *An de Ostsee, wat ‘ne Pracht, hier isst du Labskaus und träumst von Segeljacht!*

„Gut zu wissen, dass du auf Labskaus stehst“, kommentierte Kai den Spruch. „Dann muss ich meine Pläne für morgen wohl noch ändern.“

„Morgen?“ Verständnislos sah ich ihn an. „Was ist denn morgen?“

Kai lachte. „Weihnachten! Hat sich vielleicht noch nicht bis Hannover herumgesprochen, aber viele Menschen sehen den 24. Dezember als Feiertag an.“

„Oh, Mist, ich hatte vor lauter Kaninchen total das Datum vergessen. Ehrlich gesagt, weiß ich nicht mal, was Labskaus ist.“

„Rote Beete, Rindfleisch, Matjes und ein Spiegelei, gern zu einer Art Brei zerkleinert. Also ohne das Ei.“

Ich sah das Gericht vor mir und hatte jetzt nicht so unbedingt Appetit darauf.

„Was wäre denn die Alternative?“, fragte ich Kai vorsichtig.

„Für morgen Abend hatte ich eigentlich geplant, mir bei Tjark frische Dorschfilets zu holen. Er hatte an der Kasse einen Zettel, dass der Laden am 24. vormittags für eine Stunde geöffnet ist. Dazu eine Weißweinsoße, Kartoffelgratin und Broccoliröschen mit gerösteten Pinienkernen.“

Mir lief sofort das Wasser im Mund zusammen.

„Das – äh – klingt extrem lecker“, sagte ich.

Mit leicht schräg gelegtem Kopf sah Kai mich an. Er

wirkte dabei sehr belustigt. „Mona, willst du mich vielleicht etwas fragen?“

Oh ja, und wie ich das wollte!

„Für wie viele Personen willst du das denn kochen?“

Er lachte. „Du bist natürlich eingeladen. Ich kann es nicht mit meinem Gewissen vereinbaren, am Weihnachtsabend vor meinem Festmahl zu sitzen, während du eine Handvoll Kartoffelchips mümmelst.“

„Sehr freundlich von dir. Ich schätze, ich muss mich allerdings beim Essen von Weihnachtsliedern berieseln lassen?“

„Auf jeden Fall!“, bestätigte er.

Na gut. Am Heiligen Abend blieb mir wohl nichts anderes übrig.

„Und heute backe ich Kekse“, fuhr Kai fort. „Das gehört dazu. Schließlich ist heute schon der dreiundzwanzigste.“

„Ah, stimmt, du hast ja Fertigteig im Kühlschrank.“

„Genau. Ich koche zwar gern, aber mit dem Backen kenne ich mich nicht aus. Das fertige Schwarz-Weiß-Gebäck muss ich nur in Scheiben schneiden und aufs Blech legen, das ist selbst für Ungeübte wie mich ein Klacks. Vorher mache ich aber erst mal einen ausführlichen Spaziergang. Ist gut für die alten Knochen.“

Er streckte die Arme nach hinten, um sich zu dehnen. Dabei rutschte sein Shirt nach oben und gab den Blick auf einen knackigen Bauch frei. Rund um Kais Nabel waren ein paar dunkle Haare zu sehen, die sich nach unten zu einem verführerischen Pfad verdichteten. Mein Nacken kribbelte. Ich musste meinen Blick mit aller Macht von der verheißungsvollen Ansicht wegreißen. Eilig trank ich einen Schluck Kaffee. Vielleicht half der gegen spontane Hormonausschüttungen.

„Kannst du vor deinem Spaziergang noch kurz nach Stormy schauen?“, bat ich. „Ich will nämlich eine lange Dusche nehmen.“

„Klar, hätte ich sowieso gemacht. Ich habe es nicht eilig, wir sind schließlich im Urlaub. Was hältst du davon, wenn wir am Nachmittag diese Teestube ausprobieren?“

„Bin dabei!“, jubelte ich sofort.

Er grinste über meinen begeisterten Gefühlsausbruch, murmelte „War mir klar“ und verschwand aus der Küche.

Ich sah ihm kurz nach. Kai nahm mich nicht ernst, was auch kein Wunder war. Seltsamerweise ärgerte ich mich über mein Verhalten. Ich benahm mich wie ein Teenie. Wollte mir die Nägel blau lackieren, aus Protest Hardrock hören und geriet in jubelnde Verzückung, wenn mir jemand eine Teestube mit Friesentorte in Aussicht stellte.

Oh Mann.

Vor mich hin grummelnd ging ich ins Bad, stieg unter die Dusche und drehte das Wasser an. Einen klitzekleinen Moment lang spielte ich mit dem Gedanken, mich mit Kais Duschgel einzuseifen, aber natürlich ließ ich das bleiben. Schließlich war ich eine reife, erwachsene, über den Dingen stehende Frau in den besten Jahren. Oder so ähnlich. Außerdem befand ich mich im wohlverdienten Urlaub, war allein im Leuchtturm und konnte es mir richtig gut gehen lassen. Ich sang in schrägen Tönen *Don't worry be happy* vor mich hin, wobei ich auch lautstark das hupende *uuuh-uuuh* im Background übernahm. Das tutete ich auch noch vor mich hin, als ich die Haarkur endlich herausgewaschen hatte und aus der Dusche stieg. Weil es so gut passte, ließ ich das *uuuh-uuuh* fließend in den Einstieg des Stones-Klassikers *Sympathy for the Devil* übergehen, während ich vor dem Waschbecken stand und mir die straffende Hautmaske *Moortraum* ins Gesicht schmierte. Ich wickelte mir das Handtuch um den Körper, zurrte mir die Haare zu einem Dutt und sang weiterhin schrecklich schräg vor mich hin, als ich in die Küche tappte, um mir eine weitere Tasse Kaffee zu holen.

„Herrje, wie siehst du denn aus?“, hörte ich Kai rufen.

Ich fuhr herum. Verflixt, wieso war er noch da? Da ich so lange mit der Haarkur herumgemacht hatte, war ich mir sicher gewesen, dass er längst an der Küste herumspazierte.

Ein Irrtum. Er trug zwar schon seine warme Jacke und die groben Stiefel, stand aber noch in der Küchentür, wo er sich gerade eine Wollmütze über den Kopf zog und in seine Handschuhe schlüpfte. Während ich mich nur notdürftig in ein Tuch gewickelt hatte, eine Idiotenfrisur trug, mein Gesicht schwarz angemalt hatte und so schräg vor mich hinsang, dass Mick Jagger mir seine Mundharmonika über die Rübe ziehen würde, wenn ihm nur ein einziger Takt davon zu Ohren käme.

Bravo, Mona, gut gemacht!

„Ist mein, ähhh, Beautyprogramm“, erklärte ich.

Kai riss die Augen auf. „Ernsthaft?“, gluckste er. „Na, dann noch viel Erfolg.“

Er tippte zum Abschied mit zwei Handschuhfingern an seine Wollmütze und verschwand.

Ich klatschte mir die flache Hand gegen die Stirn. Was doof war, denn nun hatte ich die schwarze Moormaske auch an den Fingern.

„Saublödes Zeug“, schimpfte ich vor mich hin und stapfte zurück in die Küche, um alles abzuwaschen. Kaffee brauchte ich sowieso keinen mehr, mein Puls raste auch ohne Koffein vor sich hin.

Als ich wieder aussah wie ein Mensch und nicht wie eine schlecht frisierte Moorleiche, außerdem halbwegs vernünftige Klamotten trug, ging ich nach oben. Ich ließ Stormy aus dem Stall, der sofort herumhüpfte. Meine Haare hatte ich nicht geföhnt, sondern nur trockengerubbelt und in ein frisches Handtuch geschlungen. Im Stehen löffelte ich einen Joghurt und trat ans Fenster. Von Kai war nichts zu sehen. Vielleicht auf der anderen Seite?

Ja, da war er. Er hatte die Landzunge schon verlassen und spazierte den einsamen Küstenweg entlang. Hin und wieder blieb er stehen, um aufs Meer hinauszusehen. Der Himmel war heute bedeckt, Wolken türmten sich in allen erdenkbaren Grautönen auf. Ich musste an das denken, was Kai über seine Ex-Frau berichtet hatte, und schmunzelte. Die hätte wahrscheinlich ihre helle Freude am grauen Himmel gehabt. Doch auch Kai konnte sich offenbar nicht sattsehen an diesem unendlichen Horizont, den Felsformationen im Meer, der heute nur matt schimmernden Ostsee. Das Wasser zog sich zurück, Scharen von Wattvögeln versammelten sich im Schlick, um nach Beute zu suchen. Kai beobachtete sie eine Weile, bevor er weiterging.

Überrascht stellte ich fest, dass ich gerne bei ihm gewesen wäre. In Hannover kam ich niemals auf die Idee, einen Spaziergang ohne festes Ziel zu unternehmen. Hier an der Küste jedoch hatte ich plötzlich große Lust, die salzige Luft tief in meine Lungen zu saugen, mit großen Schritten am Strand entlangzulaufen oder mich gegen einen kühlen Felsen zu lehnen und den Wind zu beobachten, wie er das Dünengras zum Tanzen brachte.

Was Kai wohl durch den Kopf ging? Ich hatte keine Ahnung, ob er sich im Architekturbüro seines Schwiegervaters wohlfühlte. Auch nicht, ob er irgendwelche Sorgen hatte oder wie er über die Welt und das Leben und das Einrühren von Mini-Marshmallows in heißen Kakao dachte. Aber ich bemerkte, dass ich all das gern erfahren würde.

Und dass ich gerne jemanden zum Reden hätte.

Ich sah auf die Uhr. Es war erst kurz nach neun.

Ob Jessica schon im Kaufhaus war?

Einen Versuch war es wert. Ich zog mein Handy heraus und wählte ihre Nummer. Da man nie wissen konnte, ob nicht gerade Radetzky neben ihr stand und ihr einen Vortrag hielt, sprach ich ihr eine Nachricht bei WhatsApp auf.

Ich steckte noch mitten in der Begrüßung, da sah ich, dass sie online war. Ein paar Sekunden später rief sie mich an.

„Hey, du Engelchen!“, rief ich erfreut. „Hast du denn Zeit zum Telefonieren?“

„Für dich immer! Oh Mann, Mona, ich mach drei Kreuze, wenn ich nicht mehr mit Perücke und Flügelchen hier herumstehen muss.“

„Ich verstehe dich so gut!“, sagte ich.

Jessica lachte. „Aber erzähl mal, wie läuft es bei dir? Hast du Poster von Ozzy Osbourne und Alice Cooper aufgehängt? Ich sehe dich richtig vor mir in deiner Hardrock-Bude, wo du dir einen Jason Bourne-Film nach dem anderen reinziehst.“

„Du liegst ein wenig daneben, Jessy. Ich schaue in diesem Moment auf einen geschmückten Tannenbaum.“

„Heilige Scheiße!“, rief Jessica. „Haben die Vermieter den aufgestellt?“

„Nein, mein Mitbewohner.“

„Dein *was*?“

„Er heißt Kai, kommt aus Hamburg, ist Architekt und ein totaler Weihnachtsfan.“

Wieder ihr dreckiges Lachen. „Du willst mich verarschen.“

„Nein, im Ernst. Es gab eine Doppelbuchung. Und nun nervt er mich mit Weihnachtsliedern und Dekoorgien.“

„Dann schmeiß ihn raus.“

„Geht nicht. Wegen des Kaninchens.“

Drei Sekunden lang herrschte Schweigen in der Leitung. Dann fragte Jessica mit ernster Stimme: „Hast du was getrunken, Mona? So früh schon?“

Nun war ich es, die lachte. „Nur Kaffee. Unser Stormy ist ein Findelkind.“

Ich berichtete ihr in ein paar Sätzen von unserem tierischen Fund und ließ dabei nicht aus, wie gut Kai sich um den Kleinen gekümmert hatte.

„Soso, ein Hobbytierarzt also“, sagte sie und klang mit einem Mal sehr interessiert. „Wie sieht er denn aus, dein Doctor Dolittle?“

„Groß, sportlich, dunkle Haare, blaue Augen, tiefe Stimme. Könnte Werbung machen für einen Rasierer mit Drei-Tage-Bart-Funktion.“

„Du stehst auf ihn“, behauptete Jessica trocken.

„Quatsch. Ich finde Männer, die Lichterketten aufhängen, bei *Last Christmas* mitsummen und Pullover mit einem grinsenden Rentier tragen, absolut uninteressant.“

„Du stehst auf ihn“, wiederholte sie stur. „Das kann ich

an den kleinen Kieksern in deiner Stimme hören. Außerdem kann man so einen Pulli auch ausziehen."

„Du fantasierst dir da was zusammen, Jess. Er lebt in einer ganz anderen Welt, will mit einer wie mir ..."

„Ist er Single?", unterbrach sie mich.

„Geschieden", musste ich einräumen. „Aber erst ganz frisch und er hat garantiert null Bock auf irgendwelche ..."

„Das ist ja ganz wunderbar!", jubilierte sie, als hätte ich nicht weitergesprochen.

Offenbar hatte mein Handy eine Fehlfunktion. Oder ihr Ohr. Denn es kam nichts bei ihr an, was ich äußerte.

„Du verstehst es nicht, da ist nichts zwischen uns. Zero, nada, nothing, rein gar nix."

„Es wird eine Liebesweihnacht!", flötete Jessica ungerührt weiter. „Ich kann das spüren. Du willst es nicht zugeben, aber du bist hingerissen von ihm. Das hört man dir sofort an."

„Ich klinge vollkommen normal."

„Du klingst wie damals, als dieser Vertreter für Bluetooth-Lautsprecher bei dir in der Abteilung rumgesprungen ist. Der aussah wie George Clooney mit vierzig."

„Der Bluetooth-Kerl!", erinnerte ich mich verträumt. „Das war ein echt steiler Zahn."

„Den hast du mit Blicken ausgezogen und du warst kurz davor, ihn in die Bettwarenabteilung zu schleppen. Und damals hast du dich ganz genauso angehört."

„Der Typ war schwul, wie sich herausstellte. Ich habe ihn später beim Knutschen mit Mario erwischt, hinter einem Aufsteller mit Herrenkniestrümpfen."

„Das ändert nichts an der Tatsache, dass du deine Verliebtheitskiekser in der Stimme hast." Ich konnte Jessicas breites Grinsen hören.

„Musst du nicht dringend zurück hinter den Weihnachtsmannthron?“, fragte ich.

„Stimmt. Aber vorher will ich noch hören, wie es bei euch zwei Süßen weitergeht. Werdet ihr euch danach wiedersehen?“

„Werden wir nicht!“, beschloss ich. „Ganz sicher nicht.“

„Weißt du, ich lass mich da mal überraschen. Ihr feiert morgen doch bestimmt gemeinsam Weihnachten, oder?“

„Ja, das schon“, musste ich zugeben.

„Sag ich doch! Ach, Mona, ich gönne dir das von Herzen. Endlich mal wieder ein richtig toller Kerl in deinem Leben.“

„Wir sind eine reine Zweckgemeinschaft, mehr ist da echt nicht.“

„Wird noch kommen“, prophezeite sie.

„Diese Engelsflügel tun dir nicht gut, Jessy. Du drehst da total ab. Hast du neuerdings eine Glaskugel? Oder göttliche Eingebungen?“

Sie lachte. „Schön wär's! Dann würde ich mir die Lottozahlen eingeben lassen und mich mit dem Gewinn in die Karibik absetzen. Sag mal, was ist eigentlich mit dem Hasen? Ist das ein Ausreißer? Müsst ihr da den Besitzer suchen?“

„Er ist ein wildes Kaninchen“, erklärte ich, war mir aber plötzlich gar nicht mehr so sicher. Was, wenn Jessica recht hatte?

„Na, dann ist es ja gut. Nimmt dein Kai ihn dann?“

„Gute Frage.“

„Du, ich muss jetzt echt los“, sagte sie. „Sonst macht mir der Radetzky wieder Stress. Ich wünsch dir ganz tolle

Feiertage! Mit gutem Essen, lustiger Gesellschaft und rattenscharfem Sex."

„Wir werden es treiben wie die Insel-Karnickel", versprach ich, erntete einen lauten Lacher und verabschiedete mich mit etwas braveren Festtagswünschen von meiner lieben Kollegin.

Die Sache mit dem Kaninchen ging mir nicht aus dem Kopf. Also die mit dem Besitzer, nicht die mit dem Sex. Obwohl ich daran auch ein paar heiße Gedanken verschwendete. Wichtiger als meine frisch entfachte Libido war aber die Frage, ob Stormy tatsächlich jemandem gehörte.

Als Kai nach fast zwei Stunden wieder auftauchte, erzählte ich ihm gleich davon.

„Was, wenn Stormy gar kein wildes Kaninchen ist?", fragte ich ihn, kaum dass er mit einer Teetasse hoch ins Wohnzimmer kam.

„Er lief aber draußen recht wild herum." Kais Haare standen in alle Richtungen, was wohl der Mütze geschuldet war. Er hatte von der Kälte gerötete Wangen, seine Augen glänzten und der blaue Rollkragenpulli stand ihm ganz hervorragend. Als er lächelte, sprangen kleine Fältchen rund um seine Augen auf. Er sah aus wie ein Naturbursche aus der Werbung. Wie ein kerniger Fischer, der von seinem Fang heim aufs Festland gekommen war. Allerdings roch Kai deutlich besser. Ich meinte, immer noch einen Hauch seines Rasierwassers zu erschnuppern.

Schnell fing ich meine davongaloppierenden Gedanken mit dem Lasso wieder ein und konzentrierte mich auf unser Haustier.

„Stormy könnte trotzdem ausgebüchst sein. Er ist total

zutraulich. Spricht das nicht dafür, dass er bei Menschen gelebt hat?“

„Hm“, machte er und fuhr sich durch die Haare, sodass die noch neckischer verstrubbelt waren als vorher. Ich fand das leider ausgesprochen sexy. „Du hast recht, es wäre möglich.“

„Ich könnte Tjark anrufen und fragen, ob er jemanden kennt, der ein Kaninchen vermisst. Und falls nicht, können wir bei ihm vielleicht ein Foto ausdrucken, kopieren und verteilen.“

„Gute Idee.“ Er musterte Stormy, der niedlich an seinem Heu mümmelte, und nickte. „Wäre gut, wenn er wieder zu seinem Besitzer käme.“

„Genau! Stell dir nur mal vor, dass er einer Familie mit Kindern gehört. Vielleicht ist er das Lieblingskaninchen des kleinen Nils oder Holger. Und der weint bitterlich, weil sein lieber flauschiger Freund an Weihnachten nicht um den Tannenbaum hopsen kann.“

Kai grinste. „Dann ruf schnell bei Tjark an, damit der kleine Nils Holgersson erlöst wird und nicht auf Wildgänsen nach seinem entlaufenen Karnickel suchen muss.“

Ich beäugte ihn skeptisch. „Manchmal habe ich das Gefühl, du nimmst mich nicht ernst.“

„Nie habe ich jemanden ernster genommen“, widersprach er eilig.

Lachend suchte ich mit meinem Handy die Nummer von Tjarks Laden.

„Hier ist Mona, die mit dem Kaninchenkäfig.“

„Ah, ich erinnere mich!“

„Sag mal, kennst du jemanden, dem das Kaninchen entlaufen sein könnte? Die Idee kam uns erst jetzt. Der kleine

Kerl ist nämlich recht zutraulich."

„Hier gibt es eine Menge Leute, die Karnickel züchten. Und dazu auch ein paar Familien, die sie als Haustiere halten. Ich habe leider keine Ahnung, ob irgendwo einer fehlt."

„Können wir bei dir vielleicht was ausdrucken und aushängen?", fragte ich.

„Klar. Schickt mir einfach das Foto und den Text per Mail. Ich erledige so etwas oft für ein paar ältere Leute, die keinen Drucker oder PC haben."

Er diktierte mir die Mailadresse und ich verabschiedete mich. Als ich ein paar niedliche Fotos von Stormy knipsen wollte, fiel mir auf, dass mein Handyakku nur noch zehn Prozent anzeigte.

„Ich muss mein Telefon aufladen", erklärte ich und beugte mich zu meinem Koffer, der in einer Zimmerecke lag. Neugierig kam Stormy angehoppelt. Als ich den Kofferdeckel aufklappte und darin herumwühlte, empfand er das offenbar als Aufforderung, sich kopfüber in den Koffer zu stürzen und tief in meinen Klamotten herumzugraben.

„Hey, das sind meine Sachen! Grab woanders ein Loch."

Kai kam angeschlendert. „Er baut sich eher ein Nest. Deine Unterwäsche hat es ihm angetan, kuck doch nur!"

Auch das noch! Stormy zerrte an einem übergroßen, beigefarbenen Schlüpfer. Verflixt nochmal! Musste er Kai unbedingt zeigen, in welchen Oma-Schlüppis ich herumlief?

„Das ist nur wegen der Wäscheleine", stammelte ich. „Und überhaupt, weil ich in Hannover nicht rechtzeitig gewaschen habe, wegen der vielen Engelsarbeit." Kai dachte doch nicht wirklich, dass ich so etwas immer trug?

„Oooch, du musst das gar nicht erklären", sagte er grinsend. „Stormy steht voll auf deine sexy Dessous." Er kicherte.

Verdammt! Jetzt fand Stormy auch noch den Beipackzettel von Kopfschmerztabletten, den ich wohl achtlos im Koffer gelassen hatte, zerrte das Papier in sein Schlüpfernest, nagte eine Ecke ab und setzte sich zufrieden in den Kleiderhaufen.

Ich tastete um ihn herum, unter ihn und in alle Seitenfächer, fand aber mein Ladegerät nicht. Hatte ich das nicht zu Hause extra auf meinen Tisch gelegt, um es ganz am Ende einzupacken? Aber natürlich nicht mehr daran gedacht.

Mit einem tiefen Seufzer ließ ich mich neben meinen Koffer fallen. „Ich schätze, mein Ladekabel liegt in Hannover."

„Du kannst meines nehmen", bot er sofort an.

„Du hast ein iPhone, das passt nicht bei mir. Echt blöd, der Akku ist runter auf zehn Prozent."

„Dann schalt dein Handy aus. Ist sowieso viel erholsamer. Ich mache die Fotos und schicke sie Tjark."

„Okay." Ich streichelte Stormy, der das sehr genoss. Auch wenn er ein Lauser sein konnte - ich mochte den kleinen Kerl. Und der Gedanke, ihn nicht mehr anfassen zu dürfen, schnürte mir schon jetzt die Kehle zu. Ein schrecklicher Gedanke schoss mir durch den Kopf.

„Er muss nicht in ein Tierheim, oder?", fragte ich Kai mit belegter Stimme und sah zu ihm auf.

„Natürlich nicht", antwortete er weich. „Wir finden

einen Platz für ihn."

Mir war plötzlich eiskalt geworden. „Versprochen?"

Sein Lächeln war warm wie die Julisonne.

„Versprochen, Mona." Seine Stimme kroch ganz tief in meinen Bauch hinein. Und ein bisschen auch in mein Herz. Ich glaubte Kai. Er war zwar ein irrer Christmas-Fan und Lichterketten-Anbeter, aber er war ein Mann, dem man vertrauen konnte. Das spürte ich ganz tief in mir drin. Und es war ein sehr schönes Gefühl.

„So", sagte er voller Elan. „Ich gehe jetzt Kekse backen. Schließlich ist morgen Weihnachten und da gehört etwas Selbstgebackenes natürlich dazu."

„Natüüürlich", bestätigte ich und grinste.

„Wenn du brav bist, bekommst du sogar einen", kündigte er an.

Ich streckte ihm die Zunge heraus, er lachte und verschwand nach unten.

Eine halbe Stunde später zog ein süßlicher Geruch durch den gesamten Leuchtturm. Ich schnupperte skeptisch. Es roch zwar nach Gebäck, aber längst nicht so lecker, wie ich das in Erinnerung hatte. Ich ging nach unten in die Küche, wo Kai gerade das zweite Blech aus dem Ofen holte. Auf dem ersten kühlten die runden Kekse mit schwarz-weißem Karomuster aus. Die in der Mitte waren blass, weil er sie dicker von der fertigen Teigrolle geschnitten hatte als die am Rand. Die waren dafür sehr dunkel.

„Hast du schon einen probiert?" Ich schnupperte skeptisch und fand noch immer nicht den üblichen verführerischen Geruch von frischen Keksen.

„Habe ich", sagte er und machte eine entschuldigende

Geste. „So richtig der Hit sind die Dinger nicht."

Ich schnappte mir einen Keks und biss hinein. Sofort verzog ich das Gesicht. „Die schmecken total künstlich."

Kai nickte. „Habe mich schon gewundert, dass der Teig so lange haltbar ist. Aber die sehen gut aus! Ich würde so etwas nie hinkriegen mit den verschiedenen Teigfarben. Echt schade, dass sie so komisch schmecken. Ich hatte mich so auf selbst gebackene Kekse gefreut. Bin dafür aber zu blöd."

„Du kriegst deine Kekse, das ist kein Problem."

Überrascht sah er mich an. „Und wie? Willst du in der Teestube welche kaufen?"

„Das würde nicht gelten!"

Sein erstauntes Gesicht amüsierte mich. Ich war zwar keine Meisterköchin wie er, aber Backen liebte ich sehr. Und deshalb würde ich da was auf die Beine stellen.

„Du willst doch wohl nicht ...", begann er, wagte es aber offenbar nicht, den Satz zu beenden.

„Genau das", erwiderte ich fröhlich. „Wir holen bei Tjark ein paar Zutaten und dann backe ich dir Kekse. Zwar kein Schwarz-Weiß-Gebäck, aber meine berühmten Kulleraugen und Schoko-Kokos-Küsse."

Kai sah mich an, als hätte ich angekündigt, nackt um den Leuchtturm tanzen zu wollen. „Kulleraugen und Kokos-Küsse?", wiederholte er. „Du willst mich veräppeln."

„Vielleicht haben die noch andere Namen. Lass dich überraschen."

„Das willst du echt tun? Obwohl du so ein Grinch bist und Weihnachten auf den Tod nicht ausstehen kannst?"

„Ich bin ein sehr lieber Mensch, wenn man mich näher

kennt", sagte ich und grinste breit.

Er blieb ernst. „Stimmt. Das ist wirklich so. Als Dankeschön lade ich dich in die Teestube ein."

„Du brauchst mir nicht zu danken, du bekochst mich doch die ganze Zeit. Ist ja wohl das Mindeste, dass ich ein paar Kekse backe."

„Dann lade ich dich eben ein, weil ich ein altmodischer Macho bin und gern für meine Begleitung zahle." Sein Lächeln war hinreißend.

Ich tat, als müsste ich eine Weile überlegen. Schließlich sagte ich: „Gut, das lasse ich durchgehen."

Kai holte das zweite Blech aus dem Ofen. Ich gab die fertigen Plätzchen auf einen Teller. Mit einem echten Grog kriegte man die bestimmt runter.

Als die Küche aufgeräumt war, brachte ich Stormy frisches Futter und spielte ein wenig mit ihm. Danach zog ich mich warm an, denn Kai hatte vorgeschlagen, zu Fuß zu gehen.

Als wir die Tür hinter uns zuzogen, fiel mir auf, dass wir zum ersten Mal den Leuchtturm gemeinsam verließen, um in ein Lokal zu gehen.

War das so etwas wie ein Date?

Mir wurde ganz kribbelig zumute, wenn ich mir das vorstellte. Natürlich nicht, weil ich mit Kai etwas anfangen wollte. Sondern nur, weil es meinem weiblichen Ego guttat, von einem attraktiven Mann zu Tee und Friesentorte eingeladen zu werden. Das war der alleinige und allereinzige Grund, völlig klar!

11. Tee für Anfänger

Einen kleinen Ort zu Fuß zu erkunden, ist völlig anders, als mit dem Auto hindurch zu rauschen. Das wurde mir klar, als wir durch Möwcnitz spazierten. Dieses Dorf mit seinen kleinen Backsteinhäusern, den reetgedeckten Gebäuden und der Nähe zum Meer war einfach zauberhaft. Immer wieder blieb ich an einem Gartentor stehen, bewunderte die Bauart des Hauses, ein getöpfertes Namensschild an der Tür oder einen besonders kauzig geformten, blätterlosen Baum.

Am Marktplatz entdeckten wir zwei idyllische Fachwerkgebäude. Eines davon beheimatete Lenjas Teestube. Ich freute mich schon jetzt auf den Besuch, aber wir wollten vorher noch zu Tjark.

„Den Hafen kennst du noch gar nicht“, stellte Kai fest und bog in diese Richtung ab.

Auch wenn heute ein trüber Wintertag war und sich inzwischen ein leichter Nebel übers Meer gelegt hatte, sahen die schwankenden Fischerboote und kleineren Schiffe irrsinnig romantisch aus.

„Im Sommer ist das alles hier bestimmt traumhaft

schön“, entfuhr es mir.

„Ich mag es auch jetzt im Winter“, sagte Kai leise. „Alles ist so weich und ruhig. Wie ein Aquarellgemälde. Kaum Touristen, kein Trubel, nur pure Natur. Es ist, als hätte alles einen Gang zurückgeschaltet. Heute, auf dem Spaziergang, hatte ich sogar das Gefühl, dass die Zeit hier viel langsamer vergeht als in der Stadt.“ Er drehte sich zu mir. „Klingt wahrscheinlich seltsam.“

Ich schüttelte bedächtig den Kopf. „Gar nicht. Ich verstehe gut, was du meinst. Hannover ist gar nicht arg weit weg, trotzdem kommt es mir vor wie eine andere Welt.“

„Ganz genau“, sagte er sanft.

Wir standen eine ganze Weile am Hafen, sahen den Enten beim Schwimmen zu, den Booten beim Schaukeln auf den Wellen, den Wolken beim Wandern über den Himmel. Eine Silbermöwe glitt über unsere Köpfe, ihr Flug wirkte so elegant, dass ich mir wünschte, einmal im Leben als Vogel über die Ostsee schweben zu können.

Als ein paar Lachmöwen keckernd vor uns landeten, erwachten wir aus unserem Pastelltraum und spazierten weiter zu Tjarks Laden. Er hatte das Foto von Kai bekommen und ein paar Zeilen dazugeschrieben über unseren Kaninchenfund, außerdem Kais Handynummer angegeben. Den fertigen DIN-A4-Flyer präsentierte er uns gleich beim Reinkommen.

„Super!“, rief ich. „Kannst du uns da ein paar Kopien machen?“

„Klar. Eine kann ich vorne ans Anschlagbrett hängen. Und wenn ihr mir welche hier lasst, verteile ich die.“

„Mensch, das ist total nett von dir.“ Ich strahlte ihn an.

Tjark lachte. „Kinners, hier in Möwenitz helfen wir uns

gegenseitig! Keine Ahnung, wie das bei euch in der Stadt ist, aber bei uns ist das nichts Besonderes.“

In diesem Moment schämte ich mich dafür, dass ich in der Vergangenheit manchmal über Landeier gelästert hatte. So verkehrt war das Leben in einem Dorf wirklich nicht. Nur waren wir Großstädter oft so arrogant, dass wir uns das gar nicht vorstellen konnten.

Ich schenkte Tjark mein bestes Lächeln und ging zu einem Regal, um die Zutaten einzukaufen. Butter hatten wir bereits im Kühlschrank, den Rest packte ich nach dem Bezahlen in meine mitgebrachte Stofftasche. Kai hatte sich in der Zwischenzeit ein wenig mit Tjark unterhalten. Die beiden schienen sich gut zu verstehen, das gefiel mir. Irgendwie passten sie zusammen. Obwohl Kai dunkle Haare hatte und Tjark ein typisch blondes Nordlicht war, würden sie beide als Naturburschen durchgehen. Ich konnte mir Kai viel besser auf einem Fischerboot oder beim Holzsägen vorstellen als in einem schweineteuren Brioni-Anzug.

Aber so war das nun mal im Urlaub. Da schlüpfte man gern in eine andere Identität. Doch im wahren Leben sah es bei ihm ganz anders aus. Da gab es kein halb verwittertes Fischerboot, sondern Hochglanzbüros, Montblanc-Unterschriften von Millionenverträgen und polierte Schuhe, in denen sich die Seidenkrawatte spiegelte.

„Mona, alles in Ordnung?“, fragte Kai, als wir Tjarks Laden verlassen hatten.

„Logo. Hab nur über das Rezept nachgedacht“, log ich.

Bevor wir in die Teestube gingen, sollte ich mir dringend klarmachen, dass das hier nicht das reale Leben war. Ich neigte zu Träumereien und die waren hier absolut fehl am Platz. Also alles ganz entspannt halten. Wir waren eine Zweckgemeinschaft, zwei flüchtige Bekannte, die zufällig gemeinsam einen Tee tranken, mehr nicht. War sicher total leicht, das im Gedächtnis zu behalten.

Als ich die Tür zu Lenjas Teeladen aufdrückte, empfing mich eine so fein komponierte Duftmischung, dass ich mir die Luft am liebsten in Gläser abfüllen lassen würde.

„Wahnsinn, wie gut es hier riecht!“, rief ich statt einer Begrüßung.

Lenja, eine junge Frau mit rotblonden, halblangen Locken, lachte. „Freut mich! Ich habe gerade meine Kräuter-Früchte-Spezialmischung abgefüllt, außerdem frische Wattwürmer gebacken. Seid ihr auf der Suche nach letzten Geschenken?“

Sie deutete auf ein Regal. Dort gab es tatsächlich eine tolle Auswahl an kleinen und größeren Mitbringseln. Teepäckchen, die zu Blumensträußen gebunden waren, Körbchen mit Honigtöpfchen und Früchtetee, Weihnachtstassen mit Friesentee und Kandiszucker, elegante Arrangements aus Grüntee und Bambuspflanzen.

„Wow, das sind richtig tolle Geschenke“, lobte ich. „Aber wir kommen eigentlich, weil Tjark uns von deiner Teestube vorgeschwärmt hat.“

„Die ist oben, aber ihr könnt hier unten bei mir bestellen.“

Kai machte einen Schritt auf die Kuchentheke zu, die mitten im Raum stand. An den Wänden dahinter sah ich unzählige Metalldosen mit unterschiedlichen offenen Teesorten. Auch Kannen, Tassen und Stövchen gab es, außerdem Kerzen, Räucherstäbchen und in einer Ecke sogar Fläschchen mit verschiedenen Tinkturen.

Die Kräutersäfte und Globuli-Fläschchen interessierten Kai weniger, er musterte fasziniert die Torten und Teilchen in der Auslage.

„Wattwürmer?“, las er belustigt von einem Schild ab, das vor einigen länglichen Gebäckstücken stand. „Das habe ich ja noch nie gehört.“

„Ist auch eine Eigenkreation. Wir haben hier an der Ostsee zwar kein Watt wie an der Nordsee, aber mir gefiel der Name so gut. Außenherum zarter Brandteig, innen gefüllt mit meiner Adventscreme. Die schmeckt nach Lebkuchen, Sanddorn und einem Hauch schwarzem Tee.“

„Davon nehme ich eine“, sagte er sofort.

War ja klar. Mit Advent und Lebkuchen kriegte man ihn schnell herum.

„Und welchen Tee dazu?“, fragte Lenja. „Es muss ein schwarzer sein, sonst harmoniert er nicht mit der Füllung. Vielleicht ein Friesentee mit Kluntjes und Sahne?“

„Sehr gern.“

Ich war immer noch damit beschäftigt, die zahlreichen Regale des Ladens zu mustern. Was für ein Paradies für Teetrinker! Leider war ich Kaffeefan. Aber zu den kleinen Päckchen mit offenbar selbst gemachten Pralinen würde ich nicht nein sagen, die gab es nämlich auch in zartbitter.

„Möchtest du auch ein Teilchen?“, fragte Lenja mich. „Oder warte - du bist eher für was Frisches, Fruchtiges zu haben, stimmt's?“

Überrascht sah ich sie an. „Woher weißt du das?“ Mir stand derzeit tatsächlich nicht der Sinn nach Lebkuchen und Glühwein-Muffins.

Sie lächelte warm. „Ich habe das manchmal im Gefühl. Wie wäre es mit meiner Limetten-Buttermilch-Schnitte?“

Sie deutete auf eine saftige Kreation, die mir sofort zusagte.

„Kann ich dazu einen Kaffee haben?“, fragte ich vorsichtig.

Lenja seufzte. „Kannst du, aber passt nicht gut. Viel besser wäre ein frühlingshafter Grüntee.“

Ganz automatisch verzog ich das Gesicht. „Ist mir leider zu bitter.“

„Das sagen alle, die ihn falsch kochen. Lass mich raten, du hast bisher nur Teebeutel probiert und die mit kochendem Wasser aufgegossen?“

„Ehrlich gesagt, habe ich seit zwanzig Jahren keinen grünen Tee getrunken. Meine Mutter hat ihn mal gemacht, er war scheußlich.“

Sie lachte kurz. „Kann ich mir vorstellen. Magst du einen versuchen? Wenn er dir nicht schmeckt, kriegst du deinen Kaffee.“

Da Kai mich aufmunternd ansah und ich natürlich als abenteuerlustig gelten wollte, sagte ich zu.

„Okay, dann versuche ich deinen Tee. Ich hätte gern noch ein Glas Johannisbeersaft dazu, hast du so etwas?“

„Natürlich. Geht einfach nach oben und wenn es bimmelt, holt ihr eure Sachen aus dem Aufzug“, erklärte sie uns und begrüßte eine Großfamilie, die nach uns den Laden betreten hatte.

Ich sah Kai fragend an, doch der zuckte nur mit den Schultern und ging auf die schmale Treppe zu, die im hinteren Bereich des Ladens nach oben führte. Im ersten Stock angekommen, sah ich mich begeistert um. Wie gemütlich und liebevoll das Café eingerichtet war! An der Wand klebte eine fröhliche Blümchentapete, auf den weiß gedeckten Tischchen standen Keramikboote, in denen Kandiszucker lag, und Sahnekännchen mit Ankermotiv. Das Spektakulärste aber war der Ausblick aus den drei Fenstern. Man konnte über den Hafen und direkt aufs Meer sehen.

„Da ist noch ein Tisch frei“, freute ich mich und steuerte auf den vor dem rechten Fenster zu. Drei andere Tische waren besetzt, ich grüßte die Gäste freundlich mit dem hier üblichen „Moin.“

Ich war so fasziniert von dem tollen Panorama, dass ich das leise Klingeln überhört hatte. Kai jedoch stand auf und ging auf die Wand neben der Treppe zu. Erst jetzt sah ich, dass sich dort ein kleiner Lastenaufzug befand. Vorsichtig schob Kai die Tür auf. Dahinter wartete ein Tablett mit unserer Bestellung.

„Das ist ja witzig mit dem Aufzug“, sagte ich, als Kai mit dem Tablett zurückkam und alles auf den Tisch stellte.

„Habe ich in einem Café auch noch nie gesehen. Ist aber eine tolle Idee. Wir haben das mal bei einer Firma eingebaut, aber für die Post. Die hatten viele Dokumente zu verteilen, deshalb haben wir das beim Neubau des Verwaltungsgebäudes berücksichtigt. Kam gut an bei den Mitarbeitern. Außer bei einem.“ Kai grinste breit.

„Weil der vorher die Post verteilt hat und jetzt seinen Job los war?“, riet ich drauflos.

„Falsch. Er war der Gesundheitsbeauftragte der Firma, ein passionierter Triathlet. Der Typ hat mich sogar richtig beschimpft. Weil die Mitarbeiter jetzt viel weniger Bewegung hätten.“

Wahnsinn, was sich ein Architekt alles anhören musste.

„Wie hast du reagiert?“

Kai zuckte mit den Schultern. „Ich habe ihm vorgeschlagen, im Seminarraum Sportkurse anzubieten und die Mitarbeiter mit Schrittzählern auszustatten. Der mit den meisten Schritten pro Monat könnte dann als Ausgleich einen Gutschein für McDonald's gewinnen."

Ich prustete los. „Das hast du nicht gesagt!"

Er grinste. „Hätte ich aber gern. Als Belohnung für den Schrittkönig habe ich ihm natürlich einen Gutschein für einen Smoothiemaker vorgeschlagen. Soweit ich weiß, haben aber ausschließlich Frauen bei der Schritt-Challenge teilgenommen", sagte er und stach sich ein großes Stück von seinem Wattwurm ab.

„Den Typ Frau kenne ich. Hatte mal so eine Kollegin. Die hat ständig damit angegeben, dass sie sich morgens und abends ausschließlich von grünen Smoothies ernährt. Hatte eine Top-Figur, das muss ich zugeben. Aber Rosenkohl und Spinat zum Frühstück? Bäh."

Da probierte ich lieber meinen Kuchen. Mann, war der lecker. Schön saftig und herrlich säuerlich.

Kais Blick ruhte auf mir. „Hast du doch auch", sagte er sanft. „Und das trotz Chips und Buttermilchtorte."

Verdutzt sah ich von meinem Teller auf. „Was habe ich auch?"

„Na, eine tolle Figur." Sein Lächeln machte mich nervös. Sein Blick, der mich immer noch festhielt, ebenfalls.

„Äh, na ja, vielleicht. Danke", stammelte ich. „Liegt eher daran, dass ich ungern koche und oft mal das Essen vergesse."

„Könnte mir nicht passieren", erzählte er. „Aber dafür gehe ich manchmal joggen oder spiele mit einem Kumpel

Tennis. Jetzt will ich aber wissen, wie dir dein Tee schmeckt."

Ich goss mir aus dem kleinen Kännchen ein. Der grüne Tee duftete tatsächlich nach Frühling, genau wie Lenja angekündigt hatte. Ich schnupperte an der Tasse, anschließend probierte ich. Erstaunt nahm ich einen zweiten Schluck.

„Das ist grüner Tee?", fragte ich überrascht. „Der schmeckt völlig anders als das Zeug, das ich mal probiert habe."

Kai schmunzelte. „Richtig aufgebrüht und mit einer guten Teesorte ist er ein Gedicht."

„Ach. Und du wusstest das?"

„Ja. Meine Schwiegermutter ist eine große Tee-Feinschmeckerin." Seine Miene wurde ernst. „Hättest du der einen Beuteltee angeboten, wäre das dein Todesurteil gewesen."

„Ihr hattet kein gutes Verhältnis? Also du und deine Schwiegereltern?"

Statt gleich zu antworten, legte er erst zwei Kluntjes in die Tasse und goss aus der Kanne Tee ein. Die Kandisstücke knackten leise.

„Sie waren schwierig. Giulia ist ihre einzige Tochter und wahrscheinlich hätten sie sich einen besseren Ehemann für sie gewünscht."

„Besser? Was hatten sie denn an dir auszusetzen? Ich kenne dich ja nicht lange, aber du bist bestimmt jemand, der total gewissenhaft und konzentriert arbeitet. Kreativ bist du auch."

Wenn ich nur an die Zeichnung des Hasenklos dachte! Und überhaupt: Kai war wortgewandt, witzig, hilfsbereit.

Ich konnte mir zwar nicht vorstellen, jemals eine Schwiegermutter zu sein – aber falls ich wider Erwarten irgendwann eine Tochter haben sollte, würde ich mir einen Schwiegersohn wie Kai wünschen.

„Mag sein", sagte er ernst. „Aber ich hatte keine Unifreunde in Adelskreisen, spielte weder Polo noch Golf, kannte keine Vorstandsvorsitzenden persönlich."

„Meine Fresse, was für eingebildete Schnösel!", entfuhr es mir. „So etwas ist denen wichtig?"

„Oh ja. Und meiner Frau wäre es bestimmt auch lieber gewesen."

„Trotzdem arbeitest du immer noch bei denen? Deine Ex auch?"

„Sie ist ein halbes Jahr in Sydney. Will sich dort weiterbilden oder einen künftigen Ehemann bezirzen, was weiß ich."

Er goss Sahne in seine Tasse, rührte aber nicht um. Sah stattdessen zu, wie sich Wölkchen bildeten und im Tee umher schwebten.

„Meinst du das ernst? Hat sie einen neuen Lover?", fragte ich weich.

Kai nickte. „Sie kennt ihn schon länger. Wahrscheinlich hat sie bereits während unserer Ehe mit ihm herumgemacht, aber das ist mir inzwischen egal."

Die Falte, die sich bei diesen Sätzen in seine Stirn grub, widersprach dieser Aussage. Ich hätte jetzt gern meine Hand auf seine gelegt und irgendetwas Aufbauendes gesagt, aber mir fiel nichts ein. Das mit der Hand tat ich trotzdem und erntete einen dankbaren Blick.

„Sie ist ein Miststück", sagte ich. „Sei froh, dass du sie los bist."

„Bin ich."

Seine Finger waren warm, seine Haut weich. Es kribbelte meinen ganzen Arm entlang. Kai hatte seine Hand nicht weggezogen, sondern schenkte mir sogar ein schmales Lächeln.

Mein Herz hüpfte in meiner Brust umher, als trainierte es für ein Wetthoppeln gegen Stormy. Kai machte mich nervös. Gleichzeitig fühlte ich bei ihm eine tiefe Ruhe, die ich nie gekannt hatte. Und obwohl im Hintergrund leise der *Little Drummerboy* lief und mir von der Serviette ein Schneemann zuwinkte, konnte ich mir nichts Schöneres vorstellen, als mit Kai hier zu sitzen, Tee zu trinken und das unendliche Spiel der Ostseewellen zu beobachten.

Er führte die Tasse zum Mund, deshalb zog ich meine Hand zurück. Genießerisch trank er die oberste Schicht des Tees, leckte den Sahnerest anschließend von seinen Lippen. Schöne Lippen hatte er auch, wie mir auffiel. Kuss-schöne Lippen.

Eilig konzentrierte ich mich auf meinen Kuchen. Ich sollte aufhören, Kai anzustarren. Und noch mehr, ihn anzuschmachten. Das führte nirgendwo hin.

„Ich habe mir in der Firma meines Schwiegervaters einen Namen gemacht", erklärte Kai irgendwann. „Habe da meine Stammkunden. Sehr große Kunden. Die mir vertrauen und mir halbwegs freie Hand lassen. Deshalb bin ich noch dort. Solche Bedingungen finde ich nicht so schnell in einem anderen Architekturbüro. Von der guten Bezahlung ganz zu schweigen."

„Du musst dich mir gegenüber nicht rechtfertigen."

Er schwieg einen Moment. „Aber mir selbst gegenüber."

„Willst du denn weg? Würdest du lieber in einer anderen Firma arbeiten?“, wollte ich wissen.

Kai stach sich das nächste Stück vom Wattwurm ab. Ich wartete geduldig, bis er so weit war.

„Keine Ahnung. Weißt du, Mona, ich fühle mich schon länger nicht mehr wohl. In der Firma und überhaupt. Dieser Urlaub hier im Leuchtturm, zwei Wochen ganz alleine für mich, sollte mir da helfen. Ich hatte gehofft, dass ich mir hier über das alles klar werde. Dass ich wieder zu mir selbst komme und herausfinde, was ich eigentlich will.“

Oh, verdammt.

Ich ließ meine Gabel sinken. „Und dann komme ich daher“, sagte ich in entschuldigendem Tonfall. „Hocke dir auf der Pelle, bringe alles durcheinander und boykottiere deinen Plan. Tut mir echt leid, Kai.“

Er schüttelte den Kopf.

„Quatsch. Du boykottierst rein gar nichts. Vielleicht ist es ganz gut, jemanden zum Reden zu haben.“

„Hast du denn sonst niemanden?“

„Ich habe nicht mehr viele Freunde. Früher schon, aber seit ich mit Giulia zusammen bin, hat sich viel geändert.“

„Dein Tenniskumpel?“

Er lachte. „Männer reden nicht beim Sport. Und danach auch nicht wirklich. Höchstens darüber, ob der Ball im Aus war oder auf der Linie.“

„Männer sind doof.“ Ich grinste. „Wir Frauen quatschen ständig miteinander. Kommt allerdings nicht immer was Sinnvolles heraus.“

Wieder dieses warme Lächeln, das irgendetwas in mir zum Schmelzen brachte.

Da ich etwas zum Abkühlen brauchte, trank ich einen großen Schluck vom Johannisbeersaft. Und stellte fest, dass es gar keiner war. „Oh, das ist ja Kirschsaft. Da hat Lenja wohl was verwechselt.“

„Soll ich hinuntergehen und dir einen anderen holen?“, bot Kai sofort an.

„Unsinn. Ist doch egal. Der ist zwar süßer, aber den kann ich genauso trinken.“

Er lehnte sich zurück, sah kurz dem Flug einer Möwe zu, dann kam sein Blick zurück zu mir.

„Giulia hätte jetzt sofort einen Aufstand gemacht und sich beschwert.“

Ich riss die Augen auf. „Wegen eines verwechselten Safts? Du liebe Zeit.“

„Oh ja. Auch wenn sie in einem Laden nicht sofort bedient wurde. Oder wenn der Weißwein nicht die richtige Temperatur hatte.“

Ich schüttelte den Kopf. „Weißt du, was? Du bist echt besser dran ohne sie. Hak sie ab und such dir irgendwann eine normale Frau. Eine, die Bier trinkt, selbst wenn das mal warm ist. Und die in der Lage ist, sich ihre Shirts auch ohne Verkäuferin von der Stange zu nehmen. Das ist dein kostenloser Rat des Tages von Frau Professor Doktor Mona Schwartz.“

„Du heißt Schwarz mit Nachnamen?“

„Mit tz. Darauf lege ich mehr Wert als Beethoven auf sein *van*.“

Nicht, dass ich eine Ahnung vom alten Ludwig hatte. Aber ich wollte, dass Kai wieder lächelte. Und dazu war mir jeder Flachwitz recht.

„Ich heiße Kai Weiß.“ Jetzt grinste er tatsächlich.

„Wirklich? Das glaube ich nicht.“

„Doch! Ich kann es dir beweisen.“ Er holte sein Handy hervor, rief eine Seite auf und zeigte mir ein Bild.

Das war eindeutig Kai. Im dunklen Anzug auf einer sehr eleganten Seite eines Architekturbüros. *Kai Weiß, Bürolösungen für allerhöchste Standards* stand unter dem Bild.

Das war er also, der Alltags-Kai. So sah er aus, wenn er nicht im Urlaub herumlief und sich einen Rentierpulli überstülpte. Wie ein Anzugträger eben. Einer, der sich mit Frauen traf, die immer perfekt geschminkt waren, edle Kostüme mit Bleistiftröcken besaßen und stets die farblich passenden Pumps trugen.

Weil ich nicht wusste, wie ich auf sein Foto reagieren sollte, schob ich ihm meinen Teller hin. „Du musst unbedingt mal von meinem Kuchen probieren.“

„Merci“, sagte er charmant und stach sich ein Stück ab.

Bevor er es loben konnte, kam Lenja mit einem Glas in der Hand angelaufen.

„Tut mir total leid, ich habe dir den falschen Saft eingeschenkt. Die Großbestellung nach euch beiden hat mich durcheinandergebracht.“

„Ist doch egal“, beruhigte ich sie schnell. „Habe schon die Hälfte getrunken.“

„Trotzdem.“ Sie stellte das zweite Glas auf dem Tisch ab. „Und du musst natürlich keinen davon bezahlen.“

„Lieber wäre mir, wenn wir bei dir einen Zettel aushängen könnten“, erwiderte ich.

Ich berichtete Lenja von Stormy, Kai holte einen Ausdruck hervor und sie versprach, ihn gut sichtbar zu platzieren. Anschließend lächelte sie uns zu.

„Ihr seid so ein tolles Paar“, sagte sie. „Richtig harmonisch. Das sieht man sofort. Ich habe einen Blick dafür, ob Menschen gut zusammenpassen. Und glaubt mir, das ist nicht bei vielen Pärchen, die zu mir in den Laden kommen, der Fall.“

Kai ließ die Gabel sinken und sah reichlich verdutzt drein. Ich grinste und wandte mich Lenja zu. „Ehrlich gesagt, sind wir kein Paar. Nur eine Wohngemeinschaft wegen einer Doppelbuchung.“

„Oh!“ Sie lief auf der Stelle rot an. „Tut mir leid. Das ist wirklich seltsam, normalerweise liege ich immer richtig mit meinem Gefühl. Das ist mir jetzt peinlich.“

„Quatsch“, sagte ich eilig. „Wir sind gute Kaninchen-Eltern. Vielleicht hast du ja das gespürt.“

Sie strich sich eine rotblonde Strähne hinters Ohr. „Mag sein“, murmelte sie. „Oder, ich bin einfach gestresst, weil vor den Feiertagen so viel los ist. Gerade die Pralinenpäckchen verkaufen sich wie verrückt. Es hat sich wohl in der ganzen Region herumgesprochen, dass die immer frisch sind und ich auch ausgefallene Sorten herstelle.“

„Lenja?“, rief eine ältere Frau von einem anderen Tisch herüber. „Machst du mir noch ein Likörchen fertig? Und ich nehme dann auch wieder meine Spezialmischung vom Verdauungstee mit. Gleich die große Packung.“

„Gerne, Dörte.“

Die grauhaarige Frau, die mit einer anderen zusammensaß, wandte sich jetzt an uns. „Solltet ihr euch auch mitnehmen. Lenja hat Tees gegen jedes Wehwehchen. Gerade an den Feiertagen gibt es nichts Besseres!“

Lenja schmunzelte und senkte ihre Stimme, da die Dame sich wieder ihrer Begleitung zuwandte. „Dörte liebt frittierten Fisch, auch sonst alles Fette und außerdem meinen Speziallikör mit saurer Kirsche und Sanddorn. Da braucht sie eben als Ausgleich meine Kräutermischung für die Verdauung."

Sie zwinkerte uns zu und machte sich auf den Weg nach unten.

Schon seltsam, dass sie das mit dem Paar gesagt hatte. Dabei waren Kai und ich doch total unterschiedlich! Er, der gebildete, erfolgreiche Architekt mit Weihnachtsfimmel, Kochleidenschaft, Dekowahn und einem Schrank voller blütenweißer Hemden und dunklen Maßanzügen.

Ich, die Chaotin mit schlecht bezahltem Job, einer Bruce Willis-DVD-Sammlung, Wollmäusen in den Ecken einer winzigen Mietwohnung und einer Schublade voller ausgewaschener Jogginghosen in sieben Farben.

Nein, wir passten wahrlich nicht zusammen. Aus uns würde niemals das perfekte Schwartz-Weiß-Gebäck werden. Kai war garantiert ein Typ, der alles immer aufgeräumt haben wollte, stets beide Socken fand und dessen Gabeln wahrscheinlich in der Besteckschublade allesamt ordentlich in Löffelchenstellung lagen. Während ich meistens sogar zu faul war, meine Klamotten in den Schrank zu hängen, sondern sie lieber auf einem Stuhl auftürmte, bis der Stapel irgendwann umkippte. Außerdem stahl sich ständig ein fieses, unsichtbares Monster in meine Wohnung und klaute Socken.

„Du hast bestimmt immer die zwei passenden Socken parat, stimmt's?", hörte ich mich selbst fragen.

Logischerweise sah Kai mich mit hochgezogenen Brauen an.

Scheibenkleister, wieso hatte ich das laut ausgesprochen? Jetzt musste ich seinen fragenden Augenbrauen eine Antwort geben.

„Ging mir nur gerade durch den Kopf", erklärte ich. „Keine Ahnung, wieso."

Er schmunzelte. „Seltsame Frage. Aber du hast recht. Ich werfe zwei Socken in die Waschmaschine, nehme zwei wieder heraus und stecke beide in die Sockenschublade. Ist es das, was du meinst?"

Ich seufzte. „Jetzt fühle ich mich als Sockenversagerin. Bei mir liegt die Wäsche meistens überall verstreut herum. Ich sammle sie ein, bringe sie in den Keller. Keine Ahnung, ob ich unterwegs Einzelsocken verliere, ob die sich unterm Bett verstecken oder ein fieses, unsichtbares Monster sie frisst. Aber wenn ich ein Paar suche, ist nie eins da."

„Ah!" Seine Miene hellte sich auf. „Das Geheimnis der verschwundenen Socken. Davon habe ich schon gelesen."

Nickend trank ich einen Schluck Tee. „Einmal bin ich mit zwei verschiedenfarbigen Socken in die Arbeit gegangen und habe stolz verkündet, dass dies mein neuer Style sei. Blöderweise hat mich Rambowsky gesehen und mir die Meinung gegeigt, sodass ich einen ganzen Abend damit verbracht habe, meine Wäsche und überhaupt meine Wohnung auf der Suche nach Single-Socken zu durchwühlen. Es ist schlimm mit mir."

Kai lachte und schüttelte den Kopf. „Du bist super. Dir fällt immer was ein. Das mit dem neuen Style finde ich witzig."

„Um Ausreden war ich noch nie verlegen, da bin ich Profi, schon seit der Schulzeit. In der Arbeit habe ich behauptet, dass sogar in den Modezeitschriften dieser

Trend ganz hip ist und er angeblich *colour your heels* heißt. Hat den Radetzky allerdings nicht beeindruckt."

Er lachte erneut. „Deine Fantasie möchte ich haben."

„Ach was, ich habe die nur bei Ausreden. Bei Deutschaufsätzen fiel mir nie was ein. Während du bestimmt immer gut warst in der Schule, oder?"

Kai zuckte die Schultern. „Mir fiel das Lernen nicht schwer, schätze ich."

„Mir schon." Ich schob mir das letzte Stück Kuchen in den Mund.

„Aber du machst trotzdem deinen Weg", sagte Kai. „Du kämpfst für deinen Traum, du fährst allein in den Urlaub, du rettest Kaninchen. Ich finde, du kannst wirklich stolz auf dich sein."

Verblüfft starrte ich ihn an. „Echt? Das denkst du?"

„Klar, sonst würde ich es nicht sagen."

Ein warmes Gefühl flutete meinen Bauch. Eins, das gar nichts mit dem grünen Tee zu tun hatte. Kai machte sich Gedanken über mich? Und fand, dass ich gar kein Totalausfall war?

Es freute mich so sehr, dass ich Angst hatte, ihn wie ein bekifftes Honigkuchenpferd anzustrahlen. Also trank ich eilig das frische Glas Saft aus und schob mit der Gabel die Krümel auf meinem Teller zusammen.

Kai hatte noch ein letztes Stück Wattwurm auf seinem Teller. „Magst du probieren? Ist richtig gut."

Mir war alles recht, um nichts sagen zu müssen, also steckte ich mir das Stück in den Mund. Wow, eine Geschmacksexplosion! Selbst das Lebkuchenaroma störte nicht, weil es so fein auf die anderen Zutaten abgestimmt war.

„Ein Gedicht! Da kannst du mit deinem Schwarz-Weiß-Gebäck ganz knapp nicht mithalten."

„Wirklich sehr knapp", bestätigte er und grinste. „Wollen wir uns langsam auf den Rückweg machen?"

Ich nickte. Den Tee hatte ich bereits ausgetrunken, der war tatsächlich sehr lecker gewesen. Ich tupfte mir mit der Serviette den Mund ab, anschließend stand ich auf.

Wir riefen den anderen Gästen „Frohe Feiertage" zu und gingen nach unten, wo Kai für uns beide bezahlte, während ich die Auslage mit den Pralinen beäugte. Kein Wunder, dass Lenjas Sachen sich gut verkauften. Alles hier sah extrem appetitlich aus und war liebevoll dekoriert.

Draußen pfiff uns ein frischer Wind um die Nase. Ich wickelte meinen Schal eng um den Hals. Ob hier im Sommer Strandkörbe am Meer und auf den Salzwiesen standen? Die meisten Touristen würden wohl die bekannteren Orte aufsuchen oder gleich nach Rügen weiterfahren. Dabei war Möwenitz wirklich charmant mit seinen kleinen Gassen, den Backsteinhäusern und Reetdächern. Auch die Menschen hier gefielen mir, sie waren völlig anders als die im geschäftigen Hannover.

„Hier ist irgendwie die Zeit stehen geblieben", sagte ich zu Kai. „Alles geht ein bisschen langsamer, man kennt sich, vertraut sich, die Leute helfen sich gegenseitig."

„Davon können Großstädter nur träumen", bestätigte er. „In Hamburg habe ich oft das Gefühl, es muss alles immer noch schneller und noch hipper und noch mehr *instant* sein."

„Coffee to go", führte ich seinen Gedanken fort. „Essen to go, Sport to go, Yoga to go. Hier nehmen sich die Menschen noch die Zeit, sich für einen Kaffee hinzusetzen und aufs Meer hinauszuschauen. Die brauchen dann keinen Meditationskurs und keine Entschleunigungs-App."

„Und statt Fitnessstudio, wo man beim Radfahren ein Video einer Alpenüberquerung sieht, gehen die einfach auf dem Deich spazieren", sagte er.

Ich sah ihn an. „Die sind viel schlauer als wir."

Kai schüttelte den Kopf. „Nee. Wir sind genauso schlau. Wir gehen schließlich jetzt auch spazieren, waren in der Teestube und können den ganzen Abend einfach nur auf das Meer hinausgucken."

„Du hast recht. Wir sind wahre Genies." Ich hakte mich bei ihm ein. Und fragte mich erst danach, welcher Teufel mich geritten hatte, das zu tun.

Aber es fühlte sich richtig an, gemeinsam zu lachen und eingehakt gegen den Wind anzukämpfen, der nun immer stärker die Gasse entlang pfiff.

Es schien Kai jedenfalls nichts auszumachen, dass ich meinen Arm in seine Ellenbeuge geschoben hatte. Einige Menschen, die uns entgegenkamen, grüßten uns oder nickten uns freundlich zu. Sie dachten sicher, dass wir ein frisch verliebtes Paar wären. Überrascht stellte ich fest, dass ich den Gedanken, einen Tag vor Weihnachten mit einem Mann an meiner Seite herumzuschlendern, durchaus ansprechend fand. Also ganz grundsätzlich. Nicht auf Kai bezogen, das war ja klar. Aber irgendetwas musste dieses von mir so verhasste Fest an sich haben, dass die Herzen der Menschen weicher wurden und die Seelen sich nach Harmonie sehnten. Oder vielleicht sogar nach Zweisamkeit.

„Da vorne ist diese Kneipe, von der Tjark erzählt hat." Kai deutete auf das Eckhaus, es war ein uriges Gebäude mit dunklen Holzbalken. Natürlich musste ich dort hineinsehen. Die Kneipe hatte heute geschlossen, aber ich drückte mir an einem Fenster die Nase platt.

„Krass! Da drin sieht es aus, als wäre man im Bauch der Black Pearl. Ob Johnny Depp als Jack Sparrow an der Theke herumhängt?“

„Den Film kenne ich sogar. Der ist wirklich witzig.“

Ich wandte mich zu Kai um. „Hurra! Du schaust also doch nicht nur französische Kunstfilme mit Männern in Rollkragenpullis und Frauen, die nie etwas essen, aber immer rauchen?“

Er lachte. „Welch profunde Kenntnisse du doch hast über den *Film noir*“, neckte er mich.

Ich war zwar nicht mehr bei ihm eingehakt, aber irgendwie hatte ich das Gefühl, trotzdem mit Kai verbunden zu sein. Und das gefiel mir. Ebenso wie der weitere Spaziergang, bei dem wir uns locker unterhielten und nebenbei die atemberaubende Landschaft genossen.

Im Leuchtturm angekommen, spielte ich ein wenig mit Stormy. Kai ließ es sich leider nicht ausreden, die restliche Deko im Wohnzimmer zu verteilen. Auch den Tannenbaum hübschte er wieder auf. Ich schloss inzwischen mit mir selbst Wetten ab, wie lange es wohl dauerte, bis Stormy das Ding erneut zerlegte.

Draußen wurde es dunkel. Kai war nach unten verschwunden, um einen *gesunden Abendsnack*, wie er sich ausdrückte, vorzubereiten. Ich stand am Fenster und sah hinaus.

An den dunklen Wolken, die über den Himmel zogen, sich drohend aufbauschten und immer neue Formationen bildeten, konnte ich mich nicht sattsehen. Ebenso wenig wie am Meer, dessen Brausen ich zu hören glaubte, obwohl im Hintergrund eine Rockballade lief. Selbst hier im Leuchtturm schmeckte die Luft salzig, so kam es mir zumindest vor.

Ich liebte diesen Ausblick. Wie so oft wanderte ich rundherum, blieb an jedem der Fenster eine Weile stehen, sog das immer neue Panorama tief in mich auf.

Die Buchung für den Leuchtturm in Möwenitz war ein absoluter Glücksgriff gewesen und jeden Euro wert. Kai hatte vorhin sogar angeboten, die Rückerstattung vollumfänglich mir zu überlassen, aber das wollte ich nicht. Vielleicht konnten wir uns den Reisepreis teilen. Darüber würde ich mir zu einem anderen Zeitpunkt Gedanken machen, nicht heute.

An den Ausblick aus dem Fenster würde ich mich mein Leben lang erinnern, das wusste ich schon jetzt.

An Kai auch?

Mein Herz raste los bei diesem Gedanken.

Würde das morgige Weihnachtsfest etwas sein, das sich tief in mein Gedächtnis brannte? Oder würde Kais absolut perfektes Heilig Abend-Dinner so schmerzhafte Erinnerungen bei mir wecken, dass ich schon nach der Vorspeise Hals über Kopf in die kalte Ostseenacht fliehen würde?

12. Quasimodos Schwester

„Jetzt wird es gemütlich“, sagte Kai, als er das Wohnzimmer betrat. Er trug ein Tablett in der Hand, auf dem er allerlei Häppchen angerichtet hatte. Ich erkannte Käsewürfel, diagonal geschnittene Schinkentoasts, eine Schüssel mit buntem Salat und halbe Eier mit Remoulade. Auch ein Teller mit Rohkost lag bereit.

„Ist ja nett, dass du Stormys Futter so schön angerichtet hast, aber was essen wir?“, fragte ich ihn grinsend.

„Du hast ja noch deine Chilichips, wenn dir das hier nicht genehm ist“, gab er ungerührt zurück.

„Ich kann’s ja mal versuchen mit deinen Kreationen“, neckte ich ihn und schob mir gleich mal einen Käsewürfel in den Mund.

Kai stellte das Tablett ab, schenkte uns Wasser ein und setzte sich aufs Sofa. Er sah auf seine Armbanduhr, die womöglich mehr gekostet hatte, als ich in einem halben Jahr verdiente.

„Es ist Viertel nach acht. Wollen wir mal durchzappen, was heute kommt?“ Er deutete auf den Fernseher.

Ich stöhnte leise. „Das Programm kann ich mir gut vorstellen. Drei Filme mit Santa Claus im Titel, dazu *Der kleine Lord*, ein Zeichentrickfilm und *Sissi*."

„Ach was, das kommt doch alles erst morgen."

Er schaltete den Fernseher ein und zappte durch einige Programme, was natürlich von mehreren Protestrufen meinerseits begleitet wurde. Das *Tausend Lichterchen-Adventsfest der Volksmusik* mit Florian Silbereisen wollte ich nun wirklich nicht sehen, nicht mal, um mich darüber lustig zu machen.

Dann aber sah ich Jamie Lee Curtis durchs Bild huschen. „Warte!", rief ich. „Das könnte was sein!"

Er rief den Infotext zum Film auf.

„Yes!", rief ich begeistert. *„Ein Fisch namens Wanda*! Kennst du den?"

Kai zog die Stirn in Falten. „Ich glaube nicht."

„Den schauen wir an", beschloss ich und lümmelte mich in die Sofaecke.

„Weihnachtlich ist der aber nicht?", vermutete Kai.

„Kein bisschen. Aber schrecklich gut."

„Okay", sagte er gedehnt. „Dann darf ich aber morgen einen Film aussuchen. Ist ja nur fair."

Oh Mann. Er war geübt in Verhandlungen, das merkte man. Schweren Herzens willigte ich ein und hoffte auf sein weiches Herz, das mir hoffentlich ersparte, Romy Schneider in *Sissi, die junge Kaiserin* ansehen zu müssen.

„Ah, das ist ja John Cleese!", rief Kai. „An der Uni haben wir manchmal Monty Python Sketche gesehen. Der Mann ist richtig toll."

„Na siehste", freute ich mich und nahm mir etwas vom Salat.

Wir lachten gemeinsam über die ulkigen Szenen,

mampften unsere Snacks und ließen es zu, dass Stormy sich zwischen uns aufs Sofa setzte, um sich mit Gurkenscheiben füttern zu lassen. Bald wurde dem Kaninchen das Ganze aber zu langweilig und es hoppelte lieber um das Sofa herum. Natürlich freute ich mich schon tierisch auf meine Lieblingsszene: Der nackte John Cleese, Fremdsprachen rezitierend, was Jamie Lee völlig wuschig machte. Noch war es nicht soweit, ich baute also vor.

„Du hast in der Schule bestimmt außer Englisch noch andere Sprachen gelernt“, fragte ich betont beiläufig.

„Französisch und ein wenig Spanisch. Wieso?“

„Weil wir dann eine berühmte Szene aus dem Film nachspielen können. Schließlich sind wir auch in einem Ferienhaus, genau wie Archie und Wanda. Du machst einfach das, was Archie macht, und ich spiele Wanda nach“, schlug ich vor.

„Was muss ich tun?“

„Nur in fremder Sprache sprechen. Und dabei im Zimmer herumgehen.“

Kai zuckte mit den Schultern. „Klingt einfach.“

„Nackt.“

Er grinste. „Das würde dir wohl so passen!“

Ich lachte und deutete auf den Fernseher. „Schau, jetzt geht es los!“

Kai sah den Schauspielern zu und bekam einen richtigen Lachanfall, als Jamie Lee Curtis sich lustvoll um ein Geländer wand und John Cleese sich einen Bilderrahmen vor seine Weichteile hielt, als die Besitzer des Hauses überraschend im Raum standen.

„So stellst du dir das also vor?“, kicherte er. „Dass ich pudelnackt herumspringe, wenn Hinnerk und Hedi hier auftauchen, weil sie uns zwei Weihnachtsmatjes vorbeibringen wollen?“

„Wäre mein persönliches Festtags-Highlight“, bestätigte ich glucksend.

Kai pikste mich mit dem Finger in die Taille und ich zuckte heftig zusammen, weil ich so kitzlig war.

Es war herrlich entspannt, mit Kai gemeinsam auf dem Sofa zu sitzen und einen Film zu schauen. Viel besser sogar, als ich es mir vorgestellt hatte. Er lachte über die gleichen Witze, lümmelte ebenfalls gemütlich auf der Couch und ahmte übermütig Kevin Kline nach, wenn der seinen Achselschweiß inhalierte.

Ich kicherte, als er das tat. Wünschte mir aber heimlich, Kais Duft noch viel intensiver schnuppern zu dürfen. Im Gegensatz zur Filmfigur roch er nach einem Aftershave, das mir die Sinne vernebelte. Das Ganze wurde noch dadurch verstärkt, dass Kai inzwischen eine Flasche Beaujolais entkorkt und mir großzügig eingeschenkt hatte.

Als der Film zu Ende war, streckte sich Kai und machte Anstalten, ins Bett gehen zu wollen. Doch ich wollte nicht, dass dieser Abend schon vorüber war. Es war erst kurz nach zehn, das war viel zu früh. Ich wollte noch länger neben Kai herumsitzen, mit ihm lachen und rein zufällig seine Finger berühren, wenn wir beide nach einem Karottenstift angelten.

„Der Wein ist noch nicht leer“, sagte ich. „Und vielleicht finden wir noch etwas Lustiges im Fernsehen.“

Er gähnte. „Du bist wie ein kleines Kind, das nicht ins Bettchen gehen will.“

„Nur mit Wein statt mit warmem Kakao. Ah, da ist noch ein guter Film: *Der Vorname*! Komm, da gucken wir zumindest mal rein."

Kai stöhnte extra laut. „Also gut. Aber dann darf ich gleich zwei Filme aussuchen für die nächsten Tage."

Ich lachte. „Ist ja Weihnachten, da bin ich großzügig", erklärte ich und nahm einen großen Schluck vom Rotwein. Der war richtig gut! So gut sogar, dass ich mir nachschenkte, die Beine anwinkelte und sie aufs Sofa zog. War gemütlich hier, denn ich hatte mir auch noch die Bettdecke über die Beine geworfen.

Die deutsche Komödie war viel dialoglastiger als der Film, den wir zuvor gesehen hatten. Teile davon hatte ich schon mal mit Jessica angeschaut, deshalb wusste ich bereits einiges. Ich prostete den Schauspielern mit meinem Weinglas zu, das ich erneut aufgefüllt hatte.

Je weiter der Film voranschritt, desto schwerer wurden meine Augenlider. Auch das aufrechte Sitzen fiel mir immer schwerer, sodass ich an der Sofalehne entlang immer mehr in Richtung Kai glitt. Als ich es merkte, richtete ich mich wieder ein wenig auf, murmelte „'tschuldigung" und war kurze Zeit später erneut an seine Schulter gerutscht.

„Du hast eindeutig zu viel Wein intus", hörte ich ihn an meinem Ohr raunen.

Ah, wie herrlich es war, seine Stimme so nah zu hören! Da klang sie gleich noch viel samtiger und kuscheliger. Kais Geruch stieg mir in die Nase, die Hintergrundmusik des Films lullte mich ein. Und irgendwie fühlte es sich so an, als hätte sich sein Arm um mich gelegt. Vielleicht war das nur Einbildung, aber auf alle Fälle eine richtig schöne! Ich schloss für einen kurzen Moment die Augen. Nur, um dem angenehmen Traum eine winzige Sekunde lang nachzuspüren. Oder so lange, wie Werbung lief. Da verpasste ich ja nichts, wenn ich nicht hinsah. Wenn ich mich an Kais Schulter kuschelte, nur für diesen einen Spot. Wenn ich kurz weg driftete, tief in die Entspannung fiel und ...

Als ich wach wurde und die Augen aufschlug, musste ich sie erst wieder richtig zusammenkneifen. Herrjeh, was passierte denn in dieser deutschen Komödie, dass es da so hell wurde? Ich hatte gar nicht mehr gewusst, dass bei *Der Vorname* jemand am Ende unter einer OP-Lampe lag.

Nach ein paar Sekunden stellte ich jedoch fest, dass der Fernseher gar nicht mehr lief, mir aber die total reale Sonne auf die Nase schien.

„What the fuck?“, rief ich und richtete mich auf.

Ich lag auf dem Sofa, doch von Kai fehlte jede Spur. Dafür war ich bis unters Kinn zugedeckt. Verflixt, ich war gestern offenbar mitten in unserem Filmabend weggepennt! Und noch dazu an seiner Schulter, wenn ich mich richtig erinnerte. Oder hatte ich das geträumt?

Mein Kopf fühlte sich jedenfalls an, als hätte man ihn mit Watte ausgestopft. Allerdings mit Teufelswatte, denn die zwickte und hämmerte bei jeder Bewegung. Dass diese Franzosen auch immer Rotweine machen mussten, bei denen man schon nach einem winzigen Gläschen einen riesigen Kater bekam!

Ich brauchte eine Dusche. Hoffentlich war Kai noch nicht wach und ich konnte mich ungesehen ins Bad schleichen. Hier oben war kein Spiegel und ich wollte lieber nicht wissen, wie ich aussah.

Leise tappte ich die vielen Stufen nach unten und öffnete vorsichtig die Tür. Alles war ruhig. Gerade wollte ich mich durch die Küche schleichen, da kam Kai aus dem Schlafzimmer. Er sah total ausgeschlafen, superfit und extrem weihnachtlich aus, weil er nämlich erneut seinen Pulli mit dem grinsenden Rentier trug.

Als er mich sah, grinste er breiter als der Schmunzel-Elch auf seiner Brust. „Moin, du Weihnachtsgrinch", sagte er.

„Selber Grinch", grummelte ich zurück und tappte weiter ins Bad. Als ich mein Spiegelbild sah, verstand ich sein extrabreites Rentiergrinsen. Mein Shirt hing schief über nur eine Schulter, meine Haare standen in alle Richtungen und quer über meine Wange lief eine Falte durch meine Haut, weil ich offenbar auf dem Falz des Kissens gepennt hatte. Ich sah aus wie Quasimodos Schwester. Und fühlte mich auch so.

Stöhnend schälte ich mich aus meinen Klamotten und stellte mich erst einmal für eine sehr lange Zeit unter die Dusche. Blöderweise hatte ich vergessen, frische Kleidung mit nach unten zu nehmen, sodass ich nach dem Abtrocknen erneut in meine alten Klamotten steigen musste. Immerhin war die Kissenfalte aus meinem Gesicht verschwunden und meine nassen Haare hatte ich brav nach hinten gekämmt, als ich die Küche betrat.

„Hab dir schon einen starken Kaffee gemacht", begrüßte mich Kai. „Du siehst aus, als könntest du einen vertragen. Obwohl ein Spezial-Ausnüchterungs-Tee von Lenja vielleicht die bessere Wahl wäre."

Ich streckte ihm die Zunge heraus und ließ mich auf einen Küchenstuhl fallen. „So viel haben wir doch gar nicht getrunken. Der Wein muss schlecht gewesen sein."

Kai lachte. „Stimmt, das wird wohl der Grund sein.

Kannst du Stormy füttern? Ich spaziere jetzt dann zu Tjark und hole unser Abendessen."

„Mach ich", versprach ich und sah ihn dankbar an, als er die Tasse vor mir abstellte. „Und ich werde versuchen, ordentliche Weihnachtskekse für dich und das Krümelmonster auf deinem Pulli zu backen."

„Es ist Rentier Rudolph. Mit roter Nase", erklärte er und begann sofort, den berühmten Song vor sich hin zu pfeifen.

„Lass dir ruhig sehr viel Zeit beim Einkaufen", kommentierte ich seine musikalische Darbietung.

Eine Stunde später war Kai verschwunden, Stormy gefüttert und Ruhe eingekehrt.

Ich stand in der Küche und nahm die Eier aus dem Kühlschrank. Gestern hatte ich großspurig versprochen, Weihnachtskekse zu backen, und es hatte sich nach einer einfachen Aufgabe angehört.

Heute jedoch merkte ich, dass es alles andere als leicht war. Nicht, weil ich die Rezepte nicht kannte. Die hätte ich im Schlaf aufsagen können. Sondern, weil so viele Erinnerungen damit verbunden waren.

Wie viele Jahre waren vergangen, seit ich zum letzten Mal Kekse gebacken hatte? Ich wusste es nicht und scheute mich davor, genau nachzurechnen.

Vielleicht konnte ich mich mit Musik ablenken? Ich schaltete das Radio an und musste lange nach einem Sender suchen, der keine Weihnachtslieder dudelte. Ich fand schließlich einen mit Technobeats, den ließ ich laufen. Der passte rein gar nicht zu Weihnachtsgebäck und das war gut so.

In den Küchenschränken fand ich Schüsseln und ein

Teigrührgerät. Erleichtert atmete ich durch. Den Mürbeteig für die Kulleraugen hätte ich auch ohne Rührgerät hinbekommen, aber den Eischnee für die Makronen mit der Hand zu schlagen, wäre nicht spaßig gewesen.

Die Zutaten hatte ich alle bei Tjark gekauft. Ich stellte sie nun auf den Tisch, um sie mit der kleinen Küchenwaage abzuwiegen. Das Mehl war von einer Mühle hier an der Küste, wie ich am Aufdruck feststellte. Ich maß es ab und häufte es mit den gemahlenen Nüssen und dem Zucker auf die Küchenarbeitsplatte. Jetzt die Butter dazu, zwei Eigelbe darauf fallen lassen, alles lief gut. Bis ich das Päckchen mit dem Zimt in die Hand nahm. Es war von der Firma Ostmann und sah aus wie damals.

Schlagartig holten mich alle Erinnerungen ein. Ich sah das rundliche Gesicht meiner Mutter vor mir, wie sie mit einem Messer in die Packung fuhr und ein wenig Zimtpulver herausholte. „Mama, das riecht richtig nach Weihnachten", hatte ich als Mädchen dann gerufen. Ich hörte ihr Lachen, sah die Kochschürze vor mir, die sie zum Backen immer getragen hatte. Lauter kleine Kuchenstücke waren darauf gewesen, in allen Farben und Größen. Rote, blaue, grüne und rosafarbene Tortenstückchen gab es auf dem Stoff, und sie waren auf meiner Augenhöhe, als ich noch klein gewesen war. Mit den Fingern war ich entlanggefahren und hatte mir lustige Namen für die Kuchen ausgedacht, während meine Mutter mir sanft über den Kopf gestrichen hatte. „Das ist ein rosa Himbeerbärenkuchen", erinnerte ich mich an meine Worte. „Und ein grüner mit Götterspeise. Der blaue ist eine Schlaubärblaubärtorte."

„Du immer mit deinen Ideen, Mona", hatte Mama gelacht. Und mich anschließend am Ohrläppchen gekitzelt, bis ich wild gekichert hatte.

Eine Gänsehaut lief meinen Rücken hinab. Wieso war es nicht jeden Tag so gewesen? Vielleicht hätte sie einfach nur die Schürze anziehen müssen, täglich. Ja, vielleicht war es eine Wunderschürze und die kleinen Kuchenstücke waren Wunschpunkte wie beim Sams, mit denen ich mir streitfreie Tage herbeizaubern hätte können. Wie viele bunte Kuchenstücke waren auf dem Stoff? Dreißig? Sechzig? Für länger als zwei Monate hätten also auch die Wunschtortenstücke nicht gereicht.

Ich ließ die Schultern hängen und widmete mich wieder der Keksbäckerei in der Jetzt-Zeit.

Mama hatte mir gezeigt, wie das mit dem Teigkneten funktionierte. Ganz mechanisch nahm ich auch jetzt ein großes Messer, hackte alle Zutaten durch und knetete den Mürbeteig anschließend mit den Händen. Es fühlte sich an wie damals, nur waren meine Hände jetzt viel größer.

Das gemeinsame Backen war eines der wenigen Highlights in unserem Familienleben gewesen. Mama und ich hatten uns dafür einen der Adventssonntage ausgesucht, denn da musste sie nicht an der Metzgereitheke stehen und auch Papa brauchte nicht in die Fabrik zu fahren. Er half zwar nicht mit, sondern saß nebenan auf dem zerschlissenen Sofa und las Zeitung, aber der Keksebacktag war ein Tag, an dem meine Eltern nicht stritten. Vielleicht lag es am Zimtaroma oder an Mutters Schürze, keine Ahnung. Jedenfalls war es ein ungeschriebenes Gesetz, dass keiner der beiden schrie, trank oder Türen zuwarf, während im Backofen Zimtsterne und Vanillekekse ihren Duft verbreiteten. Und genau deshalb liebte ich den Keksebacktag hundertmal mehr als Weihnachten.

Wieder und wieder knetete ich die Teigkugel durch, als könnte ich dadurch die schmerzlichen Erinnerungen an all die anderen Tage vertreiben. Es gelang aber nicht. Ich sah Vaters lächelndes Gesicht vor mir, wenn er den ersten, noch heißen Keks vom Backblech nahm und in den Mund steckte. Leider tauchten gleichzeitig auch die anderen Bilder auf. Die von seinem wütenden Gesicht, weil ihm das Essen nicht recht war, das meine Mutter gekocht hatte. Oder die von seinen flackernden Augen, wenn er seine Wut über ihre angeblichen Liebhaber im Schnaps ertränkte. Ich hatte auch sofort den Geruch der Matratze in meinem Kinderzimmer in der Nase, auf die ich mich geworfen hatte, um mir die Ohren zuzuhalten, wenn die beiden wieder einmal lautstark stritten. Und das hatten sie gerade an den Weihnachtstagen ständig getan.

Ich musste mich zusammenreißen.

Mit dem Ärmel wischte ich eine dämliche Träne weg, die irgendwie den Weg auf meine Wange gefunden hatte. Wenn ich den Teig noch weiter knetete, würden mir die Kekse zerlaufen. Also packte ich ihn schnell in Folie und gab ihn in den Kühlschrank. Während er abkühlte, wusch ich eine Schüssel aus und kippte anschließend die Eiweiße hinein.

Auch jetzt musste ich einen Augenblick innehalten, weil ich von Bildern aus meiner Kindheit überschwemmt wurde.

„Der Eischnee muss schöne Spitzen ziehen“, hörte ich meine Mutter sagen und sah erneut ihr seltenes Lächeln vor mir.

Eischnee mit Zucker, das war etwas so wunderbar Fluffiges, Weiches, Süßes, dass meine Brust schrecklich eng wurde. Es schmerzte, dieses harmonische Gebilde vor mir zu sehen.

Wie sehr hatte ich mir immer gewünscht, dass jeder Tag so sein würde wie der Keksebacktag. Dass meine Welt so wattigweich wie der Eischnee sein sollte. Stumm hatte ich bei jedem Kreisen des Rührgeräts in der Schüssel gebetet, dass die Streiterei meiner Eltern einfach verschwinden würde, dass sie hinweggerührt würde in einer riesigen Schüssel oder hinweggebacken in einem riesigen Ofen oder einfach so dick mit Puderzucker bestäubt, dass sich keine Schimpfwörter und keine lauten Anklagen mehr hervorwagten.

Doch meine stillen Gebete waren nie erhört worden. Schon am nächsten Tag hatten die gegenseitigen Attacken und das vorwurfsvolle Schweigen erneut Einzug gehalten in unserer kleinen Mietwohnung. Und am Heiligen Abend, als mein Vater sich auch noch mit der verhassten Schwiegermutter herumschlagen musste, war es immer wieder eskaliert. Eines Tages sogar endgültig.

„Weg damit“, keuchte ich und schüttelte den Kopf. Ich wollte doch gar nicht an all diese Dinge denken! Ich hatte sie zurückgelassen, hatte um Weihnachten einen Riesenbogen gemacht, die Erinnerungen tief im Keller meiner Seele vergraben.

Doch der Eischnee war unbarmherzig. Ja, ein richtig fieser Kerl war das! Kam so süß und unschuldig daher, dabei hatte er nichts Besseres zu tun, als all diese schmerzhaften Gedanken zu wecken.

Zur Strafe kippte ich eine gewaltige Ladung Kokosflocken, Sahnequark und Kakao hinein. Außerdem gleich mehrere Spritzer Zitronensaft und den Rest der gemahlenen Nüsse. Den Ofen heizte ich auch vor. Diesem blöden Eischnee würde ich es schon austreiben, mir so schlimm zuzusetzen!

Mein Plan ging nicht wirklich auf. Denn als das Blech mit den Makronen, die ich auf kleine Oblaten gesetzt hatte, zehn Minuten im Backofen war, roch es genau wie in der Küche meiner Mutter.

Erschöpft setzte ich mich auf einen Stuhl. Vielleicht sollte ich sie anrufen. Morgen. Falls sie überhaupt noch die gleiche Nummer hatte. Bei meinem Vater stellte sich diese Frage nicht. Leider wusste ich nicht, ob ich dafür dankbar oder darüber traurig sein sollte.

Auf jeden Fall war es eine dumme Idee gewesen, heute Kekse zu backen. Eine sehr dumme sogar.

Ich holte den Mürbeteig aus dem Kühlschrank, formte Rollen, schnitt Scheiben ab, rollte diese zu kleinen Kugeln. Es waren die ersten Kekse gewesen, die ich als kleines Mädchen selbst formen durfte, und ich war immer mächtig stolz gewesen. Sogar mein Vater hatte mich dafür gelobt, das wusste ich noch. War auch klar, dass ich mir das gemerkt hatte. War nämlich selten genug vorgekommen.

In die Kugeln drückte ich eine Mulde, danach erwärmte ich Johannisbeergelee und träufelte es in die Mulden. Erneut musste ich eine Träne wegwischen.

Verdammt.

Kai kam hereingeschneit, als die Makronen fertig gebacken waren und das erste Blech mit den Kulleraugen im Ofen war.

„Mann, riecht es hier gut!“, rief er schon von der Tür. Er zog sich aus und kam mit seinen Einkäufen in die Küche.

Der Satz hatte mich zusammenzucken lassen. Genau so hatte es mein Vater auch oft formuliert, wenn er Keksduft erschnuppert hatte.

Kai stellte die Tüten auf dem Tisch ab, ging vor dem Backofen in die Hocke und sah hinein. „Engelsaugen, die liebe ich!“

„Das sind Kulleraugen“, sagte ich kühl.

„Nein, eindeutig Engelsaugen. So haben die schon immer bei uns geheißen. Sehr lecker!“

„Sie heißen Kulleraugen!“, beharrte ich mit schriller Stimme. So hatte meine Mutter sie stets genannt und ich wollte nicht, dass sie einen anderen Namen bekamen.

Kai stand aus der Hocke auf und sah mich an. Seine Miene veränderte sich, er wirkte mit einem Mal besorgt.

„Mona, es tut mir leid. Ist alles in Ordnung?“, fragte er weich.

Ich wollte etwas erwidern, doch mein Mund war staubtrocken. Schnell drehte ich mich um, ging zur Spüle und wusch den Teigschaber ab.

Doch Kai blieb einfach an Ort und Stelle stehen.

„Du siehst aus, als hättest du einen Geist gesehen“, sagte er weich. „Böse Erinnerungen?“

Verdammt. Ich wollte nicht mit ihm darüber sprechen. Er konnte sich bestimmt gar nicht vorstellen, wie das bei uns früher abgelaufen war. Nicht er mit seiner perfekten Kindheit mit harmonischen Festtagen, liebevollen Eltern, glückseligen Weihnachtserinnerungen.

Leider hatte mein Mund andere Pläne, wie ich erschrocken feststellte. Der öffnete sich nämlich und sagte: „Hab die Kekse früher mit meiner Mutter gebacken.“

Okay, das war zum Glück nichts, was viel erklärte. Ich

schob mir schnell den Teelöffel in den Mund, der im Johannisbeergelee gesteckt hatte. Auf diese Weise konnte ich nichts mehr reden.

Kai schwieg. Offenbar wollte er mir Gelegenheit geben, weiterzusprechen. Er sah mich einfach nur an mit diesen samtblauen Augen, die so ungewöhnlich verständnisvoll daherkamen, und räumte nebenbei die Einkäufe in den Kühlschrank.

Das Gelee schmeckte nach Kindheit. Es war klebrig und süß und es lockte erneut eine dämliche Träne hervor, die ich aber schnell hinunterschlucken konnte, genau wie das Gelee.

Vielleicht wäre es sogar besser, mit Kai darüber zu reden. Er hatte sowieso gemerkt, dass mit mir etwas nicht stimmte. Und irgendetwas in mir drängte offenbar nach außen.

„Wir hatten im Advent immer unseren Keksbacktag“, erklärte ich irgendwann.

Er schwieg weiter, sah mich aber ermutigend an.

Also gut. Ich ließ mich auf einen Küchenstuhl fallen. „Meine Eltern hatten eine ganz schreckliche Ehe. Ständig gab es Streit. Immer war das Geld zu knapp. Mein Vater verlor regelmäßig seinen Job, weil er zu aufbrausend war und zu viel trank. Und meine Mutter wurde in der Metzgerei mit einem Hungerlohn abgespeist. Sie sah gern mal fremden Männern nach, was ihn natürlich fuchsteufelswild machte. Die beiden haben sich fast jeden Tag gefetzt. Ich glaube, es gibt keine Beschimpfung, die ich nicht gehört habe.“

Kai setzte sich ebenfalls hin. Er sah mich an, stand dann auf, um den Wasserkocher anzuschalten, nahm erneut

Platz. „Sprich weiter“, sagte er leise.

Ich knetete meine Hände. „Es gab nicht viele Tage, wo es harmonisch zuging. Aber der Sonntag im Advent, an dem wir Kekse gebacken haben, war einer. Der war den beiden irgendwie heilig. Ganz im Gegensatz zum Heiligen Abend.“ Ich brach ab. Fuhr mir übers Gesicht.

Kai sagte immer noch nichts, riss aber die Verpackung einer Teemischung auf.

Schließlich nickte er langsam. „Ich verstehe allmählich, wieso Weihnachten so schwierig für dich ist, Mona. Es tut mir total leid. Wir hätten auch Kekse bei Lenja kaufen können.“

„Aber ich wollte ja welche machen!“, erklärte ich. „Weil ich sie gern mag. Und weil du sowieso schon so viel für mich kochst und alles. Und weil ich nicht erwartet hatte, dass es mir so zusetzt.“

Er streckte seinen Arm aus und legte seine Hand warm auf meine. Sein Blick fand meinen und zeigte mir, dass er mich verstand. Dass er mitfühlte. Und mir seine Nähe schenken wollte, damit es mir wieder besser ging.

„Sollen wir das ganze Weihnachtsgetue abblasen?“, fragte er. „Den Fisch als scharfes Curry machen, die Kekse an Hinnerk verschenken und einen *Fluch der Karibik*-Filmmarathon veranstalten?“

Überrascht atmete ich ein. „Das würdest du tun?“, fragte ich ungläubig.

„Klar. Ich will doch nicht, dass das Ganze zur Qual wird für dich.“

„Aber du hast ein Recht darauf, ein schönes Fest zu haben. Nein, wir ziehen den Heiligen Abend durch wie geplant. Vielleicht nicht gerade mit einem Film, bei dem ach so goldene Familienharmonie herrscht. Das ist ein bisschen schwer für mich."

„Wir brauchen gar keinen Film anzusehen. Ich koche uns das Essen, wir hören Simon and Garfunkel, du setzt dich mit dem Rücken zum Weihnachtsbaum. Wie klingt das für dich?"

„Es klingt danach, dass du ein unheimlich netter Kerl bist", sagte ich leise.

Kai lächelte sanft. „Fällt dir das erst jetzt auf?"

Ich legte meinen Daumen auf seine Hand und drückte sie dankbar.

„Der nette Kerl hätte aber gerne Kekse, die nicht verbrannt sind." Er deutete mit einem Nicken in Richtung Backofen.

„Uuups!", rief ich, sprang auf und zog das Blech aus dem Ofen. Zum Glück waren die Kulleraugen noch nicht verbrannt, sondern nur einen Hauch dunkler als sonst. Ich schob das nächste Blech hinein.

Seltsamerweise war die Enge in meiner Brust jetzt fast verschwunden. Kai war wirklich ein Wunder. Jessica würde sicher sagen: *Dein heißes Weihnachtswunder*. Ich dachte an sie und lächelte ein wenig.

„Danke", sagte ich.

„Wofür?" Kais Brauen machten wieder einmal einen kleinen Hüpfer nach oben.

„Dass du so verständnisvoll bist. Ich weiß schließlich, dass du dich so auf Weihnachten gefreut hast." Ich füllte Puderzucker in ein kleines Sieb, um die Kekse damit zu bestäuben.

„Passt doch alles. Ich kriege Kulleraugenkekse. Plus Makronen. Oder heißen die bei dir auch anders?" Er deutete auf die fertigen Kokosmakronen, die ich auf einem Teller gestapelt hatte.

„Darfst dir gerne einen nehmen. Ich nenne sie Monas Spezial-Schoko-Kokos-saftig-Makronetti. Oder so ähnlich.“

Er grinste. „Kann ich mir nicht merken. Ich sag dazu einfach *die komischen Häufchen*.“

Kai schob sich eines der Häufchen in den Mund, kaute und riss die Augen auf. „Wow, die sind tatsächlich total saftig. Ich kenne Makronen viel trockener und langweiliger.“

„Tja, du hast es mit einem Genie am Keksblech zu tun!“

Die Schwere war wie weggeblasen. Und das lag nur an Kai. Er schaffte es auf wundersame Weise, Verständnis aufzubringen, mich ernst zu nehmen und mich ganz sanft wieder in die sonnige Heiterkeit zu führen. Erstaunlich.

„Oh Mann, ich habe unseren Tee vergessen“, fiel ihm plötzlich ein. Er befüllte ein Teesieb mit den Kräutern aus der Packung.

„Was ist das? Warst du etwa bei Lenja?“

„Genau. Ich hatte geahnt, dass es für einen von uns oder für uns beide heute schwierig werden würde. Deshalb habe ich als Vorsichtsmaßnahme einen Seelenwärmer-Tee gekauft. Mit Johanniskraut und Lavendel für die Nerven, Orangenschalen und Ananasstückchen für die gute Laune. Den brühe ich uns jetzt auf.“

„Ist auch Hanf drin? Dann hilft es besonders gut“, ergänzte ich. Offenbar reichte schon der Duft der Teemischung aus, denn meine Laune besserte sich tatsächlich von Minute zu Minute.

Amüsiert zog Kai ein paar Blätter aus der Teepackung

heraus. „Wirkt noch besser, wenn du die direkt anzündest“, riet er grinsend.

„Oder ich geb sie Stormy, dann hat der auch sein Weihnachtswunder.“ Die Blätter sahen eher nach Pfefferminztee aus. Fast schon schade. Gegen einen kleinen Weihnachtsjoint hätte ich nichts einzuwenden gehabt. Kai würde das womöglich anders sehen.

Ich sah auf die Uhr. Es war schon nach zwölf Uhr mittags. Hunger hatte ich allerdings keinen nach der Keksbackerei. Ich knabberte an einer Birne herum und trank eine Tasse von Lenjas Nerventee, der tatsächlich zu beruhigen schien. Ich fühlte mich jedenfalls viel gefasster.

„Wann fängst du mit dem Kochen an?“, fragte ich Kai. „Das wird ja ein richtiges Menü, oder?“

„Genau. Ich werde schon am Nachmittag loslegen. Das Gemüse für den Fisch kleinschnippeln, die Kürbissuppe vorbereiten und die Kartoffeln schälen. Du darfst gern mithelfen, wenn dir danach ist. Aber ich kriege es auch alleine hin.“

„Am liebsten würde ich erst mal einen ausgiebigen Spaziergang machen“, sagte ich. „Um mir den Kopf freiblasen zu lassen.“

„Tu das. Die Luft hier tut richtig gut. Und der Blick auf die Ostsee sowieso.“

Ich nickte. Kai hatte sicher recht. An einem vierundzwanzigsten Dezember war ich noch nie an der Küste entlangspaziert. Womöglich war das ein gutes Zeichen. Ich hoffte es zumindest sehr.

13. Meergedanken

Ich stand auf einem Felsen, sah aufs Meer hinab und zog mir meine Mütze vom Kopf, obwohl es kalt war. Sofort fuhr der Wind in meine Haare, zerrte und rupfte an ihnen, blies sie mir übermütig ins Gesicht.

Ich liebte es. Den salzigen Geruch der Ostsee, die winzigen Nadelstiche im Gesicht, wenn die Gischt heraufspritzte, das Brausen der Wellen gegen die Steilküste. Hinter mir ragte der Leuchtturm majestätisch in den Winterhimmel. Am liebsten würde ich mich mit dem Rücken gegen ihn lehnen, aber dann konnte ich nicht mehr aufs Meer hinuntersehen. Der Leuchtturm strahlte eine so große Stärke und Ruhe aus, dass ich mich noch gar nicht von ihm wegbewegt hatte. Auf eine magische Weise gab er mir Kraft. Und die konnte ich gerade heute gut gebrauchen.

Irgendwann machte ich mich dann aber doch auf den Weg. Da ich niemandem begegnen wollte, schlug ich nach der Landzunge die Richtung ein, die vom Dorf wegführte. Dort führte ein Weg steil nach unten in eine Bucht. Eine kilometerlange, liebliche Dünenlandschaft, wie ich sie von

Bildern aus Amrum oder Föhr kannte, gab es hier nicht. Aber einen Deich, auf dem im Sommer sicher Schafe weideten. Weiter hinten eine lange Wiese. Und hier, direkt vor mir, ein Stück Strand. Im flachen Wasser, das zwischen Steinen kleine Seen bildete, liefen zwei Austernfischer herum und pickten nach winzigen Krebsen. Enten schwammen munter entlang und tauchten immer wieder in die Fluten. Auch Silbermöwen segelten in geringem Abstand über die Wasseroberfläche und hielten nach einem Leckerbissen Ausschau. Ich blieb stehen, um das muntere Getümmel zu beobachten.

Das Leben hier an der Ostsee war wirklich völlig anders als in der Großstadt. Natürlich konnte man auch in Hannover Enten beobachten, im Maschsee oder im Georgengarten gab es jede Menge. Aber das Meer war etwas völlig anderes. Es war nicht einfach ein Park, sondern eine völlig unterschiedliche Welt. Eine, die schon seit Urzeiten so existierte. Und die auch noch in ferner Zukunft ihre Wellen gegen die Steilküste donnern und Vögeln als Nahrungsquelle dienen würde.

Lange stand ich hier, sah den Vögeln zu, ließ mir die Haare ins Gesicht wehen. Erst als mir kalt wurde, nahm ich meinen Spaziergang wieder auf. Ich wanderte den langen Strand entlang, lauschte den Vogelschreien, sog die klare Luft tief in die Lungen. Ein Bohlenweg führte über die Wiese, ich schritt ihn entlang und genoss die Ruhe. Außer mir war niemand unterwegs, das war einfach herrlich. In Hannover kam es niemals vor, dass ich so lange Zeit allein durch die Gegend marschieren konnte. Da musste man an jeder Ecke Menschen ausweichen. Und die Luft war auch anders, sie war selbst im Winter und in einem Park niemals so belebend wie hier an der Küste.

Mama hatte das Meer geliebt. Die Hochzeitsreise hatten meine Eltern an die holländische Küste unternommen, davon hatte sie mir oft erzählt. Es war nur eine Woche gewesen, mehr hatten sie sich nicht leisten können. Aber sie hatte noch Jahre später vom Geräusch der Wellen und den unendlichen Stränden geschwärmt.

Ich sollte sie anrufen. Am besten von hier aus, direkt vom Meer. Vielleicht war das ein gutes Omen.

Mein Handy hatte ich eingesteckt. Darauf hatte Kai bestanden.

„Nimm es mit für den Notfall. Falls du ausrutschst oder so. Dann kann ich Hilfe holen“, hatte er gesagt.

Ein Lächeln huschte über mein Gesicht. Ja, so war er. Er würde sofort selbst zu Hilfe eilen, wenn mir etwas passieren würde, da war ich mir sicher.

Ich ging weiter den Bohlenweg entlang und überlegte, was ich sagen sollte. „Hallo, Mama, hier ist Mona, wie geht es dir?“

Die letzten Jahre hatte ich ihr auf den Anrufbeantworter gesprochen. Sie hatte nie zurückgerufen. Und im letzten Jahr war nicht mal mehr der rangegangen.

Aber vielleicht hatte ich heute Glück. Allerdings war mein Handy fast leer. Falls ich sie hier draußen wirklich erreichen sollte, konnte ich nicht lange mit ihr reden.

Es war sicher besser, erst wieder zurückzugehen und näher am Leuchtturm zu sein. Falls sie wirklich mit mir sprechen wollte, konnte ich schnell in die Wohnung laufen und mir Kais Handy ausleihen, um das Gespräch fortzusetzen. Ich drehte mich um. Erst als ich sah, wie klein der Leuchtturm war, wurde mir bewusst, wie lange ich schon unterwegs war. In Gedanken versunken machte ich mich auf den Rückweg. Mit jedem Schritt, den ich in Richtung des Leuchtturms tat, stieg meine Aufregung. Endlich stand ich an der Landzunge.

Ich schaltete das Handy ein, wartete auf die Balken. Der Empfang war gut. Mit bebenden Fingern suchte ich die Festnetznummer meiner Mutter heraus.

Ich tippte darauf, das Handy wählte, mein Herz hämmerte.

Eine weibliche Stimme meldete sich. Ich zuckte im ersten Moment zusammen, wollte schon losreden – da erkannte ich, dass sie vom Band kam. „Die gewählte Nummer ist nicht vergeben. Bitte überprüfen Sie die Nummer und versuchen Sie es erneut."

Ich ließ das Handy sinken.

Jetzt hatte ich wenigstens Gewissheit.

Seltsamerweise machte es gar nicht viel mit mir. Ich fühlte mich nur auf eigenartige Weise leer, mehr nicht. Vielleicht war es gut, einen Schlussstrich zu ziehen. Ich hatte schließlich mein eigenes Leben.

Ohne dass ich es bemerkt hatte, war ich zu meinem Auto gegangen. Ich lehnte mich gegen das Heck. Sah erneut auf mein Handy. Die Nummer war richtig gewesen.

Es zeigte noch sechs Prozent Akku an. Ich sah, dass einige Nachrichten hereingekommen waren. Jessica hatte mir auf die Mailbox gesprochen, ein paar Freunde mir Grüße gesandt. Ich schrieb allen zurück, dass ich schöne Tage an der Ostsee genoss und in einem Leuchtturm wohnte, ein Bild davon hängte ich an.

Nur noch drei Prozent. Ich schaltete das Handy aus und steckte es ein. Im Hintergrund hörte ich immer noch das stumme Echo der Bandansage. „... die Nummer ist nicht vergeben."

„Mona?"

Kai war aus der Tür des Anbaus gekommen.

„Bist du in Ordnung?", rief er und kam näher. Er sah besorgt aus.

„Ich war doch nur spazieren."

„Das weiß ich. Aber ich habe zufällig aus dem Fenster gekuckt und dich am Auto lehnen sehen. Du bist kreideweiß im Gesicht."

„Hatte ein doofes Telefonat", erwiderte ich.

„Mit wem?"

„Mit einer Bandansage."

Die Besorgnis in seinem Blick steigerte sich. „Kann ich irgendwie helfen?", fragte er warm.

Ich seufzte tief, drückte mich vom Auto weg und ging neben ihm nach drinnen.

„Das Band hat mir mitgeteilt, dass meine Mutter schon wieder umgezogen ist. Ich wollte ihr ein frohes Fest wünschen, aber offenbar will sie das nicht. Lass uns über was anderes sprechen. Wie weit ist das Essen? Ich habe vom Spazierengehen jetzt einen gewaltigen Kohldampf."

„Du warst ja auch fast drei Stunden unterwegs." Er musterte mich genau und schien zu überlegen, wie er reagieren sollte.

„Bist du wirklich okay, Mona?"

Ich nickte. „Weißt du, ich bin erwachsen. Und ich habe damit abgeschlossen. Es bringt nichts, an irgendetwas festzuhalten, das vorbei ist. Oder das man nicht ändern kann. Ich will nach vorne schauen. Mich auf meine eigene Wohnung freuen. Oder auf ein himmlisches Festtagsmahl."

Auffordernd sah ich ihn an und probierte sogar ein Lächeln. Wahrscheinlich verrutschte es ein bisschen, aber der Versuch zählte.

„Ich gebe mein Bestes, Mylady.“ Kai deutete eine Verbeugung an.

„Das will ich hoffen.“ Meine Stimme klang wieder fröhlicher, das war gut. Das gab mir Sicherheit.

In der Rolle der wortgewandten, frechen, meist gut gelaunten Mona fühlte ich mich wohl. Da war ich gefestigt, da riss mich so leicht nichts von den Beinen. Da war ich quasi ein massiver Leuchtturm. Gefährlich wurde es nur, wenn jemand die Tür dieses Turms aufzog und ins Innere sah, denn dabei konnte ich offenbar leicht ins Wanken geraten. Deshalb hielt ich diese Tür in der Regel fest verschlossen, hatte sogar noch drei Riegel eingebaut und zwei Vorhängeschlösser angebracht. Dummerweise hatte es Kai trotzdem geschafft, einen Blick in mein Leuchtturminnenleben zu werfen. Musste wohl daran liegen, dass wir tatsächlich in einem wohnten. Oder weil an Weihnachten die Sache mit den Türschlössern irgendwie schwieriger war. Ich wusste schon, wieso ich um den ganzen Weihnachtszinnober viele Jahre lang einen großen Bogen gemacht hatte.

Nachdem ich meine warmen Sachen abgelegt hatte, leistete ich Kai in der Küche Gesellschaft. Stormy hoppelte ebenfalls dort herum.

„Ich wollte ihn nicht so lange allein lassen“, erklärte Kai. „Deshalb habe ich ihn nach unten geholt. Er hilft mir sehr beim Kochen.“

Jetzt musste ich lachen. „Indem er die Zwiebeln in kleine Stücke beißt?“

„Eher bei der Entsorgung der Reste. Aber das macht er mit großer Hingabe.“

Schmunzelnd beugte ich mich zu unserem Kaninchen hinunter und kraulte es zwischen den Ohren. Es mümmelte dabei fröhlich an einem Salatblatt herum.

„Du bist aber noch nicht weit gekommen“, stelle ich fest, als ich die Küche betrachtete. Die Kürbissuppe brodelte zwar schon vor sich hin, aber auf dem Tisch lag noch ein Berg Kartoffeln.

„Du darfst mir gerne beim Schälen helfen.“ Kai drückte mir ein Messer in die Hand, anschließend widmete er sich wieder dem Gemüse, das auf der Arbeitsplatte lag.

Da noch etwas von Lenjas Tee übrig war, goss ich mir eine Tasse ein und trank etwas. Außerdem stibitzte ich ein paar Walnüsse, die wohl in den Salat sollten.

Kai versuchte, mir mit einem Kochlöffel auf die Finger zu schlagen, traf aber natürlich absichtlich daneben.

Ich setzte mich an den Tisch, um mich um die Kartoffeln zu kümmern. Dabei betrachtete ich Kai, der mir meist den Rücken zuwandte. Er war wirklich attraktiv, von hinten und von vorne. Groß und sportlich, mit tollen Augen, einem hübschen Mund und dichten Haaren, durch die ich gerne mit den Fingern gefahren wäre. Außerdem mochte ich die Art, wie er sich bewegte. Und seine Stimme ebenfalls. Ich lauschte ihm, während er mir erzählte, was so besonders an seiner Kürbissuppe war. Ehrlich gesagt, hätte ich auch Buchstabensuppe aus der Packung gegessen, wenn er sie für mich zubereitet hätte und mir dabei Gesellschaft leisten würde.

„Du magst doch Shrimps, oder?“, fragte er und drehte sich zu mir um.

„Ich esse alles. Außer Spinat. Das ist wirklich das Einzige, was ich nicht mag."

„Prima. Das bin ich ganz anders gewöhnt."

„Deine Ex war wohl sehr heikel?"

„Für sie allein ist das Wort *anspruchsvoll* erfunden worden", sagte er.

„Und das fiel dir erst auf, als ihr verheiratet wart?"

„Sie war gut darin, das zu verbergen. Wir haben uns ja an der Uni kennengelernt und ich mochte ihre stilvollen Ideen, was Gebäudeplanung und Einrichtung anbelangt. Wir haben beide Architektur studiert, aber Giulias Schwerpunkt lag eigentlich mehr auf der Innenarchitektur. Das Büro ihres Vaters macht beides, also die Planung von ganzen Gebäudekomplexen, aber auch die Gestaltung von Chefbüros mit Mahagonischreibtischen und Designerlampen."

„Und du stehst irgendwo in der Mitte?", vermutete ich.

Er nickte. „Warst du mal in Wien?"

Leider musste ich den Kopf schütteln. Südlicher als nach Nürnberg, wo meine Mutter eine Cousine hatte, war ich nie gekommen.

„Dann zeige ich dir Fotos." Er rührte die Suppe ein letztes Mal um, wusch sich die Hände und tippte auf seinem Handy herum.

Dass es in Wien eine Menge Prunkbauten gab, wusste ich. Einige hatte ich schon in Filmen gesehen. Das Haus, was Kai mir aber nun zeigte, war mir komplett neu. Es war ein kunterbuntes Gebäude mit Rundungen statt Ecken, wild bepflanzt und so witzig, dass ich mich gar nicht daran sattsehen konnte.

„Das ist das Hundertwasserhaus. Alles ist uneben, verschachtelt, verspielt, bepflanzt und bunt. Du findest keinen rechten Winkel und keine gerade Linie, weil Hunderwasser es der Natur nachempfinden wollte. Ich finde es großartig", erklärte er. „Schon als Kind war ich total fasziniert von solchen Häusern. Habe mir die wildesten Sachen ausgedacht und aufgemalt." Seine Augen leuchteten begeistert, als er davon erzählte.

Verwirrt betrachtete ich die Fotos erneut. „Ich kapier das nicht. Du magst also solche Villa Kunterbunt-Gebäude. Hast dir dann aber eine Frau und eine Arbeit gesucht, wo du mit schmucklosen Betonwänden und Glasfassaden zu tun hast?"

Kai steckte das Handy weg und fuhr sich durch die Haare. „Na ja, damals im Studium war das der neuste Schrei. Weißt du, es gab natürlich Kommilitonen, die sich für Reihenhäuser und normale Einfamilienhäuser im Grünen interessierten. Aber wer hip sein wollte, hat auf diese kleinen Geister heruntergesehen und sich mit Minimalismus beschäftigt."

„Und du wolltest hip sein?", fragte ich. „Das passt gar nicht zu dir. Ich wette, die richtig hippen Kerle laufen nicht mit einem gestrickten Rentier auf der Brust herum."

Kai lachte, wurde dann aber wieder ernst und drehte sich zur Küchenzeile um. Er goss Öl in eine Pfanne, kippte das Gemüse hinein und holte die Fischfilets aus dem Kühlschrank, um sie in der Marinade zu wenden. Erst dann sprach er weiter.

„Ja, ich wollte zur coolen Clique gehören. Ich war jung und dumm und naiv. Die Freunde von Giulia hatten alle reiche Eltern und gute Kontakte, ich erhoffte mir, dadurch einen tollen Job zu finden."

Ich schälte fleißig Kartoffeln, um nicht untätig herumzusitzen, und nickte. „Hat ja auch geklappt."

„Alle haben mich wild beglückwünscht, als ich mit Giulia zusammenkam. ‚Kumpel, du bist auf der Erfolgsspur, Bravo!', haben meine Freunde gesagt. Und da dachte ich, das muss wohl stimmen." Er ließ den Pfannenwender sinken. „Du hältst mich jetzt für einen totalen Idioten. Und ich kann es dir nicht verdenken."

„Tue ich gar nicht. Ich habe selbst schon eine Menge Dinge gemacht, die nicht wahnsinnig schlau waren."

„Die will ich alle hören!", erwiderte er sofort. „Dann fühle ich mich vielleicht nicht mehr wie ein vollkommener Trottel."

Während ich weiterhin den Kartoffeln zu Leibe rückte, berichtete ich von durchgeknallten Kurzbeziehungen, einer abgebrochenen Berufsausbildung zur Hundefriseurin und der Schnapsidee, zusammen mit einer Freundin einen Laden für recyclebare Einweg-Regenschirme zu eröffnen. „Ist zum Glück nichts daraus geworden, weil wir uns zerstritten haben", erläuterte ich grinsend. „Du siehst, in Sachen Trotteltum kann ich dir die Hand reichen."

Kai sah sehr zufrieden aus. „Es ist sehr entspannend, sich mit dir zu vergleichen", neckte er mich und schichtete die hauchdünnen Kartoffelscheiben in eine Form, wo er sie mit der Soße übergoss.

Anschließend sah er auf die Uhr. „Es ist schon nach fünf. Und draußen wird es dunkel. Ich muss noch ein paar Kleinigkeiten erledigen, aber wenn du magst, können wir um sechs Uhr essen."

Mein Hals verengte sich ein wenig. „Das Weihnachtsmenü?"

„Genau. Mit Tannenbaum hinter deinem Rücken. Und ohne *Last Christmas* im Radio.“

Ich überlegte ein paar Sekunden. Schließlich sah ich ihm tief in die Augen und sagte: „Ich weiß, wie wichtig dir der Heilige Abend ist. Und deshalb habe ich ein Geschenk für dich: Wir lassen zum Essen Weihnachtslieder laufen. Gehört für dich ja sicher dazu.“

Ein Lächeln blühte auf Kais Gesicht auf. „Wirklich? Das würdest du ertragen?“

„Klar. Heute will ich es wissen. Also lass uns einen Heiligen Abend feiern, der sich gewaschen hat!“

Meine Hände zitterten, als ich das aussprach. Wusste ich wirklich, was ich da tat? War ich bereit dazu, mich der Situation zu stellen, die ich viele Jahre lang gemieden hatte wie der Teufel das Weihwasser?

Ach was, so schlimm würde es bestimmt nicht werden. Was sollte schon groß passieren?

14. Das Fest der Feste

Verflixt und zugenäht!

Ich war mit Stormy nach oben gestiegen, wo ich meinen Koffer durchwühlte. Hatte ich denn rein gar nichts eingepackt, das nicht aus der Kollektion „Bequemmode für Singleabende mit Netflix auf dem Sofa" stammte? Von der Unterwäsche wollte ich erst recht nicht reden.

Die grauen Leggings, die ich hervorzog, konnte man zur Not noch als silberfarben durchgehen lassen. Ich fand ein weihnachtsrotes T-Shirt. Wenn ich es mit der Rückseite nach vorne anzog und eine geringelte Strickjacke überstreifte, sah man den Aufdruck *Devil`s Favourite Playmate* nicht und auch die Teufelshörner über dem Schriftzug blieben verdeckt. Im Gegensatz zu den anderen beiden Shirts war es wenigstens frisch gewaschen.

In meiner Handtasche fand ich immerhin noch eine halbvertrocknete Mascara und eine Dose Make Up-Puder. Ich nutzte einen von Kais silbernen Dekotellern als Spiegel, um mich etwas aufzuhübschen. Die Haare drehte ich mir zu einer kreativen Hochsteckfrisur, befestigte sie mittels eines herumliegenden Haushaltsgummis und steckte die rote Blüte eines künstlichen Weihnachtssterns hinein, die ich aus einem Gesteck klaute.

Als Kai mit dem Geschirr heraufkam und mich sah, riss er die Augen auf. „Alle Achtung, du hast dich ja richtig festlich herausgeputzt."

„Genau! Meine beste Silberhose, ein Designershirt in festlichem Adventsrot und natürlich meine absolut hippe Strickjacke. Nicht zu vergessen die Frisur." Ich deutete auf die Kunstblume.

„Tja, da kann ich nicht mithalten mit meinem einfachen Rudolph Rentier-Pulli", seufzte er.

Als Kai sich nach Stormy umsah, lachte er. „Du hast deinen Koffer offen stehen lassen. Kuck nur, Stormy sitzt schon wieder drin. Er sieht das wohl als Nest an."

„Ach, soll er. Ist schließlich Weihnachten, da darf er das", beschloss ich. „Ich helfe dir beim Tischdecken."

Kai hatte sogar Servietten mit einem gezeichneten Tannenbaum besorgt, Wahnsinn. Ich räumte den Couchtisch leer und faltete die Servietten, während er das Besteck, die Salatteller und die Gläser zurechtstellte.

Mein Nacken kribbelte. Es wurde allmählich ernst. Kai holte von unten die Suppenteller, ich half ihm mit dem Salat. Als ich die Glasschüssel abstellte, sah er mich an. „Bist du bereit?"

Ich nickte.

Kai ging zum Weihnachtsbaum und schaltete die künstlichen Kerzen an. Er dimmte die Deckenlampe, knipste dafür sämtliche Lichterketten an und entzündete die dicken, roten Kerzen, die auf dem Sideboard standen.

Jetzt musste ich schlucken. Draußen war es inzwischen vollständig dunkel geworden. Hier im Leuchtturmzimmer hingegen legte sich warmes Licht auf alle Möbel, spiegelte sich der Schein der Kerzen in den Weingläsern und ließ der beleuchtete Baum Kais Augen schimmern.

Kai tippte auf seinem Handy herum. Ich wollte schon fragen, was er suchte, da erklangen die ersten Töne. Es war ein Bläserensemble, das mehrstimmig *Vom Himmel hoch* zum Besten gab.

„Ich habe ein paar klassische Arrangements ausgesucht“, sagte er. „Die sind nicht so totgedudelt wie manches andere. Und schön festlich.“

Er nahm Platz. Ich setzte mich ihm gegenüber auf den Sessel, weil ich dann den Baum nicht ansehen musste. Wobei das eigentlich egal war. Ich saß mitten in einem Heilig-Abend-goldene-Harmonie-Film und hatte nicht den blassesten Schimmer, welche Rolle mir dabei zustand. Die der Frau, die weihnachtlich ergriffen war und bei *Stille Nacht* gefühlvoll mitsummte? Oder die des Grinchs, der noch vor dem Hauptgericht schreiend davonrennen würde?

„Hierhin in die Mitte des Tisches schafft Stormy es nicht, da können wir eine Kerze anzünden“, beschloss Kai und riss ein Streichholz an, um die Flamme kurz darauf an den Docht einer schmalen, langen, dunkelroten Kerze zu halten.

Ich atmete tief durch. Kerzen hatten wir zu Hause nur in einem einzigen Jahr gehabt. Da mein Vater zu später Stunde bei einem Tobsuchtsanfall den halben Tisch abgeräumt hatte, waren die künftig nicht mehr zum Einsatz gekommen.

Stumm beobachtete ich, wie Kai seinen Löffel in die Hand nahm und ihn in die Suppe senkte. Als er meinen Blick bemerkte, runzelte er die Stirn.

„Magst du nicht probieren? Ich habe Kürbiskerne geröstet, die liegen obendrauf. Nur das Muster, das ich mit Kürbiskernöl auf die Teller gemacht habe, ist beim Transport nach oben ein wenig verrutscht.“

Erst jetzt sah ich den Suppenteller genau an. Es war eine Augenweide, was Kai gezaubert hatte. Es roch göttlich und schmeckte himmlisch, wie ich mit dem ersten Löffel feststellte. Genießerisch schloss ich die Augen, seufzte wohlig und ließ gleich den nächsten Löffel folgen. Danach lobte ich Kais Kochkünste ausführlich.

Von seinem Handy spielte jetzt ein Streichorchester eine klassische Version von *Frosty the snowman.* Irgendwie fand ich es gar nicht mehr so schlimm, im Kerzenschein zu sitzen, die Spiegelung des Weihnachtsbaums in den Leuchtturmfenstern zu sehen und passende Lieder zu hören.

„Du siehst entspannt aus, das freut mich“, sagte Kai weich. Sein Lächeln sandte einen warmen Schauer über meine Haut.

„Bin ich auch. Es überrascht mich selbst.“

Er stand auf, um die Teller abzuräumen. Ich wollte mich ebenfalls erheben, doch er war schon neben mir und drückte mich sanft zurück auf den Sessel.

„Bleib du sitzen und lass dich bedienen. Deine Kekse als Dessert darfst du uns dann servieren.“

Ich sah ihn dankbar an und lehnte mich zurück. „Wieso hast du eigentlich keine Freundin?“, rutschte es mir heraus. „Ein Kerl wie du, der kann doch eigentlich nicht als Single herumlaufen.“

„Frauen sind mir zu kompliziert“, erwiderte er augenzwinkernd. „Und Männer zu haarig.“

Ich lachte schallend. Als er mit den Tellern verschwunden war, wurde ich allerdings schnell wieder ernst. Wollte er tatsächlich niemanden in seinem Leben haben? Das war verständlich. Er war erst seit kurzem geschieden, war offenbar aus dem gemeinsamen Haus geworfen worden und lag sicher noch immer im Clinch mit seiner Ex. Da hatte er logischerweise keine Lust, sich neu zu binden.

Der Gedanke versetzte mir einen kleinen Stich in der Brust. Komisch. Musste an all diesen Lichtlein, dem Kerzenschein und der Duftkerze mit Glühweinaroma liegen, dass ich so etwas fühlte. Kai spielte nicht in meiner Liga. Er fand mich amüsant, das war aber auch schon alles. In ein paar Tagen würde jeder wieder zurückgehen in sein altes Leben, Leuchtturmweihnacht hin oder her.

Er kam wieder mit einem wunderbar angerichteten Dorschfilet in Weißweinsoße mit Broccoli und Kartoffelgratin. Dazu gab es den passenden Wein.

Ich verputzte die ganze Portion, außerdem noch den Salat mit Shrimps-Spieß, den er dazu reichte.

Während des Essens unterhielten wir uns über unsere Jobs, jeder erzählte lustige Anekdoten über seltsame Kunden, wir genossen unseren Wein und das Essen. Selbst die Musik im Hintergrund fand ich erträglich.

Allerdings kam ich mir immer noch vor, als wäre das alles hier ein Film. So etwas passierte doch nicht in der Realität! Nicht einer einfachen Verkäuferin wie mir.

Kai holte sich noch einen Nachschlag, aber ich bekam beim besten Willen nichts mehr hinunter.

„Du hast wundervoll für uns gekocht", sagte ich irgendwann.

„Danke. Freut mich, wenn es dir geschmeckt hat und

ich dir ein schönes Festmahl bereiten konnte.“ Seine sanfte Stimme kroch tief in meinen Bauch hinein. Ich mochte es, wenn er etwas von sich erzählte. Ja, ich lauschte ihm irrsinnig gern. Er hatte eine spannende Art zu erzählen, alles war lebendig und anschaulich. Seine Stimme beruhigte mich, sandte gleichzeitig aber auch einige Wuschigkeits-Frequenzen in mein weibliches Zentrum.

Wie Kai wohl klang, wenn er einer Frau sagte, dass er mit ihr zusammen sein wollte? Dass er sich ein Leben ohne sie nicht vorstellen konnte?

Schnell schob ich den Gedanken beiseite. Himmel, dieses Weihnachtsgedöns brachte mich höllisch durcheinander!

„Jetzt wird es Zeit für die Bescherung“, kündigte er an.

Ich verkrampfte mich. Das war immer schlimm gewesen bei uns zu Hause, weil mein Papa es meiner Mutter nie hatte recht machen können. Aber heute war es anders, sagte ich mir. Schließlich würde Kai sein Geschenk auspacken, das er sich selbst gekauft hatte, ich würde ihn damit necken und fertig.

Tatsächlich zog er ein Päckchen aus einer Tüte hervor, die er unter den Tisch gestellt hatte.

Ich grinste. „Ist das dein Mister Bean-Geschenk?“

„Eine Karte habe ich mir nicht geschrieben“, gab er lächelnd zurück. „Aber ein paar Ähnlichkeiten zu dem Sketch gibt es, da hast du recht.“

Er wickelte das Geschenkpapier ab. Darin verbarg sich ein in Leder gebundener Terminkalender. Kai riss in gespielter Überraschung die Augen auf. „Oh, das ist ja genau, was ich mir gewünscht habe!“, rief er und blätterte den Kalender durch, als wäre er ein Vierjähriger, der ein

Bob der Baumeister-Ausmalbuch geschenkt bekommen hatte.

„Immer wieder schön, wenn ein Geschenk den Geschmack trifft“, sagte ich. „Meine Kunden beschenken ihre Frauen gern mit HiFi-Systemen, Autoboxen oder Bluetooth-Kopfhörern. Was beim Auspacken nicht unbedingt zu Freudenausbrüchen führt, schätze ich.“

„Kenne ich. Ich habe meiner Frau mal goldene Ohrringe geschenkt, an denen ein kleiner Stern hing. Die hat sie mir um die Ohren gehauen. Also im übertragenen Sinn.“

„Was hat der Zimtzicke denn an goldenen Sternen nicht gefallen?“ Ich konnte mir seine Ex inzwischen richtig vorstellen. Eine dürre Designertussi mit herabhängenden Mundwinkeln, herablassendem Blick und abrasierten Augenbrauen, die sie mit spitzem Stift nachgemalt hatte.

„Zu traditionell, zu altmodisch, zu kleinkariert“, erklärte er. „Und wahrscheinlich nicht teuer genug.“

Er lächelte, doch ich sah eine Spur Enttäuschung darin.

Am liebsten hätte ich ihn in den Arm genommen. Er hatte so ein großes Herz! Selbst seiner Frau hatte er eine Freude machen wollen, den Schmuck sicher mit viel Liebe ausgesucht, und dann hatte sie ihn so vor den Kopf gestoßen. Das hatte er weiß Gott nicht verdient.

Ich schüttelte leicht den Kopf vor Unverständnis für diese Giulia. „Würde mir nicht im Traum einfallen, goldene Ohrringe abzulehnen, egal, ob ein Stern dran ist oder nicht. Nur einen Rentierpullover würde ich nicht anziehen, wenn mir jemand einen schenkt.“ Ich warf ihm ein Lächeln zu.

„Habe ich mir selbst gekauft“, gab er zurück.

„War mir klar.“ Ich griff zu meinem Glas und trank

einen Schluck Weißwein.

„Für dich habe ich auch eine Kleinigkeit“, sagte er.

Im ersten Moment kapierte ich nicht, was Kai mit diesem Satz meinte. Wollte er mir die Szene mit seiner Frau vorspielen? Erst als er erneut in die Tüte unter dem Tisch griff und etwas hervorholte, dämmerte es mir.

Ich schnappte nach Luft.

„Du hast ein Geschenk für mich?“, krächzte ich.

„Ach, es ist nur eine Kleinigkeit.“

Er übergab mir ein Päckchen, das in Geschenkpapier gewickelt war, und ein Kuvert.

„Es gab leider keine Karten in Möwenitz. Aber Lenja hat mir einen Umschlag geschenkt, die Karte habe ich dann selbst gebastelt.“

Ich war völlig erstarrt. Mein Puls raste und mein Atem ging abgehackt. Seit so vielen Jahren schon hatte mir niemand etwas zu Weihnachten geschenkt. Und nun saß ich hier, inmitten von goldenem Licht, hatte einen lächelnden Traummann gegenüber und ließ mich von *White Christmas* berieseln.

Dummerweise mochte ich den Song sehr. Lag vielleicht an Bing Crosbys warmer Stimme oder an der ans Herz gehenden Stimmung. Meine Hände zitterten, als ich das Geschenk auspackte. Es war eine Packung Pralinen aus Lenjas Laden, und zwar mit dunkler Schokolade, Kirschfüllung und Chili.

Mein Hals war so eng, dass ich kaum einen Ton herausbrachte.

Er hatte bemerkt, dass ich die Pralinen gemustert hatte? Ich fand auch noch eine kleine Tüte Sencha-Tee mit Limettengeschmack in dem Päckchen.

„Damit du dir zu Hause auch mal einen beruhigenden Grüntee brühen kannst. Aber nicht mit kochendem Wasser“, erklärte er.

Unter dem Tee lagen Ringelsocken. Zwei identische Paare.

Als ich aufsah, schmunzelte Kai. „Ich dachte, bei vier gleichen Socken ist die Chance größer, dass du zwei gleiche findest“, sagte er.

Das Blut rauschte in meinen Ohren. Für ihn klang das alles so selbstverständlich. Als wäre es das Normalste der Welt, dass man ein harmonisches Essen genoss, sich ruhig unterhielt und liebevoll beschenkte. Ich schluckte trocken. Und versuchte, mein Zittern zu verbergen.

Zu viele Erinnerungen fluteten mich. Doch ich wollte nicht zurückdenken, ich wollte mich nicht mit all dem Mist belasten, ich wollte einfach nur mit Kai eine schöne Zeit verbringen!

Wild entschlossen, mich nicht von meiner Vergangenheit einholen zu lassen, öffnete ich jetzt auch noch den Umschlag. Ich nahm ein gefaltetes Blatt Papier heraus. Auf der Vorderseite fand ich eine Kugelschreiberzeichnung. Ich sah einen windschiefen Weihnachtsbaum, der kurz davor war, mitsamt allen Kugeln und brennenden Kerzen umzufallen. An einem seitlichen Ast hing ein grinsendes Kaninchen mit Pflaster auf dem Hinterbein. Daneben war eine Frau mit übergroßem Pulli gezeichnet, die mit ausgestreckten Armen auf den Baum zulief, um das Schlimmste zu verhindern. Sie hatte eine Stupsnase und meine Frisur.

Als ich die Karte aufklappte, stand da mit steiler Männerschrift:

Happy Bunny-Christmas, liebe Mona!
Ein kleines Erinnerungsbild für dich. Ich hoffe, du denkst gerne an das Leuchtturm-Weihnachtsfest mit Stormy und mir zurück. Frohes Fest, du kleiner Grinch, Kai.“

Ungläubig las ich den Text ein zweites und drittes Mal. Ich klappte die Karte zu, betrachtete das Gemälde erneut und konnte rein gar nichts dagegen tun, dass heiße Tränen meinen Hals hochstiegen, mir ein Schluchzen entlockten und schließlich meine Wangen befeuchteten.

Das war mit Abstand das Netteste, was ich jemals zu Weihnachten geschenkt bekommen hatte.

„So feiern also normale Leute Weihnachten?“, presste ich hervor. „Mit Kerzen und Harmonie und Geschenken, bei denen man weinen muss, weil sie einem so tief ins Herz hineinschneiden?“

All der Schmerz der vielen Jahre kam mit einem Mal nach oben angesichts der liebevollen Worte. Und ich konnte so wenig dagegen tun, weil er mich förmlich überrollte.

Kai war plötzlich neben mir. Saß auf der Lehne des Sessels und zog mich einfach an sich. Er schlang seine Arme fest um meine Schultern, hielt mich an sich gepresst, so fest, dass meine Angst nachließ, im Strom der Tränen einfach fortzufließen und mich nie wiederzufinden.

„Lass alles raus, es ist völlig in Ordnung“, raunte er mir zu und strich mir mit der Hand über die Schulter.

Ich wollte etwas sagen, mich entschuldigen oder was auch immer, aber ich konnte nicht. Das Schluchzen ließ meinen ganzen Körper erbeben, doch Kais Berührungen beruhigten mich. Er murmelte leise Worte, sagte mir immer wieder, dass alles okay wäre. Und dass er mich im

Arm halten würde, so lange ich das wollte.

Irgendwann ließ der Schmerz nach. Ich schniefte und löste mich ein wenig von Kai.

„Tut mir so leid“, sagte ich. „Ich habe dich ja ganz nass geweint.“

Er strich mir zärtlich eine Träne von der Wange. „Weißt du, Mona, das ist der Vorteil von dicken Rentierpullis. Sie saugen ohne Weiteres ein paar Tränen auf.“

Kai lächelte mir so warm zu, dass ich am liebsten gleich weitergeheult hätte. Einfach nur, weil es so guttat, dass jemand hier war. Um mich aufzufangen, mir zuzuhören. Das war Neuland für mich.

Er stand auf und streckte mir die Hand entgegen. „Komm, wir setzen uns auf die Couch. Und dann erzählst du mir, wie denn bei dir zu Hause Weihnachten ablief. Ich glaube, es tut dir gut, darüber zu reden.“

Vielleicht hatte er recht. Ich ließ mich von ihm hochziehen und an der Hand zum Sofa führen. Kaum saß ich, legte Kai erneut seinen Arm um meine Schulter.

Stormy kam angehoppelt, sah einen Moment lang zu mir hoch und sprang schließlich auf die Couch. Er setzte sich mitten auf meinen Schoß und ließ sich streicheln. Fast meinte ich, sogar ein Kaninchenschnurren erkennen zu können.

„Er fühlt, dass du das brauchst“, sagte Kai. „Tiere haben ein feines Gespür.“

„Du auch.“ Ich sah ihn dankbar an.

Und dann begann ich zu erzählen.

15. Erinnerungen

„Vom Keksebacktag habe ich dir ja schon erzählt“, begann ich. „Der lief seltsamerweise immer ohne Streit ab. Und ich habe mir jedes Jahr so sehr gewünscht, dass es am Heiligen Abend genauso sein würde! Als ich klein war, habe ich sogar dafür gebetet. Dabei waren wir überhaupt keine christliche Familie. Später, als ich ein bisschen älter war, habe ich die Beterei dann bleiben lassen. Da war mir klar, dass das sowieso für die Katz‘ wäre.“

„Du hast also total resigniert?“, fragte er leise.

Ich zuckte mit den Schultern. „Ich wollte nicht jedes Jahr wieder enttäuscht werden. Aber ich schätze, ein kleiner Teil von mir hat trotzdem immer noch darauf gehofft, dass es mal so ist wie in der Werbung. Kennst du diese Werbespots im Advent? Wo alle Leute sich aufhübschen, in Glitzerkleider schlüpfen, die Geschenke in Glanzpapier einwickeln und so ein goldener Schimmer über dem ganzen Video liegt?“

Kai nickte. „Oh Gott, ja! Ich hasse diese Spots auch. Die haben dann immer riesige Tannenbäume und eine Festtagstafel, an der siebzehn Leute sitzen, die alle genau diesen goldenen Glanz in den Augen haben. Und wie die alle strahlen, schrecklich! Ich wette, es geht in den wenigsten Familien so zu."

„Meinst du? Mir kam es immer vor, als wären wir die Einzigen, wo es nicht so ablief."

„Glaube ich nicht. Aber erzähl weiter."

„Einen Tag vor Weihnachten kam immer meine Oma angerauscht, die Mutter meiner Mama. Mein Vater hat sie gehasst. Sie war schrecklich eingebildet, wieso auch immer, denn sie war chronisch pleite. Hat uns die Bude vollgequalmt mit ihren stinkenden Zigarillos."

„Sie hat geraucht? Im Haus? Obwohl du noch ein Kind warst?" Kai klang entrüstet.

Ich lächelte müde. „Auch mein Vater und meine Mutter haben geraucht, nur nicht so viel. Na, jedenfalls hat sie ihn immer runtergemacht. Ihre Tochter hätte was Besseres verdient und so Kram. Zu mir hatte sie sowieso nie eine enge Beziehung. War mir auch recht."

Ihre harten Gesichtszüge sah ich auch jetzt noch vor mir. Sie war eine verbitterte, gemeine Frau gewesen. Ein Stück weit konnte ich den Hass meines Vaters auf sie verstehen. Dummerweise hatte meine Mutter sie vergöttert, obwohl sie an ihr auch ständig herumgemeckert hat.

„Und am Heiligen Abend ist dann alles so richtig explodiert?", vermutete Kai.

Sein Arm lag beschützend um meine Schultern, seine Stimme war weich, sein Lächeln kerzenwarm. Ich fühlte mich so geborgen bei ihm, dass es mir unerwartet leichtfiel, über alles zu reden.

„An diesem Tag waren traditionell alle angespannt. Mama hat ohne große Begeisterung gekocht, Oma sich beschwert, mein Vater war sowieso auf hundertachtzig. Er hat schon mittags mit dem Schnaps angefangen. Weil er so einen Tag anders nicht aushält, hat er immer gesagt. Statt Tannenbaum hatten wir nur ein paar Zweige, die ich schmücken durfte. Mies gelaunt haben wir uns dann zum Essen gesetzt, was nie gut geschmeckt hat. Deshalb gab's immer Ärger. Danach habe ich irgendein liebloses Billiggeschenk bekommen, für das ich mich brav bedanken musste. Mein Vater hat meiner Mutter was für den Haushalt geschenkt, was erst Tränen ausgelöst hat und dann einen Wutausbruch. Meine Oma hat mitgeschrien. Ich hab geweint. Und eines Tages war es meinem Vater, der zu diesem Zeitpunkt schon besoffen war, zu viel. Er hat die Gläser und Geschenke vom Tisch gefegt und wüste Beleidigungen vom Stapel gelassen. Das hat sich dann zu einem richtig krassen Streit hochgeschaukelt. Am Ende hat er seine Jacke gepackt, um auf und davonzulaufen. Tja, so war unsere *frö-hö-liche Weihnacht überall.*"

Ich versuchte, die letzten drei Wörter zu singen, aber meine Stimme klang heiser.

Kai hatte mir den Kopf zugewandt und sah mich ernst an. Er war so nah, so sehr bei mir, dass ich den Blick senkte, um nicht erneut loszuweinen.

„Wie lange blieb er weg?", fragte er sanft.

„Bis heute."

„Was?" Ein Ruck ging durch seinen Körper.

Mein Nicken war müde. „Ich habe ihn seither nicht mehr gesehen. Er ist irgendwo untergetaucht. Der Streit war einfach zu viel. Vielleicht war ihm Weihnachten zu viel. Oder die ganze Familie."

Kai starrte mich an. Er öffnete den Mund, schloss ihn

wieder, ohne etwas gesagt zu haben, und griff nach seinem Handy, um die Musik zu stoppen. Die Orchesterversion von *Tochter Zion* brach mitten im Refrain ab. Drückende Stille legte sich über den Raum.

Mein Nacken verspannte sich, weil all die Bilder erneut hochkamen. Ohne dass ich etwas dagegen tun konnte, sprach mein Mund einfach weiter.

„Ich sehe ihn noch vor mir, weißt du? Sein wütendes Gesicht. Die braune Winterjacke, in die er geschlüpft ist. Und das Türblatt, auf das ich gestarrt habe. Minutenlang. Mama und Oma haben geflucht und geschimpft, aber ich habe nur auf die Tür gestarrt. Mir war eiskalt. Fast so, als hätte ich gewusst, dass er nie wieder durch genau diese Tür hereinkommen würde."

„Mona, das tut mir unfassbar leid." Seine Stimme war warm wie tröstender Kakao. Und sein Arm, der mich sanft an sich zog, gab mir so viel Kraft wie nichts, das ich jemals erlebt hatte.

„Ist ja nicht deine Schuld", sagte ich leise.

„Aber ich quäle dich mit Kerzen und Geschenken und *Jingle Bells*."

Ich hob den Blick und tauchte in seine Augen ein. Dieses tiefe Blau machte mich atemlos und schenkte mir gleichzeitig ein Gefühl von Zuversicht, Ruhe und himmelblauer Leichtigkeit.

„Ich muss das ja irgendwann überwinden", flüsterte ich. „Und dazu ist dieses Weihnachten genau richtig."

„Das Bunny-Weihnachten." Sein Lächeln war winzig, aber ich liebte es. Nicht nur das Lächeln liebte ich, wie mir gerade auffiel. Sondern auch Kais Augen, seine Umarmung, seine Stimme, seine Hände, seine ganze Art.

Mein Herz hoppelte in meiner Brust herum wie Stormy in seinem schnellsten Laufstil.

„Mit den tollsten Geschenken ever“, flüsterte ich.

„So ein Leuchtturmweihnachten ist eben etwas ganz Besonderes“, sagte er und zwinkerte mir zu.

Kai war wirklich erstaunlich. Er schaffte es immer wieder, einer Situation die Schwere zu nehmen. Und mich zum Lächeln zu bringen, obwohl mir noch vor einer Minute überhaupt nicht danach zumute gewesen war.

„Das ist es wirklich.“ Ich lehnte meinen Kopf gegen seine Schulter. Er strich mir zärtlich übers Haar.

„Wie alt warst du, als dein Vater abgehauen ist?“

„Dreizehn.“

„Echt hart. Und deine Mutter gewann dadurch nicht gerade an Empathie, vermute ich.“

„Du könntest auch als Psychologe arbeiten, wenn es mit den Betonwänden nicht mehr hinhaut“, erwiderte ich.

„Ist als Plan B notiert“, sagte er weich. „Wann hast du dann den Kontakt mit ihr verloren?“

Ich angelte nach meinem Weinglas und trank einen Schluck, bevor ich antwortete. „Als er weg war, fiel sie in ein tiefes Loch. Wie es mir ging, hat sie nicht wahnsinnig interessiert. Sie hat sich aber schnell mit neuen Männern getröstet. Bald zog sogar einer ein, dann wieder aus, dann kam der nächste. Als ich sechzehn war und mit der Schule fertig, bin ich in eine WG gezogen. Ich musste raus. Hatte schon vorher nebenbei gejobbt, in der Ausbildung gab es ja auch Geld.“

„Wow, du hast echt früh auf eigenen Beinen gestanden. Mit sechzehn war ich alles andere als erwachsen. Und dann ist der Kontakt eingeschlafen?“

Ich nickte. „Sie zeigte wenig Interesse an mir. Und ehrlich gesagt, ging es mir auch besser, wenn ich nichts von ihr sah und hörte. Ich habe mich auf mein eigenes Leben konzentriert. Hatte Freunde, einen Job. Nach der ersten Ausbildung, die ich hingeschmissen hatte, landete ich im Kaufhaus Wenzel. Und da blieb ich auch. Habe Geld verdient, viel gelernt, neue Erfahrungen gemacht. Ich komme gut mit meinem eigenen Leben zurecht."

„Und Weihnachten hast du dann umgangen?", wollte er wissen.

„Genau. In der WG war es leicht, weil alle anderen über die Feiertage zu ihren Familien fuhren. Ich blieb dort und habe es genossen, die ganze Bude für mich allein zu haben. Später, wenn ich einen Freund hatte, habe ich immer gesagt, dass mir das alles zu kitschig sei. War auch nie ein Problem. Die waren alle froh, dass sie nicht nach einem Geschenk für mich suchen mussten."

„Tja, so sind wir Männer." Er schenkte mir ein mitfühlendes Lächeln.

Doch ich blieb ernst. „Du nicht. Du hast dir gemerkt, was ich mag. Und mir sogar ein Bild gemalt. Das hat noch nie jemand für mich getan."

„Dann wurde es höchste Zeit", raunte er mir zu.

Ich sah ihn an. „Überhaupt: Das hier ist das harmonischste Fest, das ich mir nur vorstellen kann. Ich hätte nicht gedacht, dass ich so etwas mal erlebe."

„Ich ebenso wenig", gab Kai zu.

Überrascht blickte ich ihn an. „Deine Weihnachten waren doch sicher schön."

„Als Kind schon. Aber mit Giulia war es immer total kühl. Alles musste stylisch und ausgefallen sein. Keinesfalls kitschig. Manchmal habe ich mich gefragt, ob sie wohl in Ohnmacht fallen würde, wenn ich einen grünen Adventskranz mit echten Kerzen und Fichtennadeln anschleppen würde."

„Hast du es nie ausprobiert?" Ich schmunzelte.

„Bin leider ein Feigling", gab er zu. „Mit Streit kann ich total schlecht umgehen. So etwas wie in deiner Familie würde ich keinen Tag aushalten. Ich habe das nie gelernt und komme damit gar nicht zurecht. Klar habe ich ihr manchmal die Meinung gesagt, aber in ruhigem Tonfall. Und letztendlich hat sie dann doch immer ihren Willen durchgesetzt."

Mir gefiel es, dass er jemand war, der keinen Streit anzettelte. Und ganz viel anderes an ihm gefiel mir ebenso.

„Das hier ist auch für mich das schönste Weihnachten seit sehr langer Zeit", flüsterte Kai. „Und das liegt nicht nur an unserem Kaninchen."

Mein Herz setzte einen Schlag aus. Ich wandte Kai den Kopf zu, tauchte erneut in seine Karibikaugen ein, vergaß fast zu atmen. „Sondern?", fragte ich tonlos.

Er hielt mich fest mit seinem Blick. Und einen Moment später auch mit seinem Arm, den er um mich legte, um mich an sich zu ziehen.

„Sondern ganz allein an dir, Mona", flüsterte er.

Dann küsste er mich. Küsste mich so weihnachtswarm und kerzenflammenheiß, dass ich mich einfach fallen ließ in seinen Kuss. Alles um mich herum verschwand, ich fühlte nur noch Kais Mund auf meinem, seine streichelnden Hände, seinen großen, warmen Körper, an den ich mich schmiegte.

Es war so viel mehr als nur ein Kuss. Es war ein Weihnachtskuss, ein Befreiungskuss, ein Lachkuss, ein Weinkuss, ein Alles-wird-gut-Kuss, ein Das-kann-der-Start-für-irgendwas-sein-Kuss. Oder alles zusammen.

Ich wollte jedenfalls nie mehr auftauchen aus diesem Kuss, wollte mein restliches Leben lang einfach an Kai geschmiegt bleiben, sämtlich Probleme zurücklassen und den Leuchtturm mit hundert Schlössern von innen verriegeln, damit die normale Welt niemals wieder zu uns hereinkommen könnte.

Wie viel Zeit vergangen war, bis wir uns irgendwann lösten, wusste ich nicht. Es war egal. Hier im Leuchtturm spielte Zeit keine Rolle. Da gab es keine Stunden und Minuten, keine Tage und Wochen, keine Termine und Kalendereinträge. Da gab es nur den Wind und die Wolken, Winterstürme und Gischt, glitzernde Wellen und die elegante Silhouette von am Fenster vorbeifliegenden Möwen.

Kai sah mich an, sein Blick war voller Zärtlichkeit. „Ich bin sehr froh, dass es diese Doppelbuchung gab. Man könnte fast meinen, da hatte das Schicksal seine Hände im Spiel."

„Geht mir auch so", flüsterte ich.

Und weil es so schön gewesen war, küsste ich ihn gleich noch einmal.

„Mach deine Playlist wieder an", sagte ich, nachdem ich mich glücklich lächelnd von seinem Mund gelöst und mich entspannt an ihn geschmiegt hatte. „Es ist schließlich Weihnachten und da will ich Christmas-Songs hören."

Kai lachte kehlig. „Du bist total irre. Und genau das liebe ich sehr an dir."

Bei dem Wort durchlief mich ein wohliger Schauer. Ich

schloss die Augen, genoss das Spiel seiner Muskeln, als er nach dem Handy griff. Einen Moment später setzte eine weiche, weibliche Stimme ein, die mir direkt aus dem Herzen sprach mit *Have yourself a merry little Christmas*.

Genau das hatte ich. Mit Kai. Mit einem wunderbaren Abend, einem geschmückten Tannenbaum, liebevollen Geschenken und einem Kaninchen, das sich wieder einmal in meinem Koffer ein Nest gebaut und sich darin seelenruhig schlafen gelegt hatte.

16. Stormys Geheimnis

So einen Weihnachtsabend hatte ich wahrlich noch nie erlebt. Wir blieben aneinandergeschmiegt auf dem Sofa, hörten die gesamte Playlist rauf und runter, redeten über Gott und die Welt. Ich erfuhr, dass Kai gern nach Skandinavien reiste, und neckte ihn mit der Frage, ob er denn heimlich von Blockhäusern träumte, die er mit IKEA-Möbeln einrichten würde.

Er lachte natürlich. „Ich gehe hin und wieder mit einem ehemaligen Kommilitonen in die Kneipe. Der entwirft tatsächlich Blockhäuser, aber ganz winzige. So eine Art Tiny Houses. Ob er sie allerdings mit Billy, Pax und Björksnäs einrichtet, weiß ich nicht."

Inzwischen war es schon nach elf Uhr abends. Obwohl ich mich nur ungern von Kai löste, stand ich auf.

„Unser Dessert fehlt noch. Schließlich ist es kein richtiges Weihnachtsmenu, wenn keine selbst gebackenen Kekse dabei sind."

Ohne auf seine Antwort zu warten, lief ich nach unten, richtete die Kekse schön auf einem Teller an und trug sie nach oben.

Kai steckte sich einen in den Mund und schloss genießerisch die Augen. „Deine Makronen sind ein Gedicht! Die Kulleraugen sowieso."

„Du kannst ruhig Engelsaugen sagen", erwiderte ich. „Es stört mich nicht. Nicht mehr." Ich lächelte ihn an.

„Egal, wie sie heißen. Sie sind toll." Er stopfte sich gleich noch einen Keks in den Mund. „Genau wie du."

Wieder sein sonniges, fast schon jungenhaftes Lächeln, das mich ganz tief berührte.

„Hör auf, mich zu loben. Sonst werde ich noch größenwahnsinnig", feixte ich.

Obwohl es draußen stockfinster war, fühlte ich mich, als würde ich an einem Augusttag barfuß über eine Gänseblümchenwiese laufen. Mit Kai war alles so leicht und einfach. Außerdem war es wunderbar, ihn zu küssen, ihn anzufassen, durch seine Haare zu fahren.

„Mir kommt das alles hier wie ein Traum vor", sagte ich wahrheitsgemäß. „Ganz irreal."

„So lange es ein schöner Traum ist, macht das nichts, oder?" Er strich mir eine Strähne hinters Ohr.

„Ein wunderschöner!"

Wir saßen noch eine lange Zeit auf dem Sofa, aßen ein paar Kekse, tranken Wein und sahen Stormy beim Schlafen zu. Irgendwann musste ich gähnen.

Kai schmunzelte. „Komm, wir gehen schlafen", raunte er mir ins Ohr. „Unten gibt es übrigens ein gemütliches Doppelbett. Da kannst du bequemer schlafen als hier auf der Couch, schätze ich."

Mein Puls raste sofort los. „Mit dir an meiner Seite?", fragte ich mit hochgezogenen Augenbrauen.

Er lächelte verheißungsvoll. „Wir können ja sehen, was

sich noch ergibt“, flüsterte er mir zu. Dann stand er auf, blies die Kerzen aus und streckte mir auffordernd die Hand entgegen.

Wie in Trance ließ ich mich von ihm hochziehen und folgte ihm nach unten. Als wir vor dem Bett standen, küsste mich Kai und streifte mir die Strickjacke von den Schultern. Er küsste meine Schläfe, meine Wange, mein Ohrläppchen – und hielt überrascht inne.

„Sag mal, ist das ein Wäscheschildchen?“ Er deutete auf den vorderen Kragen meines T-Shirts.

„Trägt man jetzt so“, redete ich mich eilig heraus.

Sein Grinsen wurde breiter. „Das klingt schwer nach der gleichen Ausrede, die du für die unterschiedlichen Socken benutzt hast.“

Er machte einen Schritt um mich herum, sodass er meine Rückseite sah. Dann brach er in Lachen aus.

„Mona, du bist unglaublich“, japste er. „Du verkaufst mir ein Shirt mit Teufelshörnern und dem Aufdruck *Devil's favourite Playmate* als dein Weihnachtsoutfit?“

„Hatte nichts Passendes dabei“, nuschelte ich. „Übrigens auch nicht bei der Unterwäsche.“

„Ach, das macht gar nichts“, gluckste Kai. „Unterwäsche wird meiner Meinung nach sehr überschätzt.“

Mit einer unendlich langsamen Bewegung zog er mir nun auch das Shirt über den Kopf. Mein Atem ging schnell, mein Puls war sowieso schon außer Rand und Band. Also tat ich das Gleiche mit seinem Rentierpulli.

Er trug nichts darunter. Meine Hände fuhren über seine nackte Brust, was meinen Herzschlag endgültig ins Stolpern brachte.

„Den Heiligen Abend haben wir schon bravourös

gemeistert“, flüsterte Kai mir zu. „Wollen wir es auch mit der Heiligen Nacht versuchen?“

„Ob es wirklich so heilig wird, kann ich dir nicht versprechen“, erwiderte ich atemlos, fasste an seine Hose und zog den Reißverschluss Zahn für Zahn auf.

Kai presste sich an mich und schob mich in Richtung Doppelbett. Ich ließ mich darauf fallen und sah ihm zu, wie er aus der Jeans stieg.

Niemals hätte ich gedacht, dass dieses Weihnachtsfest einen derart leckeren Festtagsschmaus für mich bereithielt.

„Komm“, sagte ich und zog ihn an mich. „Ich will dich fühlen. So nah es nur geht.“

„Nur zu gerne“, raunte er mit seiner tiefsten Samtstimme in mein Ohr.

Und dann zeigte Kai mir, dass er nicht nur einen Tannenbaum festlich schmücken, sondern auch einer Frau den allerhellsten Stern vom Weihnachtshimmel holen konnte.

Als ich die Augen aufschlug, dauerte es mehrere Sekunden, bis ich verstand, wo ich war. Ich lag auf der Seite, hinter mir spürte ich einen herrlich warmen Körper, um meine Taille lag ein Männerarm.

Es war also kein Traum gewesen? Vorsichtshalber zwickte ich mich in den Handrücken. Es tat weh, das war ein gutes Zeichen. Ich lupfte die Bettdecke ein wenig, stellte fest, dass ich splitterfasernackt war, und grinste.

Es war definitiv kein Traum gewesen! Und der beste Heilige Abend samt unheiliger Nacht, den ich jemals erlebt hatte.

Vorsichtig drehte ich mich auf den Rücken. Dabei wurde Kai wach, zumindest ein bisschen. Er brummte wohlig, kuschelte sich an mich und schlief weiter.

Glücklich lächelnd betrachtete ich ihn im Morgenlicht, das durchs Schlafzimmerfenster fiel. Die Bettdecke war über seine Schulter gerutscht und gab den Blick auf seine Brust frei. Nur schwer widerstand ich dem Wunsch, meine Hand auf seine Brust zu legen, um seinen Herzschlag zu fühlen. Ich wollte nicht, dass er vollständig aufwachte. Vielmehr wollte ich ihn ganz in Ruhe betrachten können – wie ein Kunstwerk, ein Gemälde, eine Skulptur. Vom Körper her könnte er jederzeit als griechische Marmorstatue durchgehen, keine Frage.

Genießerisch schloss ich kurz die Augen und erinnerte mich an die gemeinsame Nacht. Oh ja, Kai war in vielerlei Hinsicht göttlich. Ich lächelte zufrieden. Dann fuhr ich fort, sein Gesicht zu mustern. Es war mir schon richtig vertraut, obwohl ich noch nicht jede kleine Falte, jedes Haar, jeden Zentimeter seiner Haut in- und auswendig kannte. Bei seinem Anblick klopfte mein Herz sofort schneller. Gleichzeitig kam eine tiefe Ruhe über mich, es war wirklich seltsam. Ich mochte seine verwuschelten Haare, die dunklen Augenbrauen, seine markanten Züge, zu denen diese weichen Lippen gar nicht zu passen schienen. Lippen, die ich letzte Nacht überall auf meiner Haut gespürt hatte. Und die ich jetzt am liebsten küssen würde. Erst ganz sanft und dann immer fordernder, bis wir beide ...

Kai schlug die Augen auf. Er blinzelte ein wenig, dann stahl sich ein Lächeln auf sein Gesicht.

„Guten Morgen, mein Weihnachtself“, schnurrte ich.

„Moin“, brummte er und verengte die Augen. „Sag jetzt nicht, dass du mich schon die ganze Zeit so ansiehst. Ich bin noch ungeschminkt.“

Ich lachte leise. „Musste doch nachzählen, wie viele Falten du schon hast. Ist nämlich wichtig.“

„So? Und warum, wenn ich fragen darf?“

„Na, ab einer gewissen Faltenzahl kann man Männern nicht mehr zumuten, gleich am Morgen erneut Matratzensport zu betreiben. Das kannst du in jeder Frauenzeitschrift lesen. Man soll dann lieber warten, bis solche älteren Herren wieder fit sind. Also elf Tage oder so.“

Kai drehte sich zur Seite, um sich auf den Unterarm zu stützen und halb aufzurichten. Was seinen Bizeps betonte. Die Brustmuskeln auch. Himmel!

„Aha“, sagte er grinsend. „Was schreiben denn die Zeitschriften über Frauen, die manchmal mit einer Kissenfalte über der Wange und einer Moormaske im Gesicht herumlaufen? Wie lange muss man bei denen warten bis zur nächsten Runde?“

„Diese Frauen sind bekanntlich unersättlich“, flötete ich und schob die Decke einladend ein wenig nach unten.

„Davon sollten meine Falten und ich uns jetzt mal überzeugen“, raunte er mir so verheißungsvoll zu, dass ich sofort eine Gänsehaut am ganzen Körper bekam.

„Nur zu“, flüsterte ich und schloss die Augen, als Kai sich über mich beugte und mich absolut faltenfrei küsste.

Eine Stunde später stand ich unter der Dusche und summte bestens gelaunt vor mich hin. Allerdings kein Weihnachtslied, sondern die gute alte Tom Jones-Nummer von der *Sexbomb*, was mich erneut schmunzeln ließ. Ich war ein Glückskind!

Wer kannte schon einen Mann, der nicht nur ein einfühlsamer Zuhörer war, Humor hatte, einen Adoniskörper besaß, sondern zusätzlich gern kochte und eine Frau auch abseits des Herds glücklich machen konnte? Von der Samtstimme, der Tierliebe und den Weiche-Knie-Augen ganz zu schweigen.

Auf meine Liste seiner guten Eigenschaften schrieb ich jetzt auch noch, dass er einen guten Geschmack in Sachen Duschgel hatte. Heute hatte ich nämlich nicht widerstehen können und mich mit seinem eingeseift. Außerdem griff ich jetzt nach seinem Handtuch, das neben der Dusche hing. Es war rot-blau gestreift, riesengroß und so herrlich flauschig, dass ich darüber nachdachte, mich heute gar nicht mehr anzuziehen, sondern den ganzen Tag das Streifenhandtuch zu tragen.

Als ich die Küche betrat, stand Kai bereits am Herd und brutzelte uns ein Omelett. „Ich könnte mich an Feiertage mit dir gewöhnen“, sagte ich.

Er strahlte mich an. „Geht mir ganz genauso. Das Wetter ist heute übrigens herrlich. Lust auf einen Verdauungsspaziergang nach dem Frühstück?“

„Auf jeden Fall. Bei deinen Kochkünsten passe ich sonst nicht mehr in meine Jogginghosen, bis der Urlaub vorbei ist.“

„Die haben einen Gummizug.“ Kai grinste. „Da mache ich mir keine Sorgen. So lange dein Schal noch passt, ist alles gut.“

Es war wunderbar, mit ihm herumzualbern. Auch ihn anzufassen, ihm zuzusehen, mit ihm zu reden. Einfach alles mit ihm.

Ich föhnte mir die Haare, zog mich dann doch an, wobei

ich das Handtuch sehnsuchtsvoll streichelte, als ich es ins Bad zurückbrachte. Anschließend fütterte ich Stormy und deckte den Tisch.

„Hast du das Kochen zu Hause gelernt?“, fragte ich, als wir beim Frühstück saßen.

Er schüttelte den Kopf. „Ein bisschen was habe ich aufgeschnappt, aber meine Mutter hat nicht wahnsinnig gern gekocht. Außerdem wollte sie nicht, dass wir Kinder in der Küche herumlungern. Meiner Schwester hat sie ein bisschen was beigebracht, aber mir nicht.“

„Wo hast du es dann gelernt?“

„Ach, das kam mit der Zeit. Habe viel herumprobiert, mir Kochshows angesehen, auch mal einen Kurs besucht. Es war schon immer eine schöne Ablenkung für mich.“

„Giulia hat wohl auch nicht gern gekocht?“

Kai lachte. „Haushalt war nicht ihr Ding. Wir hatten eine Putzfrau, sind oft ins Lokal gegangen oder sie hat irgendwo Sushi mitgebracht.“

„Weihnachten hast du dann gekocht?“

Er schüttelte den Kopf. „Da waren wir immer bei ihren Eltern. Schrecklich steife Angelegenheit! Meine Mutter hat früher gekocht an den Feiertagen, da hat sie sich richtig Mühe gegeben. Sogar einen Baumkuchen hat sie gemacht, obwohl der total aufwendig ist. Ich mochte den immer sehr. Habe ich ewig nicht mehr gegessen, echt schade.“

Davon hatte ich schon gehört, man füllte den Teig esslöffelweise in die Form und backte jede Schicht nur ein paar Minuten. Das brauchte wirklich viel Zeit.

„Wo sind denn deine Eltern jetzt?“ Mir fiel erst jetzt auf, dass wir noch nicht viel über sie geredet hatten. Kai hätte doch mit ihnen Weihnachten feiern können.

„Sie leben auf Madeira, schon lange. Einmal im Jahr besuche ich sie, aber sie haben dort viele Freunde und genießen ihre Rente in vollen Zügen. Sogar mit dem Golfspielen haben sie dort angefangen."

„Nicht schlecht."

Madeira. Mir wurde wieder einmal bewusst, dass ich in einer völlig anderen Welt lebte als er. In meinem gesamten Bekanntenkreis gab es niemanden, der Golf spielte.

„Das ist dort nichts Exklusives", fügte er an. „Sondern etwas, das viele ältere Menschen tun."

Hatte er meine Gedanken gelesen? Oder verriet meine Miene so viel?

Ich atmete tief durch. „Es ist ein bisschen schwierig für mich", gab ich zu. „Du bist ganz anders aufgewachsen."

„So anders auch wieder nicht. Wir hatten ein Reihenhaus, keine Villa. Und auch keinen Butler oder einen Rolls Royce vor der Tür, sondern einen Opel. Außerdem hat das doch überhaupt nichts mit uns beiden zu tun."

Uns beiden.

Ich schob mir das letzte Stück Omelett in den Mund, um nicht antworten zu müssen. Was war das genau mit uns beiden? Gab es da eine Zukunft? Oder würde nach dem Urlaub hier alles vorbei sein?

„Auch wieder wahr", sagte ich schließlich. „Wir passen ja trotzdem total gut zusammen. Du in Hamburg als Stararchitekt, ich in Hannover als Starverkäuferin."

„Genau." Kai schmunzelte. „Könnte nicht besser sein. Komm, wir machen uns jetzt fertig für den Spaziergang."

Er hatte es als Witz aufgefasst. Doch es war nicht als Witz gemeint gewesen. Gut, Hamburg und Hannover lagen keine Weltreise entfernt. Aber auch nicht um die Ecke.

Sollte ich ihn fragen, wie er sich das weiter vorstellte?

Nein. Ich schüttelte innerlich den Kopf. Es war Weihnachten, ich hatte Urlaub, die Sonne strahlte. Ich würde die Tage, die uns gemeinsam blieben, einfach nur genießen. Und mir darüber keinen Kopf machen. Das Thema würde mich früh genug einholen.

Eine Stunde später schlenderten wir Hand in Hand an der Küste entlang. Kai summte irgendetwas vor sich hin, drückte zwischendurch immer mal wieder meine Hand und wirkte völlig entspannt. Das Strahlen auf seinem Gesicht kam nicht nur von der Sonne und von der herrlichen Aussicht übers Meer, redete ich mir ein. Denn er lächelte mich alle paar Minuten glücklich an.

Auch ich entspannte mich. Wieso war ich denn nur so skeptisch? Ich sollte endlich mal an Weihnachtswunder glauben! Schließlich steckte ich doch mittendrin in einem.

Der Blick über die glitzernde Ostsee war so zauberhaft, das konnte nicht mit rechten Dingen zugehen. Da musste ein freundliches Schicksal die Hand im Spiel gehabt haben. Und einem gut gelaunten Schicksal wollte ich mich auf keinen Fall widersetzen.

Also strahlte ich zurück, wenn Kai mich ansah, drückte ihm zwischendurch einen Kuss auf den Mund und genoss unseren Feiertagsspaziergang mit allen Sinnen.

Als wir in der Nähe des Dorfes entlangschlenderten, kam Hinnerk auf uns zu.

„Frohes Fest!“, rief er, sobald er uns sah. „Habt ihr eine schöne Zeit im Leuchtturm?“

„Eine wunderschöne“, erwiderte ich. „Ich hoffe, du hast auch schön gefeiert.“

„Auf jeden Fall. Wir hatten es gemütlich. Hedi war

ordentlich angeschickert, weil wir an Weihnachten immer den guten Sanddornschnaps auspacken. Sie würde ja lieber mit Knallkööm anstoßen, aber das ist mir zu modern."

„Knallkööm?", wiederholte ich fragend.

„Sekt", erklärte er grinsend und kratzte sich am Bart. „Ist nix für mich. Ich stamme von echten Seebären ab, habe lauter Fischer als Vorfahren. Wir lieben eher 'ne Buddel Rum als so Sprudelzeug." Er lachte scheppernd.

Ich mochte den Kerl, er war herrlich skurril.

„Bei uns gab es gestern frischen Dorsch, der war ein Gedicht", sagte Kai nicht ohne Stolz.

„Gut gemacht, Kinners. Frisch aus dem Meer, perfekt. Wart ihr mal in Kurts Kombüse? Da gibt's auch Fisch."

Ich schüttelte den Kopf. „Noch nicht. Aber in Lenjas Teestube waren wir."

„Auch gut. Dann macht euch noch ein paar schöne Tage, ich muss weiter. Das Wetter wird übrigens so bleiben. Auch wenn die Doofköppe im Radio was anderes sagen. Verlasst euch lieber auf mich, ich kenne mich da aus. Familientradition. Die Hansens waren schon immer die Wetterfrösche von Möwenitz."

Er tippte sich an die urige Fellmütze und ging mit erstaunlich schnellen Schritten weiter.

„Ganz schön fit, der Hinnerk." Ich sah ihm hinterher.

„Das macht die gute Luft hier. Und der Verzicht auf Chilichips", neckte mich Kai.

Lachend streckte ich ihm die Zunge heraus.

Wir wanderten noch eine Weile an der Küste entlang, redeten über Gott und die Welt. Kai erzählte schräge Geschichten über seine Schwester, ich beschrieb ihm in allen Einzelheiten mein Engelskostüm und meine Arbeitstage im Adventswahnsinn. Über die lustigen Lerchen amüsierte er sich ganz besonders.

„Allein diese Vorstellung, dass du dort mit Rauschgoldengel-Perücke und Flügelchen herumstehst!“, kicherte er. „Gibt es davon wirklich keine Fotos? Dafür würde ich viel Geld zahlen.“

„Zum Glück nicht!“

Es kam mir vor, als wäre eine Ewigkeit vergangen, seit ich neben Herbies Thron gestanden hatte. Dabei waren es nur wenige Tage. Und doch hatte sich so viel verändert. Weil Kai in mein Leben getreten war.

„Schon witzig“, sinnierte ich. „Im wahren Leben laufe ich im Engelskostüm herum, hier aber in alten Jogginghosen. Du hingegen trägst jetzt einen Weihnachtspulli, bist normalerweise aber im edlen Anzug unterwegs.“

„Nur in der Arbeit. Zu Hause liebe ich meine bequemen Jeans und T-Shirts.“

Das beruhigte mich. Vielleicht gab es ja doch eine Zukunft für uns? Mein Herz machte einen Hüpfer, als ich mir das vorstellte. Ich sah Kai von der Seite an, als er den Blick aufs Meer hinaus gerichtet hatte. Gab es wirklich eine Chance, dass wir beide uns weiterhin treffen konnten? Wollte er das überhaupt?

Eilig wandte ich den Blick von seinem Profil ab und beobachtete lieber den Flug einer Möwe. Ich hatte mir doch geschworen, diese Tage sorgenfrei zu genießen und mir keine Gedanken darüber zu machen, wie es weitergehen könnte. Und das würde ich jetzt auch tun!

Ich hakte mich bei ihm ein, lächelte ihn an und schlenderte mit ihm gemeinsam zurück zum Leuchtturm. Kaum waren wir drinnen, klingelte sein Handy.

Genervt zog er die Augenbrauen zusammen und brummte: „Die sollen endlich kapieren, dass ich meine Ruhe haben will – oh, es ist eine fremde Nummer.“

Er meldete sich und lauschte. Dabei sah er mich ernst an. Hatte der Anruf etwas mit Stormy zu tun? In mir zog sich alles zusammen. Mussten wir den kleinen Racker seinem Besitzer zurückgeben? Angstvoll starrte ich Kai an.

„Er ist der Ausbrecherkönig bei euch? Das passt zu ihm, ja“, hörte ich Kai sagen.

Mein Nacken verkrampfte sich. Es war also wahr. Stormy hatte einen Besitzer. Und würde zu diesem zurückkehren. Ich wollte nicht länger bei dem Telefonat zuhören. Sicher versprach Kai, das Kaninchen sofort zurückzubringen. Mit hängenden Schultern stieg ich die Wendeltreppe nach oben, um mich von Stormy zu verabschieden.

Er saß auf dem Sofa und sah mich mit seinen großen, wunderschönen Augen an. Vorsichtig setzte ich mich neben ihn, um ihn zu streicheln.

„Das war’s dann also, Kumpel“, flüsterte ich ihm zu. „Du gehst zurück zu deinen Langohr-Freunden. Ist bestimmt besser für dich. Aber mir wirst du schrecklich fehlen.“

Ich beugte mich zu ihm hinunter und vergrub mein Gesicht in seinem seidigen Fell. „Das Weihnachten mit dir werde ich niemals vergessen.“ Meine Stimme war belegt. Wie, zum Teufel, hatte ich mich so schnell an die kleine Fellnase gewöhnen können?

Als Kai nach oben kam, hatte ich feuchte Augen. Seltsamerweise sah er fröhlich drein. Hatte der Kerl kein Herz, oder wie konnte das sein?

„Er ist ausgebüxt“, erklärte Kai. „Aber nicht zum ersten

Mal. Liegt daran, dass er sich mit irgendeinem anderen Kaninchen im Rudel nicht gut versteht. Ist wohl ein ziemlicher Außenseiter, unser Hoppler.“

Ich verstand nicht. „Ja, und? Wann müssen wir ihn zurückbringen?“

Kai lächelte. „Gar nicht. Die Familie hat sowieso zu wenig Platz, gerade im Winter. Da gab es wohl ein paar ungeplante Schwangerschaften. Also bei den Kaninchen. Stormy hat sich nie recht eingefügt, war auch immer scheu. Der ist offenbar erst bei uns so richtig aufgetaut.“

Ich starrte ihn an, als wäre er soeben aus einem UFO gestiegen. „Soll das heißen, wir können ihn behalten?“, fragte ich mit zittriger Stimme.

Er zuckte mit den Achseln. „Wenn wir wollen, darf er bei uns bleiben. Wir sollen nur dafür sorgen, dass er nicht allein ist, also einen Spielgefährten suchen.“ Skeptisch sah er mich an. „Einen tierischen. Du zählst nicht.“

„Unglaublich!“ Ich konnte mein Glück kaum fassen, sprang auf und umarmte Kai stürmisch. „Stormy darf bei uns bleiben!“

Lächelnd sah er mich an. „Irgendwann müssen wir uns Gedanken machen, wie wir künftig für ihn sorgen werden. Das ist dir klar, oder?“

„Ja. Aber daran mag ich jetzt noch nicht denken. Wir haben schließlich noch einige Urlaubstage vor uns.“

Mir war so himmelleicht zumute, dass ich dieses unangenehme Thema schnell beiseiteschob.

Kai wurde jedoch ernst. Zärtlich strich er mir eine Strähne hinters Ohr. „Du weißt, dass ich dich gerne auch nach der Zeit hier treffen würde, oder? Wir müssen natürlich noch nichts entscheiden. Aber ich wollte es einfach mal gesagt haben."

Mir blieb der Atem weg. Er warf das einfach so in den Raum. Als wäre es das Normalste der Welt!

„Wirklich?", krächzte ich.

Sein Lächeln war mindestens so weich wie Stormys Fell. „Ja, klar, Mona. Was dachtest du denn? Dass du nur eine kurze Affäre bist und ich dich nach der Zeit im Leuchtturm nie mehr sehen will?"

„Hätte ja sein können", nuschelte ich. „Schließlich bin ich ja nur eine Verkäuferin, außerdem wohne ich woanders und überhaupt."

„Stell dir vor, ich besitze ein Auto. Außerdem gibt es Telefon. Vor allem aber bist du etwas ganz Besonderes."

„Besonders durchgeknallt." Mein Übermut kam zurück. Mehr als das, ich fühlte mich plötzlich möwenleicht und wellenspritzig, ich wollte die Welt umarmen, die Ostsee durchschwimmen, den Sternen zurufen, wie glücklich ich war.

Kai wollte mit mir zusammen sein! Mit mir, der Frau, die an Weihnachten ein Shirt mit Teufelshörnern falsch herum anhatte, die außer Käsetoast nichts kochen konnte und kein tolles Studium vorzuweisen hatte.

„Wieso?", flüsterte ich. Vielleicht, weil ich ungläubig war. Vielleicht auch, weil ich wahnsinnig gern eine Begründung von ihm hören wollte.

Er grinste. „Weil du Kaninchen rettest, immer prima Ausreden parat hast. Weil du so herrlich dreckig lachst, wenn du einen Film ankuckst, dass ich mitlachen muss. Weil du mir Kulleraugen bäckst, obwohl da schmerzliche Erinnerungen hochkommen. Weil du einfach irrsinnig lebendig bist, wunderschön und ein Herz aus Gold hast."

Ich musste schlucken. Meine Hände zitterten.

Kai sah es und zog mich an sich. „Weil ich mit dir schweigen darf und den Pastellhimmel bewundern kann, ohne dass sich das seltsam anfühlt“, raunte er mir zu. „Weil du mir zuhörst, und zwar richtig. Und weil du halbwegs gut küssen kannst.“

Sein Grinsen konnte ich förmlich spüren.

„Ich geb dir gleich ein halbwegs gut“, sagte ich, hob den Kopf und drückte meinen Mund in einem so heißen Kuss auf seinen, dass er sich den letzten Satz garantiert noch einmal überlegen würde!

Als wir irgendwann fertig waren mit der Küsserei, setzten wir uns aufs Sofa, nahmen Stormy auf den Schoß und genossen den Nachmittag.

Ich lehnte meinen Kopf an Kais Schulter, fuhr abwechselnd über Stormys Fell und Kais Hand. Und war einfach nur glücklich. Es war ein stilles, seidenweiches Glück. Eines, das nicht mit Paukenschlägen und Luftsprüngen daherkam, sondern das mit Schäfchenwolken über den Inselhimmel zog, das kluntjesüß im Friesentee wohnte. Eines, das warm war wie Kais Haut und stark wie seine Schulter, wohlig duftend wie seine Kürbissuppe und hoffentlich so beständig wie der alte Leuchtturm, in dem wir wohnten und der seit langer Zeit jedem Sturm, Regen und Unwetter trotzte.

„Das Schicksal hat es gut gemeint mit uns“, flüsterte ich. „Weil es uns hierher geschickt hat.“

„Oh ja, das hat es.“ Er küsste in meine Haare hinein.

Ich schloss die Augen und ließ mich einfach hineinfallen in dieses Glück. Mitten hinein. Von wo ich nie mehr auftauchen wollte.

17. Kurts Kombüse

In den vergangenen Tagen hatten wir die Dreisamkeit im Leuchtturm in vollen Zügen genossen. Wir waren spazieren gegangen, hatten Wattvögel beobachtet, uns den Wind um die Nasen blasen lassen und lustige Namen für die Wolkengebilde ausgedacht.

Heute Abend hatten wir einen Abstecher zu Kurts Kombüse unternommen und fühlten uns in dem urigen Lokal sofort wohl. Kurt war ein echtes Original, ein bulliger Glatzkopf mit goldener Kreole im linken Ohr und einem Piratenhemd mit bauschigen Ärmeln und Schnürung am Ausschnitt. Nicht nur, dass seine Kaschemme aussah, als hätte man dort Szenen aus *Fluch der Karibik* gedreht – er selbst hätte jederzeit als Komparse mitspielen können. Sogar ein echtes Papageienpärchen hatte er. Die beiden thronten auf einer Stange neben seinem Getränkeregal und fixierten jeden hereinkommenden Gast genau.

Als Kai seine Jacke auszog und wieder einmal sein Rentierpulli hervorkam, wippten die Vögel wild auf und ab, wobei sie begeistert krächzten.

„Die beiden stehen total auf Klamotten mit witzigen

Tierbildern“, erklärte Kurt. „Pass nur auf, dass sie dir nicht ein paar Fäden herausreißen. Wäre nicht das erste Mal.“

Ich lachte. „Das kennen wir. Unser Kaninchen hat mir heute Morgen die Schuhbänder abgenagt. Und sogar das Geschenkpapier durchs Zimmer gezogen, um sich ein Nest daraus zu bauen.“

Der Wirt grinste. „Würde gut zu meinen beiden passen. Dinero hat schon mal eine Kreditkarte geklaut, die ein Gast auf den Tresen gelegt hatte. Dabei kann man bei mir sowieso nicht mit Karte zahlen. Aber das bunte Bild darauf hat ihm wohl gefallen.“

„Dinero?“, fragte Kai. „Witziger Name. Das heißt Geld auf Spanisch, oder?“

Kurt nickte. „Sein Weibchen heißt Notengo.“ Er grinste breit.

„Wie in dem Song?“, fiel mir ein. „Das ist doch diese uralte Disconummer, die habe ich vor Jahren mal gehört. *No tengo dinero*. Heißt das nicht: Ich habe kein Geld?“

„Ganz genau. Die beiden haben das Lied auch mal gehört und gewippt wie bekloppt. Hab es ihnen dann immer wieder vorgespielt, da haben sie dann irgendwann mitgekrächzt. Der Kerl eben immer *Dinääääro*. Und sie so was ähnliches wie *Notäääängo*. Also hab ich die zwei so genannt.“

Das gefiel mir ausgesprochen gut. Papageien, die nach einem spanischen Partyhit benannt waren und in einer Piratenkneipe an der Ostsee lebten. Perfekt!

Kai sah mir an, wie begeistert ich die bunten Vögel musterte, und grinste. „Du kriegst keinen Papagei. Das Kaninchen reicht. Außerdem hast du sowieso schon einen ausgewachsenen Vogel.“

„Ist mir klar, Muchacho“, erwiderte ich. „Bestell uns lieber ‘ne Buddel Rum und ‘nen halben gebratenen Ochsen.“

„Selbstverständlich, Prinzessin“, antwortete er grinsend, wandte sich Kurt zu und bestellte zwei Gläser Bier plus einen Teller Fingerfood. Auch recht.

Wir setzten uns an einen der urigen Holztische und unterhielten uns. Natürlich beobachtete ich auch zwischendurch die Papageien, weil die einfach herrlich waren. Manchmal flog einer über Kurts Kopf oder landete auf seiner Schulter.

Das Lokal füllte sich nach und nach. Offenbar hatte halb Möwenitz den Wunsch, sich nach den Feiertagen in der Kneipe über Geschenke auszutauschen. Ich sah Hinnerk mit anderen alten Männern an einem Tisch sitzen und Karten spielen. Auch Tjark kam herein und setzte sich an die Theke, wo er sofort ein Gespräch mit Kurt begann.

Kai und ich redeten über alles Mögliche, er kam mir jedoch manchmal abgelenkt vor. So, als würde ihn etwas bedrücken. Oder als stünde er vor einer wichtigen Entscheidung. Meinen Nachfragen wich er jedoch aus. Ihm gehe nur ein dummer Auftrag im Kopf herum, erklärte er mir, griff dann aber zu seinem Bierglas, um mit mir auf einen wunderbaren Urlaub anzustoßen und mir verliebte Blicke zuzuwerfen.

An diese Blicke könnte ich mich wirklich gewöhnen, ebenso wie an seine Hand, die manchmal mein Knie streichelte. Und an vieles andere könnte ich mich ebenfalls gewöhnen.

„Schade, dass mein Urlaub bald vorbei ist“, sinnierte ich vor mich hin. „Hier könnte ich es länger aushalten.“

„Frag doch deinen lieben Chef, ob du noch ein paar Tage im Januar anhängen kannst“, schlug Kai vor.

„Der würde mir den Kopf abreißen, schätze ich.“

Kai strich mir über die Hand und schenkte mir ein warmes Lächeln. „Ich hätte nichts dagegen, wenn du bleibst. Notfalls hast du dir eine böse Erkältung geholt in der rauen Ostseeluft und kannst leider nicht in die Arbeit gehen, weil du das Bett hüten musst.“

Ich lachte. „Das wäre eine Überlegung wert! Mal sehen, wie du dich in den nächsten Tagen benimmst. Dann entscheide ich, was ich mache.“

Er schob mir den Teller mit dem Fingerfood hin, um mir das letzte frittierte Fischbällchen anzubieten. „Ich werde mich bemühen!“, versprach er.

Später zahlten wir und machten uns zu Fuß auf den Heimweg. Winzige Schneeflocken rieselten vom Himmel, blieben aber nicht auf dem Boden liegen. Trotzdem war es schön, sie einzufangen und auf dem Handschuhfinger schmelzen zu sehen.

„Du bist mir noch einen Weihnachtsfilm schuldig“, fiel Kai ein, während wir die Straße entlang schlenderten.

Gestern hatten wir *Drei Haselnüsse für Aschenbrödel* angesehen. Hach, war das schön gewesen! Sich an den eigenen Traumprinzen zu schmiegen, während man diesen Film schaute, hatte eindeutig Suchtpotenzial.

„Stimmt, das hatte ich versprochen. Hast du einen Vorschlag?“ Ich sah ihn fragend an.

„*Tatsächlich Liebe*! Der wird dir gefallen.“

„Oh Gott, davon habe ich schon gehört. Ist der nicht total kitschig?“

Kai schüttelte den Kopf. „Von wegen. Es geht um verschiedene Paare, deren Wege sich teilweise kreuzen. Hugh Grant als britischer Premierminister wird dir bestimmt gefallen. Mein Lieblingspärchen ist allerdings John und Judy, die lernen sich beim Dreh von Nacktaufnahmen kennen."

Ich blieb abrupt stehen. „Es geht um Darsteller von Sexfilmen? Ich dachte, das ist ein Weihnachtsfilm."

„Ist es ja auch! Die zwei sind so süß. Ganz schüchtern und lieb, sie nähern sich total zaghaft an. Und das, obwohl sie sich nackt ja schon richtig gut kennen. Coole Idee, oder?"

„Tatsächlich!", rief ich und kicherte.

Anschließend musterte ich Kai sehr auffällig und mit hochgezogenen Augenbrauen.

„Dich kenne ich nackt auch schon ein bisschen. Aber ich könnte meine Kenntnisse da durchaus noch vertiefen", raunte ich ihm zu, als wir in den Kiesweg zur Landzunge einbogen, wo uns der Leuchtturm so aufrecht stehend erwartete, als hätte er unser Gespräch belauscht.

„Bin gern dabei beim Vertiefen", sagte er mit extra rauer Stimme. „Wir fangen am besten gleich damit an. Den Film können wir auch morgen noch ankucken."

Er zwinkerte mir zu und beschleunigte seine Schritte.

Ich lachte sonnig. Dabei war es stockdunkel. Aber Kai war so, er brachte die Sonne auch in der tiefsten Nacht hervor, er ließ Ende Dezember Schmetterlinge flattern und würde mir in wenigen Minuten wieder einmal beweisen, dass meine fehlenden sexy Spitzendessous in der Tat kein Problem darstellten. So unfassbar es sich auch anhörte: Es musste tatsächlich Liebe sein, was da zwischen uns entstanden war!

Am nächsten Morgen räkelte ich mich erst einmal wohlig im Bett, als ich aufwachte. Ich tastete neben mich, doch das Bett war leer, die Matratze kühl.

Verschlafen sah ich auf die Uhr. Erst acht Uhr morgens. Viel zu früh, um aufzustehen, schließlich hatten wir doch Urlaub! Und außerdem waren wir zwar früh ins Bett gegangen, hatten aber lange nicht geschlafen. Ich lächelte träumerisch, als ich daran dachte, und kuschelte mich noch ein wenig in die Federn.

Als Kai aber auch nach einer Viertelstunde nicht auftauchte, stand ich widerwillig auf und tappte in die Küche. Dort saß Kai an seinem Laptop. Er hob den Kopf, als er mich sah, konzentrierte sich aber schnell wieder auf seinen Bildschirm.

„So früh hatte ich noch nicht mit dir gerechnet", sagte er.

Ich ging zu ihm, beugte mich hinunter und küsste ihn munter. Er küsste zwar zurück, aber irgendwie fehlte mir ein wenig die Hingabe.

„Störe ich?", fragte ich.

„Nein, natürlich nicht." Er kramte ein Lächeln hervor und strahlte mich an.

Trotzdem kam er mir etwas abwesend vor.

Ich roch leider keinen Kaffeeduft, sondern nur das Aroma von Kräutertee. Echt schade. Um diese Uhrzeit hätte ich dringend einen starken Kaffee brauchen können. Mein Kopf funktionierte noch nicht so richtig. Gähnend lehnte ich mich gegen die Arbeitsplatte.

„Bald geht mein Urlaub schon zu Ende. Welcher Tag ist heute eigentlich?", fragte ich.

Kai wusste es sofort. „Der siebenundzwanzigste."

Ich erschrak. „Schon? Wieso vergehen hier die Tage so schnell? Dann müssen wir ja langsam überlegen, wie wir ... also ... was mit uns künftig ..." Ich brach den Satz ab.

Kai sah nicht auf. Was ich seltsam fand.

„Ich muss mich um ein paar Dinge kümmern", erklärte er. „Gib mir eine halbe Stunde, dann frühstücken wir, okay? Ich habe einiges im Kopf, das ich erst sortieren muss."

„Okay." Meine Stimme war belegt.

Was war nur los?

Schlagartig fröstelte ich. Er war anders als sonst. Weiter weg. Und das machte mich unsicher.

Ich ging ins Bad, duschte, wickelte mich danach in sein gestreiftes Handtuch ein. Doch so flauschig es auch war, es gelang ihm heute nicht, mir diesen Rundum-Wohlfühl-Kick zu verschaffen.

Nachdem ich mir die Haare geföhnt hatte, öffnete ich die Badtür. Kai saß immer noch versunken vor seinem Laptop.

Heute war er also im Business-Modus. Mein Hals schnürte sich zu, als mir das bewusst wurde.

War das hier sein Alltagsverhalten? War der Kai, der jederzeit mit mir reden wollte, mich nach dem Aufstehen erst mal niederknutschte, nur der Urlaubs-Kai? Und im wahren Leben wäre es dann genau wie jetzt? So wie bei hunderttausend anderen Paaren? Würde er sich den urlaubshaften Morgenkuss und die Kaffeegespräche künftig sparen und nur sagen: *„Schatz, ich hab keine Zeit, muss ins Büro. Erzähl mir heute Abend von deinen Sorgen. Oder* *am besten gar nicht.*“?

War seine Ehe womöglich auch deshalb in die Brüche gegangen, weil seine Arbeit immer an erster Stelle stand?

Mein Duschwasser war warm gewesen, meine Haare waren inzwischen trocken, aber ich fühlte mich trotzdem, als hätte jemand einen Eimer Eiswasser über mir ausgekippt. Wachte ich gerade aus einem rosaroten Liebestraum auf? War Kai gar nicht der Traumprinz, für den ich ihn gehalten hatte?

Ich stieg die Wendeltreppe nach oben. Zog mich an. Räumte fahrig meine alten Klamotten in meinen Koffer. Über dem Sessel hing noch der Rentierpulli, den ich Kai gestern hier oben ausgezogen hatte. Ich ließ ihn hängen, kümmerte mich nur um mein eigenes Oberteil, dass er mir mit zärtlichen Worten über den Kopf gestreift hatte.

Ich sollte aufhören, sofort alles schwarz zu sehen. Er hatte offenbar etwas Wichtiges zu tun, das war doch okay. Wieso ich da jetzt so überreagierte, wusste ich nicht. Womöglich war das einfach meine Unsicherheit. Ich hatte nicht viel Erfahrung mit ernsthaften Beziehungen. Und zu Hause hatte ich auch nichts darüber gelernt.

Also sollte ich mich jetzt zusammenreißen, gut gelaunt sein und einfach den Tag genießen. Ich nahm Stormy hoch, trug ihn zum Fenster und sah mit ihm gemeinsam aufs Meer hinaus. Ihn interessierte zwar mehr der Kragen meines Shirts, an dem er herumnagte, aber ich betrachtete den friedlichen Anblick, der sich mir bot. Den Wolken, Wellen und Möwen zuzusehen, beruhigte mich sofort. Es war wie magische Medizin, wie ein Wunder. Ein paar Minuten vom Leuchtturm aus aufs Meer starren, schon verschwanden alle Probleme und Unsicherheiten.

Pure Magie!

Ein paar Minuten später kam Kai auch schon nach oben. Er trug ein Tablett mit Tassen und Schalen in der Hand, außerdem ein Lächeln im Gesicht.

Ich atmete auf. Alles nur Einbildung! Natürlich wollte er mit mir gemeinsam frühstücken, lachen, den Urlaub genießen.

Erleichtert nahm ich ihm die Müslischalen ab und stellte sie auf den Couchtisch. Außerdem verscheuchte ich Stormy, der heute offenbar seinen rebellischen Tag hatte. Er sprang auf den Couchtisch und versuchte, ein Stück Banane aus dem Müsli zu stibitzen. Als ich ihn packte und auf den Boden setzte, krallte er sich eine herumliegende Serviette und zog sie fröhlich in seinen Käfig.

Kai lachte. „Er übt wohl für einen Nestbauwettbewerb oder so etwas."

„Ist ein wahres Architektenkaninchen", erwiderte ich. „Vielleicht hat er die Bilder von diesem Hundertwasserhaus gesehen und will so etwas nachbauen."

„Perfekt! Fang an, ihn zu filmen, Mona! Dann postest du die Videos, er wird YouTube-Star, wir verkaufen Shirts mit seinem Gesicht und werden steinreich." Er ließ sich aufs Sofa plumpsen und lachte.

„So abwegig ist das gar nicht. Es gibt doch diese grumpy cat-Seite. Von irgendeinem Kater, der immer schlecht gelaunt dreinsieht. Die Besitzer haben eine Menge Geld gescheffelt."

„Sag ich doch!" Er zog seine Müslischale heran und begann zu essen.

Beim Thema Geld wurde ich nachdenklich. Kai hatte zwar mit Wohnungsbau nichts zu tun, aber vielleicht konnte ich ihm doch ein paar Fragen stellen.

„Mir geht das nicht aus dem Kopf mit meiner eigenen Bude“, begann ich. „Weißt du, das ist schon so lange ein Traum von mir. Sag mal ehrlich: Glaubst du, ich ...“

Sein Handy klingelte.

Ich ging davon aus, dass er es nicht beachten würde, hatte aber trotzdem den Faden verloren. Gerade wollte ich weiterreden und ihm bei diesem wichtigen Thema um seine Einschätzung bitten, da nahm er es heraus, verdrehte die Augen und stand auf.

Fassungslos sah ich zu, wie er es ans Ohr hielt, sich meldete und mit dem Handy nach unten ging.

Nicht sein Ernst, oder?

Mitten im Gespräch stand er auf und verließ das Zimmer?

Ließ mich einfach hier sitzen, als wäre ich komplett unwichtig?

In mir stieg heiße Wut auf und sammelte sich in einem dicken Kloß im Hals. Ich hasste es, mich so zu fühlen. So wertlos. Wie ein Möbelstück.

Als Kai einige Minuten später zurückkam, setzte er sich wortlos wieder hin und trank einen Schluck Kaffee.

„Was war los?“, fragte ich kühl.

„Ach, nichts Wichtiges.“

Sein Herunterspielen regte mich erst recht auf.

„Und weil es so unwichtig war, musstest du nach unten gehen? Ich dachte, du wolltest im Urlaub dein Handy ausschalten und dich nicht mit so was beschäftigen?“, fuhr ich ihn an.

„Wollte ich auch nicht.“ Eine steile Falte entstand über seiner Nase.

„Aber erzählen magst du es mir auch nicht?“ Meine Stimme war scharf.

Kai verdrehte die Augen. „Mach doch nicht so ein Drama draus, Mona. Es ist nichts. Okay?“

Ich hasste es, wenn man mich nicht ernst nahm. Das passierte mir bei Radetzky andauernd, deshalb konnte ich es auf den Tod nicht ausstehen.

Sah Kai – genau wie mein Chef – auf mich herunter? War er der Meinung, dass seine Arbeit wichtiger war als meine? Oder – als ich?

Der Gedanke ließ alles in mir verkrampfen. Das hatte ich echt nicht verdient!

„Wenn du lieber arbeitest, als dich mit mir zu unterhalten, dann nimm doch deinen Kaffee wieder mit hinunter und frühstücke mit deinem Laptop!“, warf ich ihm an den Kopf. Mein Tonfall war schärfer, als ich geplant hatte.

Kai verengte die Augen. „Himmel, Mona, du klingst wie meine Ex. Mach doch aus einer Mücke keinen Elefanten.“

„So? Ob ich hier alleine herumsitze und mir dämlich vorkomme, ist für dich also eine Mücke?“

„Habe ich doch gar nicht gesagt.“

„Klar. Mit allem, was du tust. Weil dein Job ja ach so wichtig ist und du natürlich auch beim Essen telefonieren musst und was weiß ich alles. Wäre das dann auch so, wenn wir richtig zusammen sind?“, fuhr ich ihn an.

„Mona!“ Seine Augen funkelten wütend. „Was soll das jetzt?“

Ich war nicht mehr bei mir. Irgendwie lief das alles automatisch ab, ich kam nicht dagegen an.

„Was das soll? Es zeigt mir einfach, wie du in echt bist.

Außerhalb vom Urlaub. Und da frage ich mich wirklich, ob ich auf so was Lust habe."

Die Erinnerungen an meine Eltern kamen hoch. Die hitzigen Gefechte, die Beschimpfungen. War es in allen Partnerschaften so? War so etwas unvermeidlich? Sogar bei Kai und mir?

Dann wollte ich keine Beziehung!

„Ich brauche Luft", sagte ich und stürmte in Richtung der Treppe. Ich musste irgendwo in Ruhe durchatmen können, erst einmal wieder zu mir kommen.

„Mona!", rief mir Kai ärgerlich hinterher. „Du kannst jetzt nicht einfach weglaufen. Bleib hier!"

Doch ich hörte nicht auf ihn. In meinem Kopf war so ein gewaltiges Durcheinander, das musste ich in den Griff kriegen und entwirren.

Er klang wütend, als er mir hinterherrief. Doch das war mir egal. Erst mal raus. Frische Luft atmen. Einen kühleren Kopf bekommen.

Im Eiltempo schlüpfte ich in meine Jacke und die Schuhe, verzichtete auf Mütze und Handschuhe, verließ den Leuchtturm.

Draußen atmete ich tief durch, eilte dann aber voran, um die Landzunge hinter mir zu lassen.

Es war kalt. Der frische Wind wirbelte mir die Haare ins Gesicht. Aber ich spürte es kaum.

Verdammt, was war eigentlich passiert?

Ich achtete nicht darauf, wo ich hinging, sondern spazierte einfach die Straße entlang. Und ließ den Morgen erneut Revue passieren. Gut, Kai hatte vor einigen Tagen angekündigt, im Urlaub nichts arbeiten zu wollen. Aber jetzt war womöglich ein sehr wichtiger Auftrag dazwischengekommen. Vielleicht ein großes Problem, das keinen Aufschub duldete. Weil etwas mit der Statik nicht stimmte, weil Handwerker nicht weiterarbeiten konnten ohne das Okay vom Architekten, weil ein superreicher Kunde auf Teufel komm heraus eine Änderung wollte und bei Nichterfüllung damit drohte, die gesamte Geschäftsverbindung umgehend zu kappen.

Mit zitternden Fingern strich ich mir eine Strähne aus dem Auge.

Vielleicht stand Kais Karriere auf dem Spiel und nur deshalb war er so konzentriert gewesen. Und ich Idiotin hatte eine Riesensache daraus gemacht.

„Oh Mann“, murmelte ich vor mich hin. Hatte ich schrecklich überreagiert?

Nur weil er mir nicht sofort erzählte, welche Probleme er an der Backe hatte, hieß das doch nicht, dass ich ihm nicht wichtig war! Möglicherweise hatte er mir einfach nicht die Stimmung verderben wollen. Oder die technischen Schwierigkeiten waren so komplex, dass ich sie sowieso nicht verstehen würde.

Es lag an mir. Zumindest zum Teil. Die Szene hatte mich einfach an die Streitereien bei mir zu Hause erinnert, deshalb war ich so ausgeflippt.

Dabei hatte ich wahrscheinlich gar keinen Grund, an Kais Zuneigung zu zweifeln.

Überrascht stellte ich fest, dass ich im Dorf angekommen war. Seltsam, dass mein Unterbewusstsein mich hierher geführt hatte und nicht an die raue Steilküste. Mit langsamen Schritten ging ich weiter, schlenderte die Hauptstraße entlang, landete vor Lenjas Teeladen.

Mit einem Mal sah ich Kais Geschenke vor mir. Die

Socken, den Tee, die liebevoll ausgesuchten Pralinen. Und sein ebenso liebevolles Lächeln, das so viel von ihm offenbarte. Das war doch echt gewesen! Und lag nur wenige Tage zurück.

Ich war wirklich dämlich. Machte ihm eine Szene nur wegen ein paar Kleinigkeiten, die ich aufbauschte. Dabei war er so aufmerksam, so zärtlich, so ehrlich.

Irgendwie musste ich mich entschuldigen. Und ich hatte auch schon eine Idee, wie ich das machen konnte. Kai hatte mir von einem Baumkuchen vorgeschwärmt und genau den würde ich jetzt für ihn backen.

Sofort beschleunigte ich meine Schritte und schlug den Weg ein, der zum Küstenmarkt führte. Als ich eintrat, verabschiedete sich Tjark gerade von einem Kunden.

Er sah mich und winkte mir fröhlich zu. Ich machte ein paar Schritte auf ihn zu.

„Moin, Tjark. Darf ich dich um einen Gefallen bitten?“

„Klar. Was hast du auf dem Herzen?“

Jede Menge. Aber das musste ich ihm nicht alles erzählen.

„Ich habe mein Handy leider nicht dabei, bräuchte aber ein Rezept. Kannst du mir das vielleicht raussuchen, damit ich die Zutaten kaufen kann?“

Ohne zu antworten, zog er sein Handy aus der Hosentasche und lächelte mich auffordernd an. „Schieß los!“

„Ich will einen Baumkuchen machen.“

„Ah, den kenne ich. Macht eine Menge Arbeit.“ Er tippte darauf herum.

Ich nickte. „Stimmt. Aber es ist ein Entschuldigungskuchen, da darf es etwas Besonderes sein.“

Tjark grinste. „Der übliche Streit an den Feiertagen?“

„Eher die übliche Dummheit wegen alter Erinnerungen“, seufzte ich.

Er lächelte freundlich. „Mach dir keinen Kopf. Dein Kai ist über beide Ohren in dich verliebt, das sieht man. Der ist bestimmt kein Typ, der die beleidigte Leberwurst spielt. Und wenn du dann auch noch einen tollen Kuchen für ihn bäckst, wird alles schnell vergessen sein.“

Es tat wahnsinnig gut, das von ihm zu hören. Schließlich war er auch ein Mann und wusste daher, wie diese Spezies tickte.

Dankbar lächelte ich ihn an, las mir die Zutaten aufmerksam durch und nickte. „Hast du Marzipan da?“, fragte ich.

„Komm.“ Er führte mich zu den Backzutaten und zeigte es mir. Amaretto hatte er leider nicht, aber ich sah ein Fläschchen Nusslikör und vermutete, dass das ebenso gut funktionierte. Der Rest war sowieso ein normaler Rührteig, dafür hatte ich alles Nötige noch vom Plätzchenbacken übrig.

Locker plaudernd ging ich neben Tjark zur Kasse, wo ich stutzte. In einem Korb lagen alle möglichen Weihnachtssachen. Dekozeug, Postkarten, dicke Kerzen – alles im Preis reduziert. Mittendrin erkannte ich ein paar Pullis. Ich zog einen heraus. Es war ein leuchtend roter Strickpulli, auf dessen Vorderseite ein Schneemann neben einem geschmückten Tannenbaum stand, eine coole Sonnenbrille trug und grinsend einen Daumen nach oben zeigte.

„Den nehm ich!“, rief ich. Das Ding sollte ungefähr meine Größe haben.

Normalerweise würde ich so etwas nicht kaufen, aber das Ding sah kuschelig warm aus, kostete nur zehn Euro und würde Kai garantiert zum Lachen bringen.

Ich erstand noch einen Papierteller mit adventlichen Motiven. Mit einem dicken Stift, den Tjark mir lieh, schrieb ich mitten auf den Teller *Sorry* und malte ein Herzchen dazu. Den Schneemannpulli zog ich noch im Laden direkt über mein eher dünnes Shirt.

Frohen Mutes verabschiedete ich mich von Tjark und schlenderte zurück in Richtung Leuchtturm.

Eine tonnenschwere Last war von mir abgefallen. Alles würde wieder gut werden. So ein Streit kam schließlich mal vor, das war ja keine große Sache. Selbst Jessica und ich hatten uns schon ein paarmal heftig gezofft, danach entschuldigt und sofort wieder gemeinsam gelacht.

Wenn ich in wenigen Minuten mit einem coolen Schneemann auf dem Pulli und einem Sorry-Schild in der Hand vor Kai stehen und ihm auch noch ein Baumkuchen-Entschuldigungs-Backevent ankündigen würde, würde der dumme Streit sofort vom Tisch sein.

Kai würde grinsend auf mich zukommen und mich so innig küssen, dass mir sofort höllisch heiß werden würde unter meinem Weihnachtspulli. Den würde ich dann ausziehen, vielleicht noch einiges mehr. Und wir würden mit einer Runde leidenschaftlichem Versöhnungssex die kleine Szene beim Frühstück ungeschehen machen.

Ich konnte es kaum mehr erwarten, endlich am Leuchtturm anzukommen!

Doch als ich den Weg zur Landzunge einschlug und den Leuchtturm auf mich warten sah, war irgendetwas verändert. Ich machte einen Schritt nach dem anderen, überlegte, fand nicht, was es war. Erst als ich kurz davor stand, wurde es mir klar: Kais Auto fehlte.

Ich schluckte hart. Die soeben noch gefühlte Leichtigkeit war wie weggeblasen.

„Nein, nicht schon wieder überreagieren, Mona!“, rief ich mir selbst zu. Bestimmt war er ebenfalls einkaufen gefahren und wir hatten uns verpasst. Vielleicht parkte er bei Lenja. Oder war außen herum gefahren und kaufte just in diesem Moment bei Tjark neues Kaninchenfutter.

Himmel, ich hatte schon wieder vergessen, bei Tjark nach einem Ladekabel zu fragen! Es wäre alles viel einfacher, wenn ich ein funktionierendes Handy besitzen würde.

Andererseits war es gut, wenn Kai nicht da war. Dann hatte ich den Baumkuchen vielleicht schon fertig, wenn er zurückkam. Auf dem Foto von Tjark war der toll dekoriert gewesen, wie eine dicke Astscheibe. Ich würde Ringe in die Kuvertüre ziehen und am Rand Borkenschokolade verteilen, sodass es wie echte Rinde aussah. Mein Baumkuchen würde ein Meisterwerk werden!

Vor mich hin summend schloss ich die Tür auf und betrat den Leuchtturm. Als ich meine Schuhe auszog, fiel mir auf, dass beide Schuhe von Kai fehlten. Seltsam. Er hatte ein Paar grobe Stiefel mit gutem Profil, die er zu unseren Spaziergängen anzog. Aber wenn ich mich nicht irrte, hatte auch noch ein Paar normale Lederschuhe herumgestanden. Nun ja, vielleicht hatte er die ins Schlafzimmer geräumt.

Dass seine Jacke nicht am Haken hing, war klar. Schließlich war er irgendwo unterwegs. Trotzdem beschlich mich ein ungutes Gefühl. Mein Hals war mit einem Mal eng, mein Mund trocken.

Ich ging in die Küche, um meine Einkäufe abzustellen.

Der Tisch war leer. Mir stockte mit einem Mal der Atem. Kais Laptop war verschwunden.

Hieß das etwa ...?

Nein, das konnte nicht sein! Sicher hatte er ihn nur nach oben geräumt!

Ich stürmte die Wendeltreppe hinauf, sah mich im Wohnzimmer um. Auch hier kein Laptop. Mein Frösteln nahm zu. Denn auch vom Rentierpulli, den ich ihm gestern hier oben ausgezogen hatte, fehlte jede Spur. Der hatte doch beim Frühstück noch über der Sessellehne gehangen!

Panisch sah ich mich um. Der Kaninchenstall war noch da. Stormy saß darin, kaute Heu und sah mich aus großen Augen an.

„Hat er seine Sachen gepackt?“, fragte ich Stormy keuchend. Ich zitterte am ganzen Körper.

Er mümmelte ungerührt weiter.

„Ist er einfach verschwunden? Ohne ein Wort?“ Meine Stimme war schrill.

Genau wie mein Vater. Ganz genauso.

Das Türblatt tauchte vor meinem inneren Auge auf. Dieses dämliche, abgewetzte Türblatt, auf das ich eine halbe Ewigkeit gestarrt hatte, nachdem mein Vater abgehauen war.

Und jetzt hatte mich das Ganze erneut eingeholt.

Ich rannte nach unten, riss die Tür zum Schlafzimmer auf. Kais Koffer, der die ganze Zeit neben dem Schrank gelegen hatte, war verschwunden.

Ich bekam kaum noch Luft. Schwankte ins Bad, schöpfte mir mit beiden Händen kaltes Wasser ins Gesicht. Drehte mich um, weil ich mich aus Gewohnheit an Kais flauschigem Streifenhandtuch abtrocknen wollte.

Es war nicht mehr da.

Er war nicht mehr da.

Ohne ein einziges Wort verschwunden.

Weil ich ihn wahrscheinlich an seine Ex-Frau erinnerte oder weil er genug von mir hatte oder weil er endlich wieder Großstadtluft schnuppern wollte oder weil eine langbeinige Kollegin im schicken Kostüm mit dem kleinen Finger geschnippt hatte.

Es war egal, wieso er den Abflug gemacht hatte.

Er hatte es nicht einmal für nötig befunden, mir Bescheid zu geben. Selbst das Kaninchen hatte er einfach so hiergelassen.

Mit schweren Schritten erklomm ich die Treppe nach oben. Ließ mich aufs Sofa fallen. Meine Augen brannten, aber es kamen keine Tränen. Ich war einfach nur leer. Schrecklich leer und wund und hoffnungslos. Genau wie damals. Ich kannte dieses Gefühl so verdammt gut!

Seine bescheuerte Deko hatte er hiergelassen, der Mistkerl. Wahrscheinlich, weil er mir damit eins auswischen wollte. Aber da hatte er sich geschnitten. Ich würde auf gar keinen Fall hier herumsitzen, ihm tausend Tränen nachweinen und mich über den Tannenbaumschmuck ärgern. Darum konnte er sich selbst kümmern!

Ich stand auf. Kickte einen Engel aus Keramik, der offenbar vom Sideboard gefallen war, unter den Tannenbaum. Der blöde Engel grinste mich auch von dort noch an.

Nein, hier würde ich garantiert nicht bleiben.

Alles hier erinnerte mich an Kai. Jede Tannennadel, jede Lichterkette, jede Tasse, jedes Kissen.

Sie war ein wunderschöner Traum gewesen, unsere

Leuchtturmweihnacht. Aber eben nur ein Traum. Genau wie Kai nur ein Traum gewesen war.

Ich hätte es wissen müssen, mich schützen müssen. Es tat so verdammt weh! Alles in mir sehnte sich nach ihm. Nach seiner Stimme, seinem Lächeln, dem Duft seiner Haut. Ich wollte mit ihm lachen, tanzen, schweigend aufs Meer hinaussehen. Wollte ihn küssen, necken, schmecken, Kanincheneltern spielen.

Doch er war nicht mehr da. Weil ich ihm nicht wichtig war. Weil ein winziger Streit genügte, um alles zunichte zu machen, was zwischen uns gewesen war. Und das war nun mal nur möglich, wenn das alles nichts zählte für ihn.

Leider tat es das für mich sehr wohl.

Es war das schönste Weihnachtsfest gewesen, das ich jemals erleben durfte. Eines voller Liebe und Harmonie und goldenem Glanz und seidigem Kaninchenfell.

Umso heftiger war nun der Schmerz, der alles in mir zusammenzog, sodass ich kaum noch atmen konnte. Meine Beine zitterten, mein Hals war staubtrocken, meine Augen kämpften mit heißen Tränen.

Wie sehr hatte ich mir gewünscht, an dieses Fest mit wunderschönen Erinnerungen zurückdenken zu können. Aber das war mir offenbar nicht vergönnt.

„Ich kann hier nicht bleiben, Stormy“, erklärte ich dem Kaninchen mit erstickter Stimme. „Ich halte es hier nicht aus ohne ihn.“

Bevor die Tränen überhandnahmen, schluckte ich sie hinunter. Ich musste etwas tun. Sofort. Etwas zu tun war gut, das lenkte ab. Das hielt mich in Bewegung. Und das war besser, als aus Versehen zur Ruhe zu kommen und aus dem Leuchtturmfenster zu schauen. Dort, wo ich neben

Kai gestanden hatte. Wo sein Arm um meine Schulter gelegen, sein Duft in meiner Nase gekitzelt hatte und immer ein Kuss in Reichweite gewesen war.

Wild entschlossen warf ich meine Klamotten, die ich im Wohnzimmer verstreut hatte, in den Koffer, der immer noch hier oben stand. Anschließend ging ich nach unten und machte dort weiter. Alle Lebensmittel kamen in zwei Tüten, meine Sachen aus dem Bad packte ich ebenfalls ein. Kai war offenbar so überstürzt aufgebrochen, dass er sogar seine Zahnputzsachen vergessen hatte. War mir egal. Wenn ich wieder in Hannover wäre, würde ich in seiner Firma eine Nachricht hinterlassen, dass er sich gefälligst ums Aufräumen hier kümmern sollte. Ob er Hinnerk dafür bezahlte oder selbst herkam, ging mich nichts mehr an.

Ich stopfte meinen Koffer auf die Rückbank meines Autos, die Lebensmittel in den Fußraum. Für Stormy fand ich einen kleinen Karton, den ich weich auspolsterte. Er durfte natürlich neben mir auf dem Beifahrersitz mitfahren.

Dummerweise hörte ich noch immer Kais Worte. Hörte Satzfetzen, sein dunkles Lachen, sein heiseres Raunen.

„Einen Käfig kriegst du nicht in dein Auto“, hatte er gesagt. Ich sah auch sein Gesicht vor mir, die strahlenden Augen, das Lächeln.

„Das werden wir ja sehen!“, presste ich hervor.

Der Stall ließ sich auseinanderbauen. Na also. Die Einzelteile waren zwar trotzdem noch groß, aber ich schaffte es mit Drücken und Schieben, sie nach dem Umklappen der halben Rücksitzbank unterzubringen.

Ich schloss ab und platzierte den Schlüssel in der Schlüsselbox. Drückte meine Hand ein letztes Mal an die kalte Wand des Leuchtturms und legte meinen Kopf in den Nacken. Seine Spitze ragte stark und majestätisch in den Ostseehimmel.

„So sehr hatte ich es mir gewünscht“, flüsterte ich, „dass ich mal eine Liebe erlebe, die allem so fest trotzt wie du. Die so stark ist und so unbeirrbar. Und der weder Sturm noch Gewitter was anhaben können.“

Aber das war eine Illusion. Ich sollte aufwachen. Schließlich war ich kein kleines Mädchen mehr.

Ich warf dem Leuchtturm einen letzten, schmerzvollen Blick zu, dann wandte ich mich um und ging entschlossen auf mein Auto zu. Stormy saß in der angeschnallten Kiste auf dem Beifahrersitz und wirkte reichlich verloren. Ich streichelte ihn und sprach beruhigend auf ihn ein.

„Wenigstens wir haben uns. Irgendwo werde ich ein tolles Plätzchen für dich finden und dich jeden Tag besuchen. Und am Wochenende kommst du zu mir. Da spielen wir, lümmeln auf meinem Sofa herum und mümmeln Möhren.“

Vielleicht hatte Inga einen Garten und Platz für Stormy. Oder eine meiner Kolleginnen. In der Mietwohnung konnte ich ihn leider nicht dauerhaft herumhoppeln lassen. Im Winter ging das womöglich noch, aber im Frühling musste er natürlich raus ins Grüne.

Ich ließ den Motor an und fuhr los.

Als der Wagen sich über den Kiesweg schob, duckte sich Stormy ängstlich. Ich legte meine Hand auf sein Fell, wenn ich nicht gerade schalten musste.

Der Leuchtturm hinter mir wurde immer kleiner. Tränen liefen mir über die Wange, aber ich machte mir nicht die Mühe, sie wegzuwischen. Wieso auch. Stormy war es egal und sonst sah mich niemand.

Wir fuhren die schmale Küstenstraße entlang, bogen auf die breitere Bundesstraße ab, landeten schließlich auf der Autobahn. Mit jedem Kilometer, den der Wagen zurücklegte, kam ich mir einsamer vor.

Dabei war ich doch eine Frau, die wunderbar ohne Partner zurechtkam! Das hatte ich mir zumindest eingeredet.

„Ist auch besser so“, erklärte ich Stormy. „Man sieht ja, wie man sich in einem Kerl täuschen kann. Deshalb werde ich künftig einen Riesenbogen um Männer machen. Bringt doch alles nur Leid und Unglück, jawohl.“

Er hob den Kopf und sah zu mir auf, als hätte er jedes Wort verstanden. Dazu wippte seine süße Nase lustig auf und ab.

Ein Lächeln stahl sich auf mein Gesicht. Immerhin Stormy blieb mir. Er und eine Erfahrung, aus der ich viel für mein künftiges Leben gelernt hatte.

„Du und ich, das reicht ja auch. Mehr darf ich wahrscheinlich nicht verlangen vom Schicksal. Manche Frauen sind einfach nicht dafür geschaffen, glücklich Händchen zu halten und herumzuknutschen.“

Stormy legte den Kopf ein wenig schräg und blinzelte mir zu. Sicher wollte er mir zustimmen.

Wir fuhren in Richtung Hamburg. Als ich die Schilder sah, kam erneut die Enttäuschung hoch. Aber ich schluckte sie hinunter. Und verbot mir, jeden BMW genau zu mustern, ob er vielleicht Kais Nummer trug.

Nein, es war vorbei. Ich sollte ihn einfach vergessen.

So schwer konnte das doch nicht sein, oder?

18. Das Nest

War es leider doch.

Die Sache mit dem Vergessen erwies sich als richtig harte Nuss. Dabei hatte ich, nachdem wir irgendwann in Hannover angekommen waren, erst die Lebensmittel in den Kühlschrank geräumt und mich gleich danach um Kais Geschenke gekümmert. Den Tee stopfte ich ganz nach hinten in den Vorratsschrank, damit ich ihn nicht mehr sehen musste. Die Pralinen schob ich in die Tasche, mit der ich immer zur Arbeit ging. Ich würde die Chili-Dinger an Jessica verschenken, sie freute sich garantiert. Die Socken wanderten ins unterste Schrankfach.

Nur die selbst gebastelte Karte lag jetzt noch auf dem Tisch. Die Zeichnung anzusehen, gab mir einen so heftigen Stich ins Herz, dass ich nach Luft schnappte.

„Verdammt!“, keuchte ich.

Ich riss meine Krimskramsschublade auf und stopfte die Karte unter Flyer von Pizzalieferdiensten, GEZ-Briefe und alte Kontoauszüge. Auch den Katalog eines Putzmittelherstellers, der aus unerklärlichen Gründen in meinem Briefkasten gelandet war, schob ich darüber. Auf diese Art begraben, musste ich die Zeichnung nicht mehr ansehen. Das war gut.

Erschöpft schob ich die Schublade wieder zu.

Ich sah mich in meiner Wohnung um. Jetzt erinnerte nichts mehr an Kai. Nur Stormy natürlich, aber damit kam ich zurecht.

Sein Käfig wartete darauf, aufgebaut zu werden. Das tat ich. Anschließend richtete ich ihm dort wieder seine Kloecke ein, befüllte die Heuraufe und gab ihm etwas zu fressen.

Er vertilgte einige Blätter, danach legte er sich müde in die Kuschelecke und schloss die Augen.

Ach, er war so ein süßer, kleiner Kerl!

Da ich keine Lust hatte, meinen Koffer auszuräumen, schob ich ihn nur in die Ecke, fläzte mich auf die Couch und rief Jessica an, um ihr von meinem Unglück zu erzählen.

Doch statt mich mit Mitleid zu überhäufen, hatte sie gefühlte hundert Fragen auf Lager.

„Schon komisch, dass er abgehauen ist“, sagte sie. „Findest du denn, das passt zu seinem Charakter?“

„Ich habe keine Ahnung, welchen Charakter er hat. Vielleicht sollte ich in seinem Architekturbüro anrufen und mich mit seiner Ex-Frau verbinden lassen. Die könnte mich wohl aufklären.“

„Ruf ihn doch an, Mona.“

„Pfff“, machte ich. „Erstens habe ich seine Nummer nicht, weil mein Handy die meiste Zeit ohne Saft war. Und zweitens werde ich ihn sicher nicht anflehen, mit mir zu reden. Er ist weggelaufen. Beim ersten Problem. Wie ein verfluchter Hase. Sorry, Stormy.“

Entschuldigend sah ich zum schlafenden Kaninchen.

„Trotzdem“, beharrte sie. „Irgendwie ist das sehr eigenartig.“

„Habe ich damals auch gedacht, als mein Vater verschwunden ist“, murmelte ich zu mir selbst. „Aber so ist das manchmal im Leben.“

„Was sagst du? Ich verstehe dich schlecht.“

„Nichts. Ich habe nur vor mich hingebrabbelt. Ist ja auch egal. Kommst du Stormy und mich mal besuchen? Morgen habe ich ja noch frei. Du kannst gern nach der Arbeit vorbeischauen.“

„Na klar! Ich will deinen kleinen Racker gern sehen. Weiß noch nicht, ob es morgen zeitlich passt. Ich sage dir einfach noch Bescheid, okay?“

„Okay.“

Es tat gut, mit Jessica zu reden. Das gab mir das Gefühl, nicht ganz allein auf der Welt zu sein. Außerdem war sie ebenfalls Single. Und sie war eine richtig tolle Frau!

„Irgendwann ziehen wir beide dann mal in eine WG“, schlug ich vor. „Dann können uns alle Kerle den Rücken hinunterrutschen!“

„Richtig!“ Ihr sonniges Lachen klang durch die Leitung und machte es ein wenig leichter.

„Bis bald“, verabschiedete ich mich und legte auf.

Ich tappte zum Kühlschrank, aß eine Kleinigkeit. Hatte aber keinen großen Appetit. Auch der Film, den ich mir abends reinzog, haute mich nicht um.

Genervt zappte ich durch die Kanäle, schaltete den Fernseher schließlich aus und machte mich bettfertig. Dummerweise kamen im Dunklen eine Menge fieser Bilder aus den Ecken gekrochen.

Bilder von Kai mit nacktem Oberkörper. Vom Funkeln in seinen Augen, als er sich über mich schob. Ich hörte seine Stimme, roch seine Haut. Fühlte seine Küsse.

Verdammt! Wieso musste es so schrecklich wehtun? Wieso kam mir mein Bett so leer und kalt und einsam vor? Die Vorstellung, nie wieder aufwachen zu dürfen und dabei seinen warmen Körper neben mir zu spüren, zerriss mir fast das Herz.

Als ich es nicht mehr aushielt, stand ich auf und holte mir Stormy ins Bett. Schlaftrunken, wie er war, wehrte er sich nicht, sondern kuschelte sich tatsächlich unter meine Decke.

Ich streichelte ihn, flüsterte ihm liebe Worte zu. Bettete mein verheultes Gesicht in sein Fell.

Und fiel irgendwann in einen unruhigen Schlaf.

Als ich am nächsten Tag aufwachte, zeigte mein Wecker neun Uhr.

Stormy lag nicht mehr neben mir, saß aber auch nicht in seinem Käfig, wie ich schnell feststellte.

Sofort war ich wach. Wo war das Kaninchen? Hoffentlich war ihm nichts passiert?

Ich sprang aus dem Bett, lief durch meine kleine Wohnung, wobei ich seinen Namen rief. Im Bad fand ich ihn schließlich und musste lachen.

Ein Handtuch war auf den Boden gefallen, in das hatte er sich hineingesetzt. Aber vorher war ihm die geniale Idee gekommen, die Klopapierrolle in kleine Fetzen zu reißen. Ein paar größere Stücke hatte er zu seinem Handtuchnest gezogen, um es schön auszupolstern.

„Du kleiner Schlingel!“, schimpfte ich.

Nachdem ich ihn hinausgescheucht hatte, beseitigte ich

das Chaos, fütterte ihn und nahm eine lange Dusche. Als ich tropfnass herausstieg, fiel mir Kais Handtuch ein. Oh Mann, wieso beherrschte er immer noch all meine Gedanken?

Ich griff zu meinem eigenen Handtuch, das nicht ansatzweise so flauschig war, und trocknete mich ab.

Im Kleiderschrank fand ich einige Klamotten und zog mich an. Auch wenn ich immer noch keine Lust dazu hatte, sollte ich endlich mal meinen Koffer auspacken und meine Sachen waschen. Aber erst mal musste ein Kaffee her.

Nachdem ich zwei Tassen intus hatte, legte ich den Koffer auf den Boden und klappte ihn auf. Ich warf die Sweatshirts und Hosen auf einen Stapel. Alles war zerdrückt, da ich meine Klamotten in der Eile nicht zusammengelegt, sondern nur allesamt in den Koffer geworfen hatte. In einer Ecke war es besonders übel.

Ich wandte mich zu Stormy um und sagte mit vorwurfsvoller Stimme: „Du alter Nestbauer hast mir hier im Koffer alles durcheinandergebracht. Schau, sogar Reste vom Geschenkpapier sind drin.“

Grinsend zog ich ein Stück Papier heraus. Ich hob ein zerknülltes T-Shirt aus dem Koffer und wollte Stormy gerade weiterschimpfen, da fiel mein Blick auf einen Zettel, den ich noch nie gesehen hatte. Es war ein weißes Blatt Papier, per Hand beschrieben.

In der gleichen Handschrift, die ich auf meiner Weihnachtskarte gehabt hatte.

Meine Finger zitterten, als ich den Zettel vorsichtig aus dem Koffer zog. Die Ecken waren angenagt, aber die Schrift konnte man noch gut lesen.

Liebe Mona,

keine Angst, ich bin nicht immer so unaufmerksam wie heute Morgen. Mir geht nur, seit ich dich kenne, viel im Kopf herum. Ja, du hast mich zum Nachdenken gebracht. Ich muss eine große Entscheidung treffen, was meinen Beruf anbelangt. Weil ich das nicht auf die lange Bank schieben will, bin ich heute spontan nach Hamburg aufgebrochen. Dort werde ich Klartext reden mit meinem Schwiegervater/Chef. Und noch einige Dinge klären, die dich betreffen. Außerdem hole ich aus meiner Wohnung neue Klamotten, damit du mich nicht ständig im Rentierpulli betrachten musst. Abends bin ich zurück und dann gibt es was zu feiern. Ich freue mich auf dich!

Kuss!

Kai

„Was?“, stieß ich aus.

Erneut las ich den Brief. Dann noch ein weiteres Mal, bis die Buchstaben vor meinen Augen tanzten.

Kai war gar nicht abgehauen! Sondern ....

„Stormy, er liebt mich ja doch!“, krächzte ich.

Als hätte er mich verstanden, hoppelte Stormy wie wild im Kreis herum. Ich sollte ihn ausschimpfen und ihm so richtig den Kaninchenkopf waschen, weil er Kais Zettel in den Koffer geschleift und darin vergraben hatte. Aber ich war einfach nur unsagbar glücklich!

Außerdem hätte ich ja selbst mal meine Augen aufmachen können, als ich alles schnell hineingepfeffert hatte.

Aber wie, zum Teufel, sollte ich Kai jetzt erreichen?

Ich musste alles richtigstellen, ihm sagen, dass es ein Missverständnis war. Musste einen Baumkuchen backen, ihn in meine Arme schließen und ganz, ganz festhalten!

Die Kanzlei!

Wie ein Wirbelwind fegte ich durch die Wohnung, weil ich mein Handy nicht fand. Schließlich entdeckte ich es unter dem Bett. Keine Ahnung, wie es da hingekommen war, aber es war ja auch egal. Ich suchte die Website des Architekturbüros, fand Kais Kontaktdaten. Hach, auch im Anzug sah er gut aus!

Meine schlotternden Finger schafften es erst beim dritten Versuch, die Nummer einzutippen. Eine Frauenstimme meldete sich.

„Ich muss dringend mit Kai Weiß sprechen“, erklärte ich. „Irrsinnig dringend!!“

„Tut mir sehr leid“, schnarrte sie. „Herr Weiß ist heute nicht im Haus.“

„Das ist mir klar, ich brauche aber seine Handynummer.“

„Die Nummern unserer Mitarbeiter geben wir nicht heraus, tut mir sehr leid.“

„Dann rufen Sie ihn an!“ Ich wurde laut. „Sie haben doch seine Nummer. Sagen Sie ihm, er soll mich anrufen. Ich diktiere Ihnen meine Handynummer, sie lautet ...“

„Tut mir leid“, unterbrach sie mich mit ihrer ewiggleichen Floskel. „Das wird nicht möglich sein. Aus Gründen, die ich Ihnen derzeit nicht erklären kann. Aber schreiben Sie doch eine Mail, die wird an ihn weitergeleitet.“

Sie diktierte mir die allgemeine Mailadresse der Firma und legte dann einfach auf.

„Blöde Kuh!“, rief ich empört und äffte sie nach. „Aus Gründen, die ich Ihnen nicht erklären kann, pfff!“, ließ ich meinen Frust heraus.

Blieb mir tatsächlich nichts anderes übrig, als eine Mail

zu schreiben und darauf zu hoffen, dass Miss Tut-mir-leid sie vielleicht weiterleitete? Und wenn nicht? Wenn sie keine Lust dazu hatte oder die Mail irgendwie unterging?

„Dann schreibe ich eben jeden Tag eine. Nein, zehn!“, rief ich Stormy zu, der vor lauter Schreck mit dem Fressen aufhörte und mich fragend ansah. „Irgendwie werden wir deinen Kaninchen-Papa schon erreichen!“

Oh ja, dafür würde ich kämpfen.

Wieder und wieder nahm ich den Zettel in die Hand, las seine Zeilen, fuhr mit der Fingerspitze den Buchstaben nach.

Es war noch nicht alles verloren! Selbst wenn ich jedes einzelne Bürogebäude in Hamburg abklappern musste – ich würde Kai auftreiben und ihm alles erklären!

Während ich mir den Kopf zermarterte, wie ich ihn erreichen konnte, räumte ich den restlichen Koffer aus und trank die dritte Tasse Kaffee. Vielleicht kam Ordnung in den Kopf, wenn ich auch Ordnung in meiner Bude schaffen würde? Nötig wäre es. Ich sortierte gerade meine frisch gewaschenen Spitzenslips und BHs, als es klingelte. Nanu? Für den Postboten war es noch zu früh.

Erneut schellte die Türklingel. Sie hörte gar nicht mehr auf. Ich grinste. Das war Jessica, wer sonst! Hatte sie ihre Pause vorgezogen, weil sie unbedingt Stormy sehen wollte? Mit den Dessous immer noch in der linken Hand ging ich zur Wohnungstür und öffnete.

„Da hat dir die Neugier wohl keine Ruhe gelass- ...“, begann ich, danach blieben mir die Worte weg. Der Atem ebenfalls.

Vor mir stand Kai.

Er sah so ernst aus, wie ich ihn noch nie gesehen hatte.

„Bist du in Ordnung, Mona?“, fragte er besorgt. „Ist irgendetwas passiert? Oder, äh, wie soll ich sagen, hat es dir Angst gemacht, was ich dir geschrieben habe?“

Sein Ausdruck verwandelte sich von Besorgnis in Unsicherheit.

„Ich hab’s ja gar nicht gelesen!“, krächzte ich.

Jetzt hatte er Fragezeichen in den Augen. „Nicht gelesen?“, wiederholte er.

„Ja, wegen Stormy. Weil er doch immer ein Nest bauen muss. Und weil ich plötzlich wieder dieses Türblatt gesehen habe.“

„Hast du Fieber?“

Kai machte einen Schritt auf mich zu und legte mir seine warme Hand auf die Stirn.

In mir wirbelte alles durcheinander. Ich konnte keinen einzigen klaren Gedanken fassen.

„Du redest ein bisschen wirr“, sagte er und lächelte mich an.

Sein Lächeln. Dieses sonnenwarme, ostseetiefe, leuchtturmverlässliche Lächeln! Es ließ alles in mir schmelzen, es machte mich lachen und weinen gleichzeitig. Alles war gut! Kai war hier!

Ohne die Tränen wegzuwischen, die er erstaunt musterte, zog ich ihn zu mir und küsste ihn so lange und leidenschaftlich, als wäre er von einer zwanzigjährigen Seefahrt heimgekehrt.

Er küsste zurück, als wäre er Odysseus persönlich, hielt mich fest, ließ alle Sorgen mit einer einzigen Berührung verschwinden.

Nebenbei gab er der Haustür einen Tritt, sodass diese ins Schloss fiel. Als ich mich nach unendlich langer Zeit von ihm löste, fiel sein Blick auf die Dessous, die auf dem Boden lagen.

„Du hast mich erwartet?“, fragte er amüsiert.

Ich wollte etwas sagen, doch aus meinem Mund kam nur ein heiserer Ton.

„Was war denn los, Mona?“ Sein Blick hielt mich fest. Und gab mir das Gefühl, ihm einfach alles erzählen zu können, was in mir passiert war.

„Ich wollte mich doch entschuldigen!“, brachte ich schließlich heraus. „Weil ich so ausgeflippt bin wegen deiner Telefoniererei und überhaupt. Deshalb bin ich zu Tjark gegangen und habe einen Block Marzipan gekauft.“

Seine Augenbrauen sprangen nach oben. „Du wolltest dich mit Marzipan entschuldigen? Mit selbst gemachten Kartoffeln?“

„Mit einem Baumkuchen. Tjark hat mir das Rezept herausgesucht. Ich hätte ihn für dich gebacken. Und ich habe mir noch etwas gekauft. Warte!“

Ich rannte in mein kleines Schlafzimmer, riss den Schneemannpulli aus dem Schrank und zog ihn mir über den Kopf.

Kai kam mir entgegen und lachte lautstark, als er mich sah. „Mona, du bist der Wahnsinn.“

„Wollte dich zum Lachen bringen“, erklärte ich. „Und dir eine Freude machen mit dem Kuchen.“

Ich ließ mich auf mein altes Sofa fallen, er setzte sich zu mir, wurde wieder ernst. Stormy hoppelte heran, schnupperte an Kais Bein, ließ sich von ihm streicheln.

„Und dann?“

„Dann kam ich mit den Einkäufen zurück in den Leuchtturm, aber du warst nicht da. Dein Laptop fehlte, deine Schuhe, dein Rentierpulli und sogar dein Streifenhandtuch, in das ich mich so gern gekuschelt habe.“ Ich runzelte die Stirn. „Wieso, zum Henker, hast du das Handtuch eingepackt?“

„Weil ich es zu Hause in die Waschmaschine und den Trockner werfen wollte, genau wie meine Klamotten“, erklärte er. „Dachtest du tatsächlich, ich wäre einfach so verschwunden?“

„Klar!“ Ich senkte den Blick. „Schließlich habe ich das schon einmal erlebt.“

Kai streichelte meine Hand. „Es tut mir so leid. Ich wollte auf gar keinen Fall alte Erinnerungen wecken. Deshalb habe ich dir den Zettel geschrieben. Hast du den nicht gesehen? Der lag doch mitten auf dem Couchtisch. Sogar einen Engel zum Beschweren hatte ich daraufgestellt.“

Ohne zu antworten, stand ich auf, holte den Zettel und überreichte ihn Kai. „Stormy hatte offenbar beschlossen, den Keramikengel auf den Boden zu werfen, das Blatt anzunagen und danach in seine Kuschelecke zu schleifen, die er in meinem Koffer errichtet hat.“

„Moment mal.“ Kai starrte mich an. „Du bist also vom Einkaufen zurückgekommen, hast gesehen, dass meine Sachen weg waren und hast dir gedacht, dass ich auf Nimmerwiedersehen verschwunden bin? Ohne Nachricht? Mona, das ist ja schrecklich!“

„Schön war es nicht“, sagte ich leise.

Das war natürlich die Untertreibung des Jahrhunderts.

„So etwas würde ich niemals machen.“

„Aber wir hatten uns doch morgens gestritten. Ich dachte, du kannst damit vielleicht nicht umgehen. Und hast keine Lust, wieder mit einer Zicke wie deiner Ex zusammen zu sein."

Er legte den angenagten Zettel auf den Tisch und sah mir tief in die Augen. „Du bist alles andere als eine Zicke. Und ich kann total verstehen, dass du solche Gedanken hattest. Bei deiner Vorgeschichte ist das kein Wunder. Außerdem war auch noch Weihnachten."

„Genau", flüsterte ich. „Ich habe schon fast an einen Fluch geglaubt."

„Ach, Mona." Kai nahm mich in den Arm und küsste in meine Haare hinein. „Es tut mir in der Seele weh, wenn ich mir vorstelle, wie du dich gefühlt hast. Jetzt verstehe ich auch, wieso du nicht angerufen hast."

„Hatte deine Nummer nicht. Als ich heute beim Auspacken deine Nachricht gefunden habe, wollte ich natürlich sofort mit dir Kontakt aufnehmen. Nein, stimmt nicht. Erst habe ich allen himmlischen Porzellanengeln und magischen Rentieren gedankt, dass ich mich doch nicht in dir getäuscht habe. Und ich dir also doch etwas wert bin."

„Mehr als du denkst", raunte er mir zu.

„Ich habe in deinem Büro angerufen, aber die wollten deine Nummer nicht rausrücken."

Kai lachte kurz auf. „Das glaube ich sofort. Aber wieso hast du nicht einfach Tjark danach gefragt? Meine Handynummer stand auf dem Flyer."

Ich starrte ihn an. Verflixt! Wieso war ich nicht auf diese Idee gekommen? Ich klatschte mir die flache Hand gegen die Stirn. „Stimmt! Daran habe ich Idiotin nicht gedacht!"

Er grinste. „Ist ja egal. Die Hauptsache ist, dass wir jetzt zusammen sind."

Mir fiel ein, dass ich eine Menge wichtiger Fragen an

ihn hatte. „Woher weißt du meine Adresse?“, stellte ich die erste.

„Stand auf dem Ausdruck aus dem Reisebüro“, sagte er.

„Aber den hast du nur ganz kurz angesehen!“

Kai zuckte mit den Schultern. „Hat gereicht. Wenn mich etwas interessiert, merke ich es mir. Außerdem wollte ich schon damals alles über dich wissen. Wer du bist, was du tust, wo du wohnst.“

Entgeistert starrte ich ihn an. „Da schon?“

Schmunzelnd nickte er. „Wenn ich ehrlich sein soll, habe ich die Adresse sogar bei Google eingegeben, um mir das Haus anzusehen, in dem du wohnst. Und die Straße. Weil du mich von Anfang an irgendwie fasziniert hast.“

Ich wusste nicht, was ich sagen sollte. Er saß neben mir, als hätte er nie etwas anderes getan, plauderte, streichelte meine Hand, legte seine auf mein Knie. Alles war so vertraut und warm. Und doch hatte ich immer noch keine Ahnung, wieso er eigentlich so überraschend abgedüst war.

„Wo warst du?“, fragte ich. „Du hast es mir noch nicht erzählt.“

Kai nickte ernst und rieb sich mit der Hand übers Kinn. „Ich habe einige Entscheidungen getroffen“, sagte er.

Ich verdrehte die Augen. „Kannst du es vielleicht noch schwammiger formulieren?“

Er lachte. „Ich tue mein Bestes! Also: Du weißt ja, dass ich mir über einige Dinge klarwerden wollte. Wie es beruflich weitergehen soll und solche Sachen. Ich überlege ja schon seit längerer Zeit, ob ich wirklich bei meinem Schwiegervater im Büro bleiben will oder in ein anderes wechseln. Dabei ging ich aber immer davon aus, dass ich weiterhin Büroräume gestalte."

„Für allerhöchste Ansprüche", warf ich ein. „Stilvoll, schlicht, funktional."

„Richtig." Er schenkte mir ein Lächeln. „Aber dann bist du in mein Leben gewirbelt. Du hast mich dazu gebracht, ein Hasenklo zu zeichnen. Und einen umfallenden Tannenbaum samt Kaninchen. Ich habe dir das Hundertwasserhaus gezeigt und dir von meinen Träumen von damals erzählt. Und irgendwie, keine Ahnung, das hat etwas mit mir gemacht. Vielleicht auch, weil du gesagt hast, dass ich kreativ bin."

„Bist du ja auch! Selbst den Rentierpulli kannst du nur tragen, weil du so ein freier Künstlergeist bist. Andere Architekten rennen bestimmt auch an Weihnachten in ihren Langweileranzügen herum und tragen einen Seidenstrick um den Hals."

Erneut schmunzelte er. „Gut möglich. Na ja, es kamen dann mehrere Dinge zusammen. Du hast mir von deinem Wunsch einer eigenen Wohnung erzählt. Außerdem haben wir ja Stormy. Da erinnerte ich mich plötzlich an diesen Kommilitonen, der moderne Tiny Houses in verschiedenen Varianten baut. Dazu kam, dass mein Schwiegervater mich tierisch nervte wegen eines Auftrags. Er nahm null Rücksicht darauf, dass ich Urlaub habe. Plus die Tatsache, dass ich derzeit keine eigene Bleibe habe."

Ich zog die Stirn in Falten. „Sorry, aber ich verstehe kein Wort. Haben all diese Sachen, die du aufgezählt hast, etwas miteinander zu tun?"

„Sie haben alle miteinander zu tun. Und sie haben alles mit dir zu tun."

„Mit mir?" Ich verstand nur noch Bahnhof. Aber mein

Herzschlag raste mit einem Mal los. Irgendetwas in mir sagte mir, dass Kai mir etwas ganz Gigantisches mitteilen würde. Etwas Mörderwichtiges, Elefantöses, ganz Entscheidendes. Ich hatte keine Ahnung, was das sein konnte, aber jeder meiner Muskeln war gespannt wie ein Flitzebogen.

„Dieser Kumpel heißt Holger. Da die Nachfrage nach kleinen Häuschen explodiert ist, will er sein Planungsbüro erweitern. Er will vor allem nicht nur billige Häuser von der Stange oder Blockhäuser aus Holz anbieten, sondern möchte unbedingt richtig kreative Tiny Houses gestalten. Oder sagen wir eher Midi Houses. Und sich damit an eine Klientel wenden, die zwar die Downsizing-Idee gut findet, aber trotzdem Luxus haben will und sich von anderen Menschen abheben möchte.“

„Warte!“ Ich legte ihm meine Hand auf den Arm. „Willst du mir sagen, dass du künftig Hundertwasser-Hütten im Kleinformat entwerfen willst?“

„Yep!“ Er strahlte mich an. „Villa Kunterbunt als nicht ganz *tiny* Haus. Klingt doch gut, oder? Da Holger mir sofort einen Job angeboten hat, als ich ihn anrief, bin ich gestern Morgen zu meinem Schwiegervater gefahren und habe gekündigt.“

Mir blieb der Mund offen stehen. „Wow, du machst echt Nägel mit Köpfen. Du hast also die Glaswände und Betonböden hingeworfen?“

„Ich kann sie nicht mehr sehen. Ich will mich endlich austoben. Will ganze Häuser so einrichten wie Kurts Piratenkombüse, will bunte Papageien an Wände malen, windschiefe Erker konstruieren, Hexenhäuschen und Prinzessinnenschlösser entstehen lassen. Ja, ich kann es kaum mehr erwarten, endlich wieder etwas Kreatives entwerfen zu dürfen. Ganz ohne graue Betonwand."

Er war einfach toll!

Bewundernd sah ich ihn an. Er wagte den Schritt ins Ungewisse, machte seinen Traum wahr. Richtig mutig!

„Du bist ein echter Held", lobte ich und küsste ihn gleich mal ganz heldenhaft.

Dann jedoch fiel mir etwas ein. „Aber wieso hat das alles etwas mit mir zu tun? Weil ich dir gesagt habe, du seist kreativ?"

Kai grinste verdächtig breit. „Das auch. Aber es geht noch weiter. Holgers Firma hat ihren Sitz nördlich von Hannover. Er hat dort in einigen Ecken Ausstellungshäuser, will aber seine Kollektion umstellen. Da er jedoch auch die alten Häuser-Modelle noch verkauft, gibt es hin und wieder Besichtigungen."

Noch immer hatte ich keinen Schimmer, was das mit mir zu tun haben sollte. „Und?"

Sein Grinsen wurde noch eine Spur breiter.

„Eines dieser Häuser soll ein Vorführhaus werden. Interessenten können sich dort also anschauen, wie man in so einem Tiny House, das aber gar nicht so irrsinnig winzig ist, leben kann. Er würde ebendieses Haus verkaufen, und zwar zu einem unschlagbar billigen Preis – wenn sich der neue Besitzer verpflichtet, hin und wieder eine Führung durchs Haus durchzuführen. Oder die Besitzerin." Er zwinkerte mir vielsagend zu.

Ich schnappte nach Luft. „Du meinst, es wäre für mich erschwinglich?" Meine Stimme zitterte.

Er lächelte warm und flüsterte mir eine Summe ins Ohr. Baff riss ich die Augen auf. Ich hatte mich sicher verhört.

„Dein Ernst?“ Das Zittern hatte noch zugenommen.

„Er kam mir ein wenig entgegen beim Preis. Wenn du magst, können wir noch heute hinfahren und es besichtigen. Du musst dich natürlich nicht gleich entscheiden. Vielleicht gefällt es dir nicht. Aber ich finde es eigentlich sehr schnuckelig. Gerade richtig für dich, zwei Kaninchen im Garten und einen Architekten, der regelmäßig bei dir herumlungert.“

In mir strahlte alles. Ja, ich kam mir vor wie eine riesige Glühbirne, die voll im Saft stand.

„Wieso sollte Holger so viel bei mir herumsitzen?“, neckte ich Kai. „Ist er eigentlich hübsch?“

Er lachte. „Das kannst du dann beurteilen, wenn du den Kaufvertrag unterschreibst. Ein kleines Problem könnte es allerdings geben.“

War ja klar. So ein Klassedeal musste einen Haken haben! „Raus mit der Sprache. Ist das Haus direkt an der Autobahn? In der Flugschneise? Neben einer Biogasanlage?“

„Noch schlimmer.“

Ich bekam Angst, hörte dann aber sein fröhliches Glucksen. Also pikste ich ihn mit meinem Zeigefinger in die Taille. Stormy sprang erschrocken von Kais Schoß auf und suchte das Weite. Was, zum Teufel, meinte er?

„Der Nachbar“, sagte er mit Grabesstimme.

„Was ist mit ihm?“

„Ganz schräger Vogel. Trägt Strickpullis mit peinlichen Motiven, hört gern Weihnachtslieder, zeichnet seltsame Bilder. Aber das Allerschlimmste ist sein Frauengeschmack. Du glaubst nicht, was der für eine skurrile Lady bei sich ein und ausgehen lässt.“ Sein Grinsen war jetzt so breit, dass er aussah wie eine Comicfigur.

Es vergingen sicher zehn Sekunden, in denen meine kleinen grauen Zellen versuchten, diese Information zu verarbeiten. Es knirschte und rauchte im Getriebe, aber dann kapierte ich endlich, was er sagen wollte.

„Du, du wohnst auch dort?", stotterte ich. „Ernsthaft?"

„Irgendwo muss ich ja wohnen. Und das Nachbarhaus steht ebenfalls zum Verkauf."

In meinen Ohren rauschte das Blut eine irre Melodie. Mein Atem ging so abgehackt, als hätte ich gerade einen Triathlon hinter mich gebracht.

„Du und ich, wir würden nebeneinander wohnen?", wiederholte ich zur Sicherheit. Es war so unglaublich, ich musste es erneut aus seinem Mund hören.

Doch Kai schüttelte den Kopf. „Du und ich und Stormy", korrigierte er. „Plus Stormys Kumpel."

Es stimmte also! Ich schlang meine Arme um Kai, küsste ihn wie verrückt, fasste ihn überall an, lachte und verwuschelte sein Haar.

„Du bist komplett irre. Und total wunderbar", sagte ich. Okay, das war nicht das elaborierteste Kompliment der Welt, aber dafür entsprach es der Wahrheit.

„Genau wie du", entgegnete er weich. „Vielleicht passen wir deshalb so gut zusammen."

Ich schmiegte mich an ihn, schloss die Augen und wollte nie mehr aufwachen aus diesem unfassbaren Traum.

„Kai?", hauchte ich nach einer halben Ewigkeit.

„Ja, mein Engel?"

Bei der Anrede kicherte ich leise. „Du hast den Leuchtturm doch bis ins neue Jahr hinein gemietet, oder?"

Er nickte, dann strahlte er mich an. „Dein Fieber! Du

hast dir eine richtig schwere Erkältung eingefangen und kannst keinesfalls in die Arbeit gehen."

Sofort simulierte ich ein Hüsteln. „Ja, richtig schlimm. Aber Seeluft tut den Bronchien gut, nicht wahr?"

Er sah mich an, den Blick voller Zärtlichkeit und Liebe. Sanft strich er mir eine Strähne hinter das Ohr.

„Weißt du, Mona", raunte er mir mit seiner samtigsten Stimme zu, „ich frage mich schon sehr lange, ob Silvester in einem Leuchtturm womöglich ein unglaubliches Erlebnis ist."

„Was man so hört, soll das sogar ein unglaublich romantisches Erlebnis sein", hauchte ich zurück.

Als hätte er unser Raunen und Hauchen mit seinen sensiblen Kaninchenohren aufgefangen, hoppelte Stormy heran. Zur Abwechslung schleppte er diesmal nicht ein Stück Geschenkpapier an, sondern etwas sündig Rotes. Mit viel Spitze.

„Er steht auf deine Dessous", schnurrte Kai. „Und ich finde, er sieht aus, als würde er ebenfalls zum Leuchtturm zurückkehren wollen."

„Oh ja, das tut er." Ich lächelte Kai leise an. „Dann sind wir wieder eine richtige Familie."

Er zog mich an sich. Stormy ließ den BH liegen und hüpfte auf meinen Schoß. Ich streichelte sein seidiges Fell, lehnte meinen Kopf an Kais Schulter und wusste, dass es Wunder gab. Weihnachtswunder. Weihnachtsleuchtturmkaninchenwunder.

Und diese Gewissheit ließ mich von innen strahlen, als wäre ich die kitschigste aller Lichterketten, die jemals ein Mann im Rentierpulli an die Wand gehängt hatte.

19. Frühlingserwachen

Einige Wochen später

Ich stand auf der kleinen Terrasse meines kleinen Häuschens, in dem ich mich irrsinnig wohlfühlte, und betrachtete genießerisch lächelnd Kai. Sah nicht schlecht aus, wie er diesen großen Gummihammer schwang! So archaisch männlich. Ich hätte ihm stundenlang zusehen können.

Doch er ließ den Hammer sinken, mit dem er die Pfosten in den Boden gerammt hatte, und kam auf mich zu.

„Das war der Letzte. Jetzt ist der Zaun bombenfest und wir können das Kaninchenparadies eröffnen.“

Ich machte einen Schritt auf ihn zu und küsste ihn dankbar. „Mein Held mit dem Hammer! Es steht dir gut, als Handwerker tätig zu sein.“

„Und dir als Köchin“, grinste er. „Ist die Lasagne im Ofen?“

„Yes, Sir“, gab ich zurück.

Seit Kai und ich nebeneinander wohnten, hatten wir beide viel gelernt. Ich hatte ihm beigebracht, wie man Karottenmuffins mit Frischkäse-Frosting backte. Im

Gegenzug hatte er mich in das Geheimnis einer zum Hineinlegen köstlichen Bolognesesoße eingeweiht. Einige Dinge hatten wir gemeinsam entdeckt, insbesondere in der Horizontalen.

Damit Stormy nicht mehr so alleine herumhoppeln musste, hatte er einen Kaninchenkumpel bekommen. Der war schwarz-weiß, was perfekt zu unseren beiden Nachnamen passte, deshalb hatten wir ihn Bingo genannt. Denn genau wie Kai und ich das große Los miteinander gezogen hatten, war auch Bingo ein Glücksgriff für Stormy. Nach anfänglicher Skepsis hatten die beiden sich schnell angefreundet. Dummerweise hatte Stormy seinem neuen Freund ebenfalls einiges beigebracht. Wie man Schnürsenkel durchnagte, zum Beispiel. Oder dass es eine tolle Idee war, alle Zettel, die in Kaninchennähe lagen, anzunagen und im Haus herumzuzerren. Deshalb besaß ich nun sehr hohe Sideboards und einige Wandregale, auf denen ich alles Wichtige ablegte.

Trotzdem liebten wir unsere beiden Racker natürlich aus tiefstem Herzen. Fast so sehr, wie ich Kai liebte und er mich.

„Wollen wir es wagen?“, fragte er mich.

Ich nickte.

Da die Frühlingssonne schon seit einiger Zeit ihr Bestes gab, hatten wir den beiden ein Freigehege gebaut, in dem sie auf vier Quadratmetern herumlaufen konnten. Doch mir gefiel der Gedanke, dass sie sich im ganzen Garten austoben durften. Also hatte ich Kai so lange bequatscht, bis wir ein Rasenschutzgitter gekauft hatten, um Ausbruchsversuche unserer beiden Buddler zu verhindern. Das war inzwischen gut eingewachsen. Und der verstärkte

Zaun war seit heute ebenfalls fertig.

Da wir nicht nur kleine Häuschen unser eigen nannten, sondern auch die Gärten nicht riesig waren, hatten wir auf einen Zaun zwischen unseren beiden Grundstücken verzichtet. So entstand eine große Rasenfläche mit ein paar Sträuchern, einem Hochbeet und einer gemütlichen Terrasse. Ein wahres Kaninchenparadies!

„Ich lasse die beiden heraus", entschied ich, ging auf das Freigehege zu und öffnete das Türchen.

Neugierig hoppelte erst Stormy auf die Rasenfläche und sah sich um. Bingo folgte ihm auf dem Fuß. Als die beiden checkten, wie viel Platz sie hatten, starteten sie eine wilde Verfolgungsjagd durch den gesamten Garten.

„Unsere zwei Verrückten", gluckste Kai.

Er trat von hinten an mich heran und umarmte mich.

Glücklich lächelnd lehnte ich mich an ihn. Noch immer war es wie ein Wunder, seinen warmen Körper zu spüren. Seine Stimme in mein Ohr raunen zu hören. Den Duft seines Duschgels zu erschnuppern.

Moment. Ich erschnupperte noch was anderes. Den lieblichen Geruch von schmelzendem Parmesan.

„Müssen wir nicht nach der Lasagne schauen? Jessica ist sicher auch gleich da", sagte ich.

Als hätte sie es gehört, bog ein Auto knirschend in unsere Kieseinfahrt.

„Geh du zu ihr, ich schau nach der Lasagne", sagte Kai grinsend. „Nicht, dass ihr wieder mal sooo viel zu erzählen habt, und du vergisst, das Ding aus dem Ofen zu nehmen."

Ich streckte ihm die Zunge heraus, gab ihm einen Klaps auf den knackigen Po und eilte meiner Freundin entgegen.

„Jessy! Endlich besuchst du uns!" Kaum war sie ausgestiegen, musste ich sie umarmen. Sie sah wie immer irrsinnig gut aus. Ihre naturblonde Mähne fiel in weichen Wellen über ihre Schultern, sie trug ein figurbetontes Oberteil, eine enge Jeans und ein strahlendes Lächeln im Gesicht. Ich kannte keine Frau, die so gut aussah und trotzdem so nett war wie Jessica. Eine bessere Kollegin als sie konnte man sich beim besten Willen nicht vorstellen.

Jessy lachte hell und betrachtete unsere beiden Häuschen. „Putzig! Und größer, als ich dachte. Kriege ich eine Führung?“

„Klar.“

Ich ging mit ihr durch das ganze Haus, erzählte ihr, dass Holger eine neue Art von Minihäusern ausprobierte und mit Kai zusammen schon eine große Sammlung von Entwürfen hatte.

„Für dich ist das perfekt hier“, stellte Jessica fest. „Genug Platz, trotzdem muss man nicht viel putzen. Und nur nette Nachbarn.“

Sie nickte Kai zu, der gerade aus der Küche kam. Die beiden kannten sich inzwischen gut, da wir uns schon oft in Hannover getroffen hatten.

„Extrem nette Nachbarn“, wiederholte er grinsend.

„Nur lungern diese Nachbarn total oft hier herum“, neckte ich ihn. „Komm, Jessica, lass uns essen.“

Wir setzten uns an den Tisch. Jessica lobte die Lasagne in den höchsten Tönen. Als sie fertig gegessen hatte, sah sie mich an und schüttelte den Kopf.

„Unglaublich, wie sich dein Leben verändert hat. Du hast ein Häuschen im Grünen, zwei Kaninchen, einen Traummann.“ Sie zwinkerte Kai zu, der eine Verbeugung andeutete. „Aber ich bin nicht damit einverstanden, dass du mich einfach im Stich lässt."

Ihr Seufzen war überdeutlich zu hören.

Ich senkte den Blick. „Tut mir ja auch leid. Aber kannst du es ein wenig verstehen?"

Jessica nickte. „Klar. Ich könnte Radetzky auch oft den Hals umdrehen und schwöre dann, mir einen anderen Job zu suchen. Trotzdem wirst du mir fehlen."

„Ich bin doch zwei Tage die Woche da!"

„Ja, schon", maulte sie. „Aber das ist nicht das Gleiche. Wir können nicht mehr so viel quatschen wie früher."

Obwohl Jessica in einer anderen Abteilung arbeitete, nämlich in der Herrenmode, hatten wir uns oft getroffen. Die Abteilungen grenzten aneinander, außerdem gab es ja Pausen und After Work-Drinks. Sie würde mir auch fehlen, aber ich war nicht aus der Welt.

„Dann besuchst du uns eben ganz oft. Es ist nur eine kurze Fahrt, ich wohne ja nicht am Nordpol, sondern hier", sagte ich lächelnd.

Seit Kai bei Holger eingestiegen war, entwickelte sich dessen Firma rasant weiter. Der Bedarf an individuellen, bezahlbaren Tiny oder Midi Houses wuchs immer mehr. Offenbar waren viele Kunden daran interessiert, sich ein überschaubares Grundstück zu kaufen und dort ein Häuschen zu errichten. Da die Grundstückspreise immer noch auf so hohem Niveau und die Baukosten für ein großes Haus explodiert waren, lag Holgers Firma genau im Trend. Und da er mit Kai nun einen zweiten fähigen Architekten hatte, blieb ihm selbst noch mehr Zeit für Werbung und Kundenakquise.

Für den Bürokram, die Bemusterung der Häuser und Ähnliches hatten sie jetzt auch jemanden: mich. Da ich meinen alten Job nicht ganz aufgeben wollte, teilte ich die beiden Arbeitsstellen auf. Zwei Tage die Woche düste ich in die Innenstadt, um im Kaufhaus Wenzel wie bisher in der Unterhaltungselektronik Fernseher zu verkaufen. An den restlichen drei Tagen kümmerte ich mich um das Architekturbüro und hielt dort die Stellung, wenn die beiden Herren mal wieder irgendwo unterwegs waren.

Ich mochte diese Aufteilung sehr. So kam ich noch oft genug in die City, traf meine alten Kollegen und natürlich Jessica. Aber ich musste mich nicht mehr täglich über unseren Radetzky ärgern. Diese beiden Teilzeitjobs waren eine richtig tolle Sache!

Wir setzten uns mit Jessica nach dem Essen auf die Terrasse, ließen uns die Frühlingssonne auf die Nase scheinen und sahen den beiden Hopplern zu. Auf den Bäumen zwitscherten Vögel, eine Biene summte zum blühenden Forsythienstrauch, irgendwo in der Nachbarschaft spielte jemand bei offenem Fenster Klavier.

„Es ist wirklich herrlich bei euch“, sagte Jessica irgendwann, sah aber auf ihre Uhr. „Trotzdem muss ich mich auf den Weg machen.“

Wir standen auf und umarmten uns alle zum Abschied. Nachdem wir ihr hinterher gewunken hatten, schlenderten Kai und ich zurück in den gemeinsamen Garten. Stormy schnupperte verzückt am Haselnussstrauch herum, kam aber herangehoppelt, als er uns sah. Wir gingen beide in die Hocke und streichelten ihn ausgiebig. Doch bald hatte er genug davon und jagte erneut seinem Kumpel Bingo hinterher, der hinüber in Kais Garten sprintete.

Wir standen auf und sahen den beiden zu.

„War eine gute Idee von dir, die zwei Wilden auf dem

ganzen Grundstück herumhoppeln zu lassen", sagte Kai. „Sie finden es offensichtlich super."

Ich wandte mich ihm zu. „Und ich finde dich super", sagte ich weich. „Sogar sehr super. Es war wohl auch eine gute Idee, damals diesen Leuchtturmurlaub zu buchen."

Er schlang die Arme um mich. „Oh ja, das war sie. Und irgendwie habe ich das Gefühl, dass wir nicht nur im Leuchtturm schöne gemeinsame Feste feiern werden. Auch hier wird es toll sein an Ostern, Pfingsten – oder an jedem anderen Tag. Weil jeder Tag mit dir ein ganz besonderer ist."

Kai küsste mich sanft. Und ich küsste zärtlich zurück.

„Aber irgendwann fahren wir wieder dorthin", flüsterte ich. „Zum Leuchtturm. Wo alles begann."

„Ganz sicher." Seine Umarmung wurde noch fester.

Ich lehnte mich an ihn, schloss die Augen und tauchte ostseetief ein in die Geborgenheit, die er mir schenkte.

So schön ein Leuchtturm an der Küste auch war – ich hatte etwas noch Besseres gefunden: Meinen eigenen privaten Leuchtturm, der mir Halt gab, egal, wo ich mich befand. Der mit mir gemeinsam allen Stürmen des Lebens die Stirn bot. Und der so himmlisch küsste, dass ich nie wieder bei ihm ausziehen würde.

ENDE

Lust auf eine weitere Reise nach Möwenitz?

Dann freu dich auf den zweiten Teil der Reihe!
Liebeschaos im Leuchtturm

Männer? Nein Danke! Jessica ist wild entschlossen, Single zu bleiben. Sie hat aber nicht mit der stursten Katze der Welt gerechnet ...

Kurzbeschreibung:
Her mit der Schere! Nachdem Jessica zum xten Mal auf einen Kerl reingefallen ist, der sich nur mit ihrem Äußeren schmücken wollte, steht ihr Entschluss fest: Die Blondmähne muss ab, die Kontaktlinsen raus, die Miniröcke weg. Männer können ihr gestohlen bleiben!

Doch ihre Freundin Mona schickt sie erst einmal in einen einsamen Leuchtturm, damit sie zur Ruhe kommt. Als Jessica dick eingemummelt am Strand spazieren geht, läuft ihr Arne über den Weg, der seine Katze Tiki sucht. Sie kommen ins Gespräch, finden Tiki, tauschen Nummern aus. Die Telefonate mit Arne lassen Jessicas Herz schneller schlagen. Er ist einfach wunderbar! Doch Arne verrät ihr, dass er um aufgetakelte Frauen einen Riesenbogen macht. Sie, die „Natürlichkeit in Person“, will er aber unbedingt wiedersehen.

Jessica, die bisher immer mit ihrem Aussehen gepunktet hat, gerät in Panik. Ein Date ohne Minirock und Lockenpracht? Was kann sie einem spannenden Mann wie Arne überhaupt bieten?
Katze Tiki verfolgt dazu ganz eigene Pläne ...

Ende Februar 2024 erhältlich als ebook, Taschenbuch und Hörbuch

Rezepte Weihnachtskekse

Engelsaugen/Husarenkrapfen
(Schnell gemacht und herrlich nussig!)

150 g Mehl
100g gemahlene Haselnüsse
70g Zucker
140 g zimmerwarme Butter
2 Eigelb
½ TL Zimt oder Lebkuchengewürz
Johannisbeergelee

Alle Zutaten vermischen (Knethaken oder per Hand kneten), in Folie wickeln und 1 Stunde kaltstellen, da der Teig sehr weich ist.

Danach Rollen formen, Stücke abscheiden und zu Kugeln drehen. Aufs Blech setzen und mit einem Kochlöffelstiel eine kleine Mulde hineindrücken. Gelee erwärmen, sodass es flüssig ist, und in die Mulde träufeln.

Bei 175 Grad 15 bis 18 Minuten backen, mit Puderzucker bestäuben, noch etwas Gelee in die Mulden füllen.

Guten Appetit!

Nun fragst du dich vielleicht, was du mit den 2 übrig gebliebenen Eiweiß aus dem oben Rezept machen sollst. Ganz einfach: Makronen!

Monas Kokos-Schoko-Makronen

2 Eiweiß
1 Prise Salz
150 g Puderzucker
etwas Zitronenabrieb und 1 TL Zitronensaft
200g Kokosflocken
1 EL Kakao
nach Wunsch Schokoglasur zum Verzieren

Eiweiß mit Salz steif schlagen. Den Puderzucker nach und nach dazugeben (esslöffelweise). Zitronenabrieb/Saft unterrühren, die Kokosflocken und den Kakao unterheben.

Backofen auf 150 Grad vorheizen. Mittels 2 Teelöffel kleine Häufchen aufs Backblech setzen. 15 bis 20 Minuten hell backen, nach dem Abkühlen nach Gusto mit Glasur verzieren.

Guten Appetit!

Kennst du auch meine anderen Buchreihen?

Hol dir **deine 3 Geschenke**! Wenn du dich für meinen lustigen Newsletter anmeldest, erhältst du 3 kostenlose Kurzromane.

Anmeldung unter KarinKoenicke/Newsletter

Liebe im Café Woll-Lust:

Harte Kerle häkeln nicht

Harte Kerle backen nicht

Harte Kerle tanzen nicht
Harte Kerle küssen nicht
Harte Kerle lügen nicht
Harte Kerle heiraten nicht
Harte Kerle sind keine Engel

Liebe, Landluft, echte Kerle
Kornfeldküsse
Kirschbaumträume
Mohnblumenküsse
Nussbaumherzen
Himbeerliebe

Und einige Bücher mehr, viele auch als **Hörbuch** erhältlich.

Printed in Poland
by Amazon Fulfillment
Poland Sp. z o.o., Wrocław

29912932R00158